D.R. © Pedro Friedeberg. *Palmeras*, 2003.

Contemporánea

José Agustín (Acapulco, 1944) es narrador, dramaturgo, ensayista y guionista. Entre sus obras destacan *La tumba* (1964), *De perfil* (1966), *Inventando que sueño* (1968), *Se está haciendo tarde (final en laguna)* (1973), *El rey se acerca a su templo* (1976), *Ciudades desiertas* (1984), *Cerca del fuego* (1986), *La miel derramada* (1992), *La panza del Tepozteco* (1993), *La contracultura en México* (1996), *Vuelo sobre las profundidades* (2008), *Vida con mi viuda* (2004), *Armablanca* (2006), *Diario de brigadista* (2010) y la serie *Tragicomedia mexicana* (2013). Ha recibido, entre otros, el Premio de Narrativa Colima, el Premio Mazatlán de Literatura y el Premio Nacional de Ciencias y Artes en el área de Lingüística y Literatura.

José Agustín

Dos horas de sol

Prólogo de
Brenda Ríos

DEBOLS!LLO

El papel utilizado para la impresión de este libro ha sido fabricado a partir de madera procedente de bosques y plantaciones gestionadas con los más altos estándares ambientales, garantizando una explotación de los recursos sostenible con el medio ambiente y beneficiosa para las personas.

Dos horas de sol

Segunda edición en Debolsillo, abril, 2023

penguinlibros.com

ISBN: 978-607-382-422-4

Impreso en México – *Printed in Mexico*

EL LUGAR INVISIBLE

Estaba a la mitad de mi carrera en la Universidad Americana de Acapulco, el proyecto que comenzó José Francisco Ruiz Massieu en 1992 —que aún existe sobre la Costera como una maqueta de unicel—, cuando leí *Dos horas de sol*. En 1994 asesinaron a Massieu —seis meses después del otro asesinato, el de Luis Donaldo Colosio, candidato del PRI a la presidencia— y con ello, la universidad se vendría abajo; se volvió un lugar patito (como escuela de Tlalpan). Pero un día de ese mítico 1994, me eché en la playa de Plaza Bahía (la llamada "Plaza Vacía" que sale en el libro) a leer; no imaginaba nada del futuro. Hacía sol y yo leía un libro que hablaba del mismo lugar donde yo había vivido toda mi vida.

Me reencuentro ahora con el libro. Yo crecí, él también. Deberíamos ser más maduros, ambos, pero no lo somos. Me volví a reír. Una cosa me llama la atención: todo, todo lo que el autor cuenta sobre el puerto es así, tal cual. Como una nota periodística: los problemas ambientales, la laguna de Tres Palos, la droga, el exceso de hijos de papi en descapotables sobre la Escénica, narcos (ahora mucho más, eso sí, pero ya estaban ahí en el libro: oscuros y panzones seres saliendo de la nada), el alcalde nepotista que crea una ONG a nombre de su hermana para darse premios por su excelente trabajo, la corrupción, la suciedad.

La trama: dos hombres viajan de la Ciudad de México a Acapulco a hacer un reportaje para una revista de la que son socios. Les toca un huracán que arruina todo. Conocen a unas gringas que buscan seducir. En medio del escenario diluviano convergen rencillas viejas y una extensa disertación sobre el personaje fuera de foco: no los hombres en crisis, de mediana edad, casados, infieles y canallescos, envueltos en el celofán de una virilidad *demodé*: gandalla, alcohólica y *horny*, sino ese Acapulco que existe en la novela por su negación: es invisible (porque la lluvia impide ver algo), con calles llenas de baches; paradisiaco pero sólo porque una vez lo fue; es un lugar del No en ese presente atroz, en ese momento de triunfo en la economía nacional, pero un fracaso en todo lo demás. El 1° de enero de ese hermoso año aparece además en la fotografía borrosa el Ejército Zapatista. Por si fuera poco, hay indígenas en el país que reclaman cosas. Reclamos históricos. Cuando todo comenzaba a ir bien, dirían los *whitexicans*.

Sería divertido si no fuera trágico. En este país la risa nunca vive sola. La resguardan un judicial corrupto, un político lambiscón y una burocracia creada para entorpecer cada trámite, por sencillo que parezca.

*

La tumba fue publicada en 1964. Como varias novelas de aprendizaje, tiene muchas deudas. No se las vamos a cobrar. Faltaba más. Pero me gustaría pensar en un hilo que podría sostener con una novela de 1923, del escritor francés Raymond Radiguet: *El diablo en el cuerpo*. Sus protagonistas son cortados con la misma guillotina del cinismo. En el caso de José Agustín hay ironía, en el del francés hay mayor crueldad, una preparación sublime del verdadero canalla. Lo que ambos hacen con las amantes es atroz: toman el amor, el deseo, y lo regresan en modo abyecto y sucio. Los antihéroes las hacen abortar. Las mujeres son sacos vacíos, ultrajados y mancillados en todos los aspectos. Ellos se van, pero ellas no vuelven a rehacer su vida. Es el destino del hombre/espacio-público, mujer/espacio-doméstico/secreto.

¿Qué le debemos a *La tumba*? Para empezar, que haya corrido ese tupido velo que se tenía en el panorama nacional con la literatura emperifollada, ambiciosa, presuntuosa, de la generación de medio siglo. Gracias, gracias por eso. Otra cosa fundamental es el lenguaje. Es una novela fresca, y en ese cinismo al que hago referencia se encuentra un fenómeno: no hay nadie más moral que un cínico. Es un vidente decepcionado del mundo anterior, el de los valores. Por eso es un alma en pena. No se halla con los padres, burgueses; con los amigos, burgueses, y él debe reconsiderar ese lugar que guarda en el mundo adulto y el que va a dejar en breve, la adolescencia. No habrá justificación posible. Deberá corresponder al mundo que le toca. El que desprecia tanto. Tantísimo.

El desparpajo joseagustiniano es, hasta ahora, parte de su sello de garantía, su ISO 9000. Apodos, nombres en inglés, la escritura pop que recrea un lenguaje orgulloso de significar para unos cuantos: la chaviza/la gente de onda. Gabriel Guía es, pues, un protagonista desencantado, un joven eterno, flotando en su patineta de *lohagoporquepuedo*, *lodigoporquequiero*.

Treinta años después, en plena euforia del TLC, en la unificación de las almas comerciales de un solo bloque en Norteamérica, los vecinos poderosos incluyen a su patio trasero y lo peor es que todo fue aceptado como se acepta todo en México: con credulidad, fe idiota y un miedo tímido a que las cosas sean "verdaderas", salgan "bien"; en ese año (1994), justo, se publica *Dos horas de sol*.

Los personajes Nigromante y Tranquilo podrían ser una versión envejecida y gastada (no más sabia) de Gabriel: en ellos está la pertenencia al club que es la clase social, el desprecio y la crítica por lo que es burgués, pero también la fascinación por esa pertenencia; juntos, como antecesores de los charolastras de Cuarón, representan a la clase media chilanga: aspiracional, creyente de lo gringo como si fuera la virgen de Guadalupe, escuela privada, casas en Cuernavaca y Acapulco. La autopista del sol recién inaugurada, el carro de papá para salir del D.F. Los dos personajes estiran la misma cuerda desde lados opuestos: el que estudió en el extranjero, refinado, rico; y el pobretón culto, resentido, que arroja citas librescas a la primera oportunidad: su modo de pertenecer es humillar con su cultura. Entrar a codazos con los griegos y romanos que los sostienen en su divagación teórica.

En ese viaje de trabajo se hospedan en el antiguo Crowne Plaza (ahora Hotsson Smart) y les toca el huracán Gilberto; avanzan en medio del diluvio: existe la belleza opaca del lugar, pero está cubierta por la bruma siempre; se adivina el paraíso que debería estar ahí, pero el agua impide verla.

*

En este país podríamos reírnos de tantas cosas, pero nos gana el mínimo pudor de la autocrítica. La tantita madre que aún nos tenemos. La mínima piedad.

En Acapulco lo que no se cayó está a punto de caerse. Ningún lugar de mi infancia sobrevive. No hay memorabilia. Claro, la franja de hoteles sigue ahí. La bahía. Pero no los sitios inmediatos de la vida cotidiana para nosotros, los nativos, los herederos de esta tierra agreste que un día, hace mucho, fue la entrada de Oriente a este lado; la Nao de Manila: por eso tantos acapulqueños, incluyendo a Lyn May, parecemos filipinos sin país. El nuestro es un puerto carguero de putas, pedófilos y chilangos pobres.

La belleza suele estar ligada a un destino trágico, como en la película *Sunset Boulevard* de Billy Wilder, con Gloria Swanson, una actriz del cine mudo que se niega aceptar que la ciudad, como el cine mismo, cambió. Pero más allá de la fantasía de una ciudad transformada, el comienzo de un Hollywood estruendoso, estaba su mansión: enorme, vacía y en ruinas. Es por amor que ella va restaurando partes de la casa cuando aparece un joven guionista que la engatusa. Ella es el pasado, él es ese presente que desprecia: el cine con sonido, nuevas actrices, nuevos directores. El glamur cambia, y es por amor que ella sale del "congelamiento" como una flecha conducida al destino trágico. Como un conocido cuento de hadas.

Eso es Acapulco: un sitio en ruinas, con la alberca vacía, con el jardín enloquecido que se vuelve selva, un templo abandonado. Al que nadie puede decirle la verdad. Es difícil enfrentar a una persona. Pero ¿a un lugar? ¿Cómo le decimos a los edificios, a la playa, a los antiguos restaurantes elegantes: "Dejen de existir, no pertenecen, su lenguaje es incomprensible y su vestido es viejo"?

La respuesta fue dada, primero por el turismo internacional, luego por las autoridades: el abandono. Los únicos que aman Acapulco, que son fieles de esa Meca, son los habitantes del Edomex, el contingente de la clase trabajadora. Las hormigas que viven alrededor de la Ciudad de México y a las que no les importa qué fue Acapulco, qué quiso ser. Para ellos esta playa abarrotada en Semana Santa es el único imaginario.

La bahía más hermosa del mundo posee las playas más sucias del país. No hay agua potable, no hay buen servicio de limpia: las montañas de basura son épicas. Pésimo transporte público y en los últimos cuarenta años posee uno de los ayuntamientos más corruptos de América Latina. Aun así la gente ve, quiere ver, en esos edificios comidos por el salitre y la humedad, un pasado glorioso. Una dimensión desconocida. En su cabeza existe el relato mágico del abuelo o del padre o la madre de cuando ahí era mejor. A este lugar horrendo se le cayó la escenografía.

Lo que importa de *Dos horas de sol* es que es un documento vigente sobre dos fenómenos: Acapulco como tema/problema político y una generación desencantada.

Personajes tristes, depresivos, alcohólicos. Las mujeres (las gringas) tienen la sartén por el mango. No ocultan el poder.

Ellos no se niegan, al contrario. Son los mexicanos dóciles entregados al extranjero, al TLC. Ellas son la renovación; ellos, el mundo estático, en crisis.

Acapulco es Sodoma que se niega a caer al agua. El autor lo dice cada cierto tiempo: "Aquí es/aquí era". Un ensayo a cuentagotas sobre un lugar que es estado de ánimo, estatus social, presunción ridícula. Los puteros, el costo excesivo, los policías corruptos. Una metáfora desbordada como esa misma tormenta que los tiene atravesados a todos. Nadie puede "salir" realmente del hotel y cuando lo hacen es para avanzar lentamente a todos los lugares comunes (la Escénica, la Quebrada, Barra de Coyuca) que no pueden ver. Siempre acaban empapados, condenados al cuarto de hotel donde la tensión entre Nigro y Tranquilo aumenta. La amistad masculina tensa en el albur permanente de los amigos echando carrilla y soltando en medio de las bromas ese desprecio de clase de uno a otro: arriba/abajo/arriba. Lo "naco", lo "perdedor", lo "burgués".

José Agustín no hace sociología de lo inmediato, hace un retrato soez/chistosón de esos hombres que escalan socialmente en un medio vinculado a la cultura de Estado, una cultura institucional: revistas, editoriales, secretarías de Cultura, frente a lo independiente, que no tiene oportunidad. En un autor que se considera un defensor de hombres que sólo buscan el placer y el apareamiento a granel (coger por coger) y muchas veces tenga de personajes a hombres animalescos (aun con sus citas cultas), es notable que las gringas sean mujeres empoderadas que pasan toda la novela negándose a tener sexo. El poder no está en el dinero o en que sean gringas (material superior de acuerdo a uno de los protagonistas) sino en mantenerse "cerradas", no "ceder" ante ellos, que son lo primitivo, lo básico, lo "prieto". Ellas son el futuro, el TLC, la abundancia, las tetas enormes, la seducción dispuesta. El sexo es un arma política. Ellas ganan sin saber qué ganaron.

Pero José Agustín ama lo imposible: el lugar que nunca existió. Ni siquiera para los que lograron verlo en "pie", el mito de la belleza, lo prístino, las dichosas estrellas de cine de los años cincuenta. Un Acapulco en su imaginación. ¿Qué es lo que se ama a fin de cuentas? Un sitio cuya luz fue breve. No hubo riqueza. Eso es algo que los viejos inventaron: ellos creían que el dinero era las propinas. Las migajas de un dinero invisible, que nunca circula hacia "abajo". De eso se alimenta uno de los lugares más pobres del país: del servicio. Ser el servicio. El mar está ahí, se alcanza a ver entre las casuchas de las afueras antes de llegar a la zona de lujo, donde el acapulqueño promedio sólo puede entrar si es a limpiar. Es todo (en 2021, el Coneval determinó que el puerto es el municipio con mayor número de habitantes en pobreza extrema).

Dos horas de sol es, pues, un ensayo sobre la impunidad, la corrupción, la pauperización de un lugar que tuvo hace mucho glamur y belleza. Pero que, bien lo retrata este testimonio, desde los años noventa es un basurero y eso le da al autor el punto de arranque para esta novela despechada: eso es la política, el matrimonio, el comercio, el sexo, la dificultad de "verse" entre sus personajes; la ceguera que ocasiona el agua en la tormenta. Nada está afuera. Ni siquiera el lugar más hermoso sobre la tierra.

Brenda Ríos
Acapulco, enero de 2023

A Margarita Divina,
a Andrés el Poeta,
a Jesús el Sabio,
a Tino el Artista,
y a Alejandro y Alicia Oscós,
gracias por su gran ayuda en Acapulco

Mono tomó su garrote y, expandiéndolo, lo apuntó hacia el cielo. Con un gran rugido el viento se precipitó. Por toda la ciudad las tejas saltaron por el aire, los ladrillos salieron disparados, la arena y las piedras volaron. Cuando el viento se hallaba al máximo, Mono alzó su garrote y una nube tan negra cubrió el cielo que todo se oscureció y aun el palacio vecino desapareció por completo. Mono de nuevo apuntó y el estrépito ensordecedor del trueno sacudió la tierra. Mono volvió a señalar al cielo y cayó tal lluvia que era como si todo el Río Amarillo de súbito se hubiera desplomado del cielo.

WU CH'ÊNGÊN, *Mono*

Voy a regresar antes de que la lluvia caiga,
caminaré a las profundidades del bosque más negro y profundo
donde la gente es mucha y sus manos están vacías
donde las píldoras de veneno inundan sus aguas
donde el hogar en el valle encuentra la prisión húmeda y sucia
donde el rostro del verdugo siempre está bien escondido
donde el hambre es fea, donde las almas se olvidan
donde negro es el color y ninguno es el número
y lo diré y lo pensaré y lo hablaré y lo respiraré
y lo reflejaré desde la montaña para que todas las almas lo vean
y será dura, dura, dura la lluvia que va a caer.

BOB DYLAN, *A hard rain's a-gonna fall*

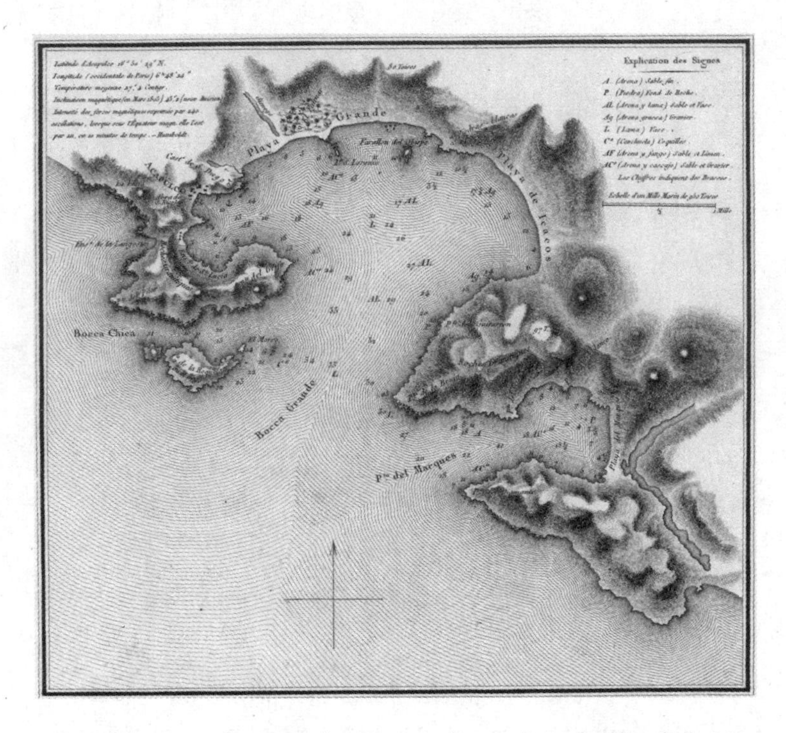

Mapa del puerto de Acapulco preparado por los oficiales de la Marina Real de su majestad embarcados en las corbetas *Descubierta* y *Atrevida* en el año 1791.

EL TIEMPO LLEGÓ HOY

Desperté con la sensación de que tenía tierra en los ojos. Me los tallé con fuerza y de pronto estaba bien lúcido. Había dormido muy mal, si acaso durante un par de horas, y sin embargo, lleno de excitación, desperté a Nicole acariciándole los pechos, pensando, como siempre: carajo, esta mujer está riquísima. Nos quitamos la ropa interior e hicimos el amor con gran brío y rapidez, así es que en minutos volábamos altísimo y nos tomó otros tantos reintegrarnos. No me vayas a ser infiel, me advirtió ella cuando me bañaba, si te vas con una vieja te juro que te vas a arrepentir. No, mi vida, cómo crees, contesté pensando, sin embargo, que Tranquilo era un caliente irredimible y que sin duda tendría planeado crapulear en Acapulco; Nicole lo sabía y por eso disparaba sus advertencias.

Tranquilo y yo habíamos vivido en la misma colonia, juntos estudiamos comunicación y allí conocimos a nuestras esposas. Después él, que tenía lana, se fue a hacer un posgrado a la Universidad de Rutgers y yo, sin la guía de una ánima apropiada y del dinero necesario, recorrí el laberinto de los empleos hasta que logré fundar una revista con unos amigos. Nos iba regular, pero era una maravilla tener una empresa propia. Sin embargo, Tranquilo retachó algunos años después y se le metió en la cabeza comprarnos la revista, nos dijo que así como la teníamos nunca íbamos a pasar de pericoperros, pero, con los cambios adecuados y un fuerte incremento en el activo, podía componerse. Entonces nos hizo una oferta que de plano nos noqueó. Se la vendimos, por supuesto, pero entre los tres ex dueños nos quedamos con un treinta por ciento de las acciones y con riguroso salario. La cosa no estuvo mal económicamente, porque Tranquilo tuvo la inspiración de cambiarle el nombre a la revista, y de *Somos Eros* pasamos a *La Ventana Indiscreta*, con lo que el concepto original se modificó y se amplió sustancialmente; también aportó ideas y metió mucho dinero, en especial en anuncios por televisión, porque su padre era dueño de una poderosa casa de bolsa y por lana no se medían en la familia. La revista fue un exitazo, pero Tranquilo se convirtió en El Jefe.

A las cuatro, El Jefe tocó el claxon y el ruidero que hizo seguramente despertó a todos los vecinos, lo cual no me extrañó porque a este cuate la gente le vale madre. Salí corriendo, con el pelo aún mojado, y guardé la maleta en la cajuela del preciadísimo Phantom rojo de mi jefe, socio y amigo. Oye, hace frío, comentó. Yo no siento nada, dije, porque, de veras, me sentía muy bien, a pesar del maldormir.

Subimos en el coche y nos lanzamos por el eje 8 Oriente, que estaba casi vacío, al igual que la calzada de Tlalpan. Antes de que Tranquilo pudiera poner alguno de sus dudosos discos, yo coloqué uno en el reproductor de compactos del coche: nada menos que el viejo pero infallable *Seventeen seconds*, de The Cure. Por supuesto, el Chif protestó: óyeme, Nigro, yo traje mis discos, éste es mi coche, ¿no?, está bien que tú eres el gran experto pero lo menos que puedo hacer es poner la música que se me pegue la gana, además, tus pinches disquitos no saben lo que es ser reproducidos en equipos ultra-high-tech como el mío, a ver si no me los descomponen, ¿ya te fijaste en el amp, el preamp, el ecua y el compact disc player? Son Denon, pendejito, y las bocinas son Infinity. Qué te pasa, cuate, rebatí, tu equipito de cagada es el que se va a redimir con mis discos, que, por cierto, traje como mil. Son Puras Obras Maestras, vas a ver. Pues espero que no salgas con los ruideros que luego te gustan. No no, te digo que todo lo que traigo te va a encantar. Son puras cosas suavecitas, muy *finas*, como este disco clásico de The Cure, ¿qué pero le pones? Bueno, concluyó Tranquilo, muy bien La Cura pero yo también traigo discazos. Vi que The Boss traía sus compactos en un estuchito muy cuco, de piel. A ver, me dije, qué oye este hombre, híjole, está jodido: Enya, Stevie Wonder, Paul McCartney, Enigma, Luis Miguel, Andreas Wollenweider, no puede ser. Pobre. Bueno, aquí se compone un poco: cantos gregorianos, que están de moda otra vez, y para la nostalgia los grandes éxitos de Simon & Garfunkel e ¡*In a gadda da vida*, de Iron Butterfly!

En la caseta de pago de la carretera nos detuvimos a comprar café en vasos térmicos. El Tranquilo no quería perder tiempo, así es que, bebiendo sorbitos de ese líquido horrendo, rearrancamos y pronto íbamos a ciento cuarenta kilómetros por hora. Deténme el vaso un segundo, me pidió. Sacó de su bolsillo una tira de pequeñas tabletas, expertamente extrajo una, la colocó en su boca, recogió el vaso que yo le sostenía y bebió un trago de café. ¿No quieres una?, me invitó. ¿Qué son?, pregunté por decir algo, porque ya sabía yo, como todo mundo, que Tranquilo era bien anfeto. Ritalín, respondió. Estoy muy desvelado, agregó, con un tono siniestro de disculpa, y con esto ya puedo manejar sin problemas. Si quieres, propuse, yo te ayudo. Bueno, si hace falta te digo, pero ya sabes que a mí me encanta manejar, y a mi nave no le duele nada, está sensacional, manejarla es un placer *orgásmico*. Bájele de volumen, doctor. Bueno, Nigro, pues qué quieres; es una chingonada de coche y punto. No pude decir nada más porque en ese momento sonó el teléfono celular de mi socio y él lo contestó misteriosamente, con la voz muy bajita; era claro que no quería que yo lo oyera, así es que no lo pelé y me puse a escuchar a Robert Smith y a ver la larga carretera iluminada por los faros del coche. No habíamos visto a nadie del otro lado del camino.

Poco antes de llegar a Iguala empezó a amanecer. Fue una maravilla ver cómo se aclaraba el perfil de los montes hasta que de pronto ya estaba allí, a ciento sesenta por hora, la sierra del estado de Guerrero, sólo que ahora íbamos por arriba y las copas de los montes no eran tan espectaculares como cuando el camino iba por debajo, entre cañadas, valles y vegetación cerrada y maravillosa. Había poco tránsito en la nueva carretera, casi siempre recta y de escasas curvas pronunciadas. Pasamos por el puente tubular sobre el río Mezcala y por supuesto Tranquilo pronunció devotamente: Carajo, es una chingonada de ingeniería esta Autopista del Sol. Pues sí, pero es carísima, le tuve que decir. Bueno, Nigro, sentenció, es cara porque lo bueno cuesta, el progreso cuesta.

Nada nos estorbaba y de The Cure pasamos a The Feelies, luego a Peter Murphy y a los Waterboys, *The fisherman's blues*. Tranquilo ni oía la música, gozaba al manejar su auto y no paraba de hablar, con la cuerda que le daba el Ritalín. Yo, la mera verdad, lo dejaba. Tantito porque con todo quiero a este buen hombre y tantito porque me daba hueva arrebatarle la palabra. Qué bárbaro, no soltaba el micrófono. Habló de las mujeres que sin duda recogeríamos en Acá; en el peor de los casos, decía, me contaron que en el mismo hotel te consiguen todo tipo de nenas, fresquecitas, jovencitas, de buena familia; además, tienen shows de gente cogiendo. Hay de todo, es un servicio *muy especial* que ahora tienen algunos de los grandes hoteles, está duro el bisnes del sexo en Acapulco... Habló de coches, de su Phantom rojo, que era una llamarada; de Coco, su esposa, de sus hijos, de juguetes, de perros, películas, series de televisión, ¡de comerciales!, hágame el cabrón favor, y, como era de esperarse, de la revista, de los que trabajan en ella y que entre otras cosas son mis compañeros, ni modo. Finalmente, The Boss disertó sobre el superreportaje que íbamos a hacer en Acapulco y para el cual yo me había preparado a conciencia: leí libros y revistas, me comuniqué con especialistas y con amigos guerrerenses, quienes me dieron excelentes tips, aunque nadie me dijo lo del bisnes sexual en los hoteles, chance porque eso a ellos no les interesaba.

Va a estar fácil, declamaba Tranquilo, inspirado: Ramón Gómez de la Serna ya hizo los contactos, así que nosotros vamos derechito, tú y yo ya sabemos muy bien lo que hay que hacer, nos echamos primero todo el trabajo pesado y después nos dedicamos al puro foolin' around, dice la tele que el tiempo va a estar perfecto, soleadísimo, imagínate, nos podemos tostar el cuero y pasarla sensacional con las viejas, todo es cuestión de que no te pongas de farmer y de que saques a relucir esa inútil bola de cosas que sabes.

Apenas habían dado las siete de la mañana y, mientras oíamos *The serpents egg* de Dead Can Dance, ya estaban allí las palmeras y la proximidad del mar. Vámonos por la entrada de siempre, le dije a Tranquilo, para que veamos cómo está el crecimiento de Acapulco por detrás de la bahía, me comentaron que hay muchísima gente, agregué. Pero a mí me dijeron que mejor entrara por la carretera Escénica, repuso Tranquilo, hay que pagar una caseta más pero te ahorras mucho tránsito. Oh qué la canción, me quejé, el hacinamiento del cinturón de miseria es algo que tenemos que ver, ¿o no?, aunque sea de lejitos. Mira, Nigromante, me dijo Tranquilo, a nadie le interesa lo que les pasa a los jodidos, pero nomás por ser objetivos y la canción vamos a ver de todo, which means que te daré gusto, cuatito.

Nos fuimos por la entrada de Las Cruces, pero al poco rato me arrepentí de haberlo propuesto. Había un denso tránsito mañanero que levantaba nubes de humos y aires de aceites, y que avanzaba tortuosamente. Pasamos por la entrada a Ciudad Renacimiento, el ghetto al que el gobernador Rubén Figueroa confinó a los pobretones de Acapulco a fines de los años setenta. Al subir, con una lentitud repugnante, el cerro de Las Cruces, pudimos ver que, efectivamente, el valle que se abría por detrás de los montes del Veladero, atrás de la bahía, se hallaba retacado de casas y casuchas de gente muy pobre. Mira, Tranquilo, le dije a mi amigo, ya no quedan espacios libres. Nunca me imaginé que viviera tanta gente a espaldas del puerto. Me cae que el paisaje hormiguea de tanta casa. Tranquilo prefirió no decir nada porque trataba de ser paciente ante el tránsito que avanzaba con dificultad. Había obras de ampliación de la vía y por eso el movimiento de los vehículos era exasperante. Finalmente, cuando el calorcito hizo que The Boss encendiera el aire acondicionado del Phantom, apareció la sucesión de enormes hoteles ubicados junto al mar. Junto a ellos, los montes que bordean la bahía también estaban apeñuscados de casas y edificios. Más allá de los grandes hoteles se podían ver franjas de mar impasible, lleno de sol, aunque en el horizonte nubes monumentales parecían crecer y avanzar hacia tierra... El mar mostraba cierta agitación y la luz aún oblicua del sol intensificaba lo azul del agua. Descubrí, porque no lo había pensado, que ver el mar de Acapulco me resultaba reconfortante. Tenía tiempo que no lo visitaba y, como a muchísima gente en México, una buena cantidad de buenos recuerdos se hallaban asociados con el puerto y mis años de chavo.

Qué bárbaro, dijo Tranquilo, cuando entrábamos en la avenida Costera, llena de comercios con nombres en inglés; sin contar todo el tiempo que perdimos en la entrada nos echamos tres horas de camino, no me medí, ¿verdad?, un modesto promedio de ciento cincuenta kilómetros por hora... Pues sí, asentí, pero ahora qué chingados vamos a hacer tan temprano. Desayunar, por supuesto. Usted no se preocupe, mi querido Nigromante, después de desayunar nos ponemos a trabajar luego luego. ¿De plano? Sí, hombre. Sin embargo, seguía diciendo el Tranquilómano, tendrás que excusarme unas dos o tres horas en lo que atiendo un asunto privado, concluyó con un ligero toque de misterio que no me sedujo en lo más mínimo; me valía madres lo que se trajera, tenía la impresión de que se había metido en unas inversiones con sus suegros que vivían en Acapulco y él se los estaba transando o ellos se lo querían transar a él, o a lo mejor yo nada más estaba inventando porque en ciertas cosas Tranquilo podía ser totalmente hermético.

Nos instalamos en el megahotel Nirvana, junto a la playa, en la zona conocida como Acapulco Dorado. Era un conjunto de edificios con una vaga forma de pirámide, con una gran fuente junto a una rampa pronunciada y tiendas por doquier. Era imprescindible que estuviésemos en el mejor hotel, decía Tranquilo, y aunque había mejores que el Nirvana éstos se hallaban más allá de Puerto Marqués, a la altura de El Revolcadero, en lo que, en un ataque de inspiración, llamaron Acapulco Diamante. A él le dieron una suite y a mí un cuarto normal. Claro. Qué poca madre. Sin embargo, me explicó el estiradísimo tipejo de la recepción, recién graduado de alguna escuela chafa de hotelería, el mío estaría listo hasta las trece horas. No hay problema, intervino Tranquilo el Magnánimo, viendo de reojo a unas nenas sumamente potables que en bikini pasaron por allí, puedes ocupar mi suite en lo que te dan tu cuarto. Aunque supongo que te irás a la playa a ponerte como negrito cimarrón. Pues a lo mejor me echo un sueñito, respondí, ya me está pesando la desmañanada.

Dejamos las cosas en la suite de Tranquilo, que tenía una gran estancia para recibir y una recámara gigantesca. Él conectó su fax con rapidez; después bajamos y salimos a la playa. Casi no había gente. Nos quitamos los zapatos para sentir la arena y los dos, como si nos hubiéramos puesto de acuerdo, nos volvimos para gozar el sol en la cara durante unos instantes. Qué delicia. Las nubes del horizonte ciertamente estaban creciendo; o yo alucinaba, o en verdad las nubes se hallaban más cerca, y eran muy negras además. Nomás falta que se oscurezca, pensé, pero deseché la idea. Lo que me pareció muy mal fue ver basura en la orilla del mar, que por otra parte estaba un tanto picado. Había algunas bolsas desechables, latas, envases, y en ciertas partes flotaban manchas dudosas. No era mucho, pero se notaba. Tranquilo también ya se había dado cuenta. Nos volteamos a ver, con cara de qué-mala-onda. Después debatimos dónde desayunar. Mi socio, aunque «no tenía hambre», proponía los restaurantes del hotel o uno nuevo, muy bueno, que habían abierto en la Costera, con el que naturalmente había un intercambio. Por mi parte, yo quería ir al mercado a ver si la rellena que tanto me habían recomendado efectivamente era un deleite ancestral.

Sí lo era, un tanto grasosa para el gusto de Tranquilo, quien por otra parte nunca dejó de quejarse porque había que comer de pie, cerveza en mano, en uno de los pasillos del mercado, lleno de basura, y entre el ir y venir de infinidad de jodidos. De cualquier manera la carne de cerdo se deshacía, la salsita estaba en su mero punto, y los tacos no tenían desperdicio. Debo reconocer, decía Tranquilo, parsimonioso, que no tiene madre esta rellena... Oye, Nigro, mira qué morenaza, agregó al ver a una acapulqueña. Sin embargo, cuando sabroseábamos el quinto taco, un borracho apareció por el pasillo, trastabillando; Tranq y yo nos miramos, sonriendo, pero, cuando menos lo esperábamos, el borracho, un costeño viejo, prieto, rechoncho, con la barba crecida sobre una enorme papada, parecidísimo a Octavio Paz sólo que en jodido, se detuvo junto al Big Boss Man y, sin más, vomitó copiosamente sobre los pantalones blancos y en los zapatines de piel de cabra de mi viejo amigo y jefe también. ¡Me recarga la chingada!, explotó Tranquilo mientras yo no podía aguantarme la risa, ¡lárguese de aquí, marrano, asqueroso!, ¡y tú no te rías, pendejo!, agregó, porque el Octavio Paz del arrabal, una vez que hubo vomitado, sin más se recargó en The Boss con ánimo de echarse un sueñito. El pobre Tranquilo difícilmente controló los deseos de asesinarlo a patadas, lo hizo a un lado a empujones y me dijo vámonos de aquí, porque toda la gente que se juntó reía abiertamente.

Oye, las nubes se están encimando, y están *feas*, le comenté cuando me llevaba al hotel por la Costera. No pasa nada, explicó, aún fastidiado por el vómito, que más mal que bien limpió con un periódico y bolsas sucias antes de subir al Phantom. De cualquier manera apestaba horrible. Así es siempre, añadió, en la mañana a veces se nubla, pero se despeja al poco rato y todo el día es soleadísimo, en la noche es cuando llueve. Me lo explicó Ramón Gómez de la Serna, y ya ves que él no se anda con payasadas. No, hombre, repliqué, esas nubes están canijas, chance es una tormenta. Cuál tormenta, no eches la sal, ya te dije que decían en la tele que iba a haber puro sol. Pero siempre se equivocan. Ve esas nubes, insistí, cómo de que no va a llover, después de todo en el verano es cuando se dejan venir unos huracanes de su pinche madre.

En el hotel, subimos a la suite, piso veintisiete. Tranquilo se bañó rapidito, se cambió y se fue quién sabe a dónde. Yo me puse traje de baño, con la idea de tirar la hueva en la playa hasta que regresara mi socio. Eran las nueve y media de la mañana. Me asomé a la terraza y en ese momento las nubes acabaron de cubrir todo el cielo; el viento había arreciado, el mar se estaba picando y todo indicaba que llovería en muy poco tiempo. Qué mala suerte, pensé, no quería estar en Acapulco sin sol, no sería justo, me decía al cerrar la terraza porque el viento estaba más bien fresco. Al volverme advertí hasta qué punto se había oscurecido y tuve que encender las lámparas de la estancia. Vi los sofás, la mesa de centro, la alfombra y el televisor empotrado en un enorme mueble de madera que le servía de altar. Lo indicado era leer y oír rock del bueno, por ejemplo, *Stationary traveller*, del viejo Camel. Me quité el traje de baño y volví a vestirme antes de sacar el discman y mi libro.

En la recámara estaba el equipaje de Tranquilo: el cabrón viajaba como señorona y para una semana había llevado tres grandes maletas, dos portatrajes, un maletín de cosméticos y una mochila con quién sabe qué. Además del fax, que ya había recibido un documento, y del infallable teléfono celular, también cargó con una poderosa computadora IBM tamaño cuaderno, cuatro megas de memoria, disco duro de ciento veinte y pantalla de color súper VGA. La eché a andar pero me pidió una contraseña, así es que la dejé por la paz. Era típico que The Boss le pusiera una clave para que nadie se asomara a su compu. También había una bella cámara de video Mitsubishi con un hiperzoom, macro y mil jaladas más. Claro, también una equipadísima cámara de fijas Hasselblad, un monitor Sony enano, del tamaño de una cajetilla de cigarros, y un discman Denon con sus audífonos. También cargó con una agenda electrónica y unos poderosos prismáticos.

Con los prismáticos, y un rabioso ánimo voyeurista, fui de nuevo a la terraza y hasta entonces me di cuenta de que afuera llovía fuertísimo; ráfagas latigueantes del aguacero se estrellaban contra la ventana y no se podía ver nada. Me impresionó, la mera verdad. Un trueno pavoroso fue seguido por un rayo que erizó el estrépito de la tormenta y mejor regresé a la recámara.

Qué más traía este loco. En el morral de piel había varios discos compactos y casets de video 8. Algunos contenían películas: *Bajos instintos*, ajajá, *Parque jurásico* y *Roger Rabbit*, qué tierno. Había varios casets vírgenes de video 8 y otros debían ser grabaciones de repugnantes vacaciones familiares: Vallarta, Cancún, Nueva York, Fiesta Lucha, Cumpleaños Tribi. En otro decía: Contabilidad. *¿Contabilidad?*, ¿cómo contabilidad?, ¿qué contabilidad puede haber en un video? En un disket, sí. A ver.

Como no había nada que hacer y la tormenta afuera seguía bramando, me tomé la molestia de sacar la cámara del estuche y de conectar los cables a la corriente y a la televisión. Metí el caset, accioné play y en la pantalla aparecieron tomas temblorosas del eclipse de sol de hace unos años. Las escenas no mejoraban así es que oprimí el botoncito del avance rápido y en la televisión el eclipse pasó velozmente hasta que ya no había nada grabado; por alguna razón seguí corriendo la cinta y ya estaba a punto de pararla cuando, oh oh, una mujer apareció en escena.

Ahora habían fijado la cámara, pero la luz estaba horrenda, al parecer simplemente le quitaron las pantallas a las lámparas de la recámara, porque estábamos en una recámara y la mujer era Coco, la esposa de Tranquilo. Se hallaba hiperarreglada, con un peinado elaboradísimo, traje de noche rigurosamente negro, largo, de tela satinada que le lamía el cuerpo, y zapatos de tacón enorme y puntiagudo. Coco no se caía de buena pero estaba transitable; sus grandes tetas siempre se habían hecho notar aunque era de nalga pachaca; los muslos eran llenos y largos, un tanto adiposos eso sí. El rostro no era exactamente bello, pero sí atractivo, con mucha gracia. Aunque apreciaba sus senos, Coco no era mi tipo para nada y jamás me había nacido aventarle el calzón, lo cual sí había hecho, cayéndose de pedo, el ojete de Tranquilo con mi mujer. Qué culero. Pero ahora las cosas eran definitivamente distintas pues la esposa de mi cuate, en la pantalla, sin más se había sentado en una silla y, contorsionándose, se pegaba una cachondeada sensacional, un poco de prisa pero sin que la cámara la intimidara.

No daba crédito a lo que veía. Mi vieja cuata Coco se acariciaba sin inhibiciones, con música de un jazz previsible que sin duda después injertó Tranquilo, quien, supuse, operaba la cámara. La Cócora se había alzado el vestido hasta la cintura. No llevaba pantaleta, sólo un liguero y medias oscuras, y la aparición de su bien peluqueado pubis me pareció de lo más excitante.

Aún no me reponía de la sorpresa cuando vi que mi vieja amiga abrió las piernas frente a la cámara y procedió a masturbarse con gusto e intensidad. Había cerrado los ojos, con la respiración entrecortada y movía su dedo con rapidez por encima del clítoris; se calentó bien rápido la pinche Coco y se masturbaba con ganas, lo cual, caray, empezó a afectarme, pues mi peneque se alzó, curioso, como si quisiera ver también.

Entonces Tranquilo apareció en cuadro. Se había quitado la ropa y trataba de sumir la panza, lo cual no impedía que su feo pajarraco estuviera bien erecto. El imbécil se había dejado los calcetines, lo cual me pareció muy mal; ya García Márquez había decretado que la peor ignominia que hay es coger con los calcetines puestos. Y de pronto ya estaba ahí la hard-core-home-movie, que mostraba un buen sesenta y nueve. Era increíble pero el show de mis amigos ya no me sorprendía sino que, a mí, que soy todo un caballero, me estaba excitando, como atestiguaba la flagrante erección que cada vez se endurecía más y se volvía apremiante. Mi boca se resecaba y no podía apartar los ojos de la pantalla. Alcanzaba a pensar que dónde se había quedado mi legendaria y analítica frialdad científica. No es posible, pensaba entre risitas nerviosas, tratando de concentrarme en la celulitis de los muslos cocudos y en la panza que ya no trataba de sumir el buen Boss para distraer la calentura. Carajo, ya había tenido que liberar a mi pobre verguita del pantalón para cachondearla discretamente porque Coco y Tranquilo para entonces cogían con rapidez y fuertes embates. De la vieja posición del misionero pasaron a la también tradicional del perrito y después ella se montó sobre Tranq. Coco oscilaba las nalgas totalmente entregada al acto sexual, ajena a la cámara, y él de hecho se había quedado quieto pues su mujer se movía con verdadera maestría. Era terriblemente perturbadora mientras subía y bajaba. Mas para entonces, ay Dios, yo me estaba haciendo una terrible chaqueta que me hacía perder el equilibrio e irme de ladito al imprimir mayor velocidad a mi mano, hasta que de pronto brotó el primer chorro de mi eyaculación y, con él, un orgasmo oscurísimo me deshizo la realidad, apenas advertía que me seguían brotando chorros de semen y que éstos caían en la alfombra, puta madre, alcancé a pensar, voy a andar bien chaqueto el resto del día.

En ese momento salté sobresaltado. No sé cómo alcancé a darme cuenta de que alguien abría la puerta. Me puse de pie aterrado y apagué la televisión, aún con la verga parada, viendo los chorros de semen en la alfombra. Alguien estaba a punto de entrar en la suite. ¿Quién?, casi grité, tratando de bajarme el susto. Cómo quién, pendejo, se oyó la voz de Tranquilo de lo más ídem, soy yo, agregó, y entonces me vio con la reata de fuera, los pantalones a la altura de los muslos, tratando frenéticamente de apagar y ocultar la cámara al mismo tiempo.

Alcancé a ver que en fragmentos de segundo en Tranquilo se pintaba una gran sorpresa, que ésta se transformaba en una sonrisa burlona, antes de congelarse al ver la cámara de video y comprender como en un relámpago lo que estaba pasando. Quihubo, Nigro, me dijo, ya muy serio, qué te traes. Yo quería hundirme en la tierra, me sentía arder de tanta vergüenza mientras me subía los pantalones y afianzaba el cinturón. No supe qué decir. Tranquilo, ya no serio sino sombrío, avanzó a mi lado, vio la cámara, que seguía andando, la detuvo y, en silencio, desconectó los cables y la guardó en el morral de piel. Yo no sabía qué hacer, me había puesto pálido y, para hacer las cosas más absurdas, sólo se me ocurrió encender un cigarro, lo cual le fastidiaba al máximo a Tranquilo, quien podría ser adicto a las anfetaminas y a la coca pero le había declarado la guerra al tabaco *porque hacía daño*. ¡Apaga esa porquería!, gritó. Estaba fuera de sí y le costaba trabajo hilar las palabras. ¡Mídete, Nigromante, cómo te atreves a agarrar mis cosas sin mi permiso! Hombre, no lo tomes tan a pecho, alcancé a balbucir, es que/ ¡Es que nada, hijo de tu chingada madre! ¡Respeta las cosas ajenas! ¡Nada más te dejo un ratito en mi cuarto y tienes que, que, que manosear todo! ¡Esto sí no te lo aguanto, negro resentido, acomplejado! ¡Estúpido! Cálmate, Tranquilo, agarra la onda, alcancé a decir, yo nunca me imaginé... Mira, lárgate de aquí, me interrumpió, tratando de controlarse.

Jamás lo había visto tan *oscuro* como en ese momento.

FUERA DE TIEMPO

Tranquilo se hallaba muy molesto con su viejo amigo el Nigromante; pensó en despedirlo de la revista y regresarlo a pie a la Ciudad de México, pero le preocupaba que le fuera a hablar a todo mundo de la *home-movie*. Claro que él podía revirar diciendo que lo había sorprendido masturbándose. Pero no. Eso era lo que más le molestaba de lo que había ocurrido, no podía soportar que alguien, *and least of all an old friend*, lo tomara como vehículo para sus prácticas onanistas, especialmente porque la *home-movie*, como le decían Coco y él, era para exclusivo consumo privado. Era un juego muy especial que tenían los dos, y ella se moriría de enterarse que alguien la había visto, mucho más si ese alguien era Nigro, a quien le fascinaba el chisme. Ese *jerk* nunca había podido *desarrollarse;* sí, terminó la carrera, pero le hizo falta salir al extranjero y cultivarse, no nada más con libros y conocimientos inútiles o, peor aún, con la supuesta erudición con la que justificaba su enajenación por el rock dizque alternativo. Le hizo falta orearse y aprender a comer bien, a saber de vinos buenos y de buenas cosas, a vestirse adecuadamente aun cuando quisiera andar «muy informal», «muy intelectual». Era anacrónico el hombre, cualquiera podía darse cuenta de que en México los intelectuales importantes al fin habían aprendido a vestirse con corrección, con buenos trajes, como debía de ser. Sí, con todo y su cultura, el Nigromante era un definitivo *nerd*. Pero esto no se va a quedar así, rumiaba Tranquilo mientras acomodaba y reacomodaba sus cosas. El Patán había manoseado todo, hasta le daban ganas de desinfectar sus tesoros tecnológicos, de llevarlos a que les hicieran una limpia o algo por el estilo. Ya encontraría, y pronto, la manera de hacer que el Nigro pagara el atrevimiento de asomarse desvergonzadamente en su vida íntima.

Para empezar, decidió no comer con él. Además de que afuera no paraba de llover con ráfagas feroces. Hasta se sentía frío. Eso sí era el colmo, pasar unos días en Acapulco en medio de aguaceros. Tan bonito que estaba todo cuando llegaron. Había un sol fa-bu-lo-so. Ojalá el temporal se fuera pronto y los demás días estuviesen, como siempre, soleados y alegres. En vía de mientras pidió a *room service*, en inglés, que le subieran una langosta thermidor con una botella de Château Margaux. No había langosta pero sí camarones gigantes, y en vez de vino *grand cru* tuvo que conformarse con un Cabernet Sauvignon Domecq, el cual bebió en su casi totalidad y lo mandó a dormir una siesta inquieta y poco profunda.

Cuando despertó, se tomó otra anfetamina para contrarrestar las brumas horrendas del alcohol y escogió con cuidado qué ropa se debería poner. Afuera llovía torrencialmente, pero la tempestad no iba a detenerlo. Por supuesto que haría lo que tenía que hacer, tomaría al Nigromante de las orejas y a trabajar, flojonazo. El mal tiempo no iba a propiciar las clásicas huevas de esos intelectualetes. Además, mientras lloviera, podían cubrir todo el trabajo *indoors*. Ya se hallaba totalmente despejado y listo para entrar en acción, así es que tomó el teléfono y le ordenó al Nigromante que bajara al lobby pues iban a trabajar.

—¿Con este tiempo? —alcanzó a decir el flojonazo.

—*I'll see you downstairs* —concluyó Tranquilo secamente.

En el lobby, el Nigromante lo esperaba con una actitud contrita. Tranquilo consideró que le convenía ese aire de severidad para borrar la eterna sonrisita sardónica del Nigro que tanto le repateaba, especialmente cuando sacaba sus cigarrotes. Fumaba *Delicados*, el imbécil. Con eso se creía que estaba con *las causas populares*. Quién sabe de dónde los conseguía. —¿A dónde vamos? —preguntó Nigro. Según el plan de trabajo, a las siete tenían cita con el presidente municipal, pero, después de telefonear, el Nigromante reportó que el presidentito, así dijo, no estaba y nadie sabía a qué horas regresaría. Tranquilo suspiró y pidió ver al gerente del hotel para no perder el tiempo. Al fin y al cabo, también estaba en la lista de entrevistables.

El contador público titulado H. P. Ortega era un hombre gordísimo, que sudaba sin cesar por el esfuerzo que le costaba cada paso. El aire acondicionado de su oficina estaba en el máximo nivel y Tranquilo deseó haber llevado un abrigo. Por supuesto, el contador Ortega estaba al tanto del super-reportaje para *La Ventana Indiscreta* y claramente se hizo aún más accesible cuando Tranquilo le indicó que al día siguiente llegaría el equipo de fotógrafos de la revista y que le robarían un poco de su tiempo para tomarle unas fotos, que, claro, requerirían un gran-gran angular. Después, ostensiblemente, para que se notara quién era la autoridad, Tranquilo le indicó al Nigromante que no nada más grabara la conversación sino que también tomase notas. Su viejo amigo lo vio con aire preocupado, de hecho alarmado, pero una mirada fulminante lo hizo obedecer. El contador H. P. Ortega, con su gordura gelatineando a pesar del frío del aire acondicionado, por supuesto le cantó las loas al hotel, aseguró que era el número uno de Acapulco y dio algunos datos que en teoría lo corroboraban. Tranquilo aceptó el whisky que le ofrecieron, ah qué bien le cayó, y pronto perdió el interés en lo que decía el gerente, así es que dejó que el Nigromante piloteara la entrevista, a pesar de que al poco tiempo algunas de las preguntas se volvieron irónicas e insidiosas. Quiso intervenir cuando lo oyó decir que los grandes hoteles se dedicaban a la prostitución de lujo, pero el obeso contador vehementemente explicó que ése era un infundio de los perredistas para decreditar al turismo. Los hoteles sólo ofrecían sofisticados servicios de masaje, perfectamente legales, con masajistas guapas, eso sí, pero no eran masajes sexuales, eso sí lo afirmaba enfáticamente, aunque en ocasiones permitían la organización de festejos privados, discretos, con espectáculos nudistas y de travestis que, hombre, ahora eran algo común no sólo en Acapulco sino en todo el mundo. El hotel tenía que proporcionar a la clientela internacional lo que requería, aunque esto en ocasiones molestase a las ya cada vez menos mentalidades premodernas y más bien ridículas. A esto siguió un discursito sobre la alta moralidad de los dispensadores de bienes turísticos, quienes, conscientes de que sus hoteles eran familiares, se desvivían por cuidar el tacto, la discreción y las buenas costumbres.

—¿Por qué demonios tienes que hacer esas preguntitas? —regañó Tranquilo cuando al salir de allí fueron a tomar un whisky en el bar para quitarse de encima las gordas vibraciones del gerente del hotel—. ¿No te das cuenta de que *you're embarrasing the poor son of a bitch*? Óyeme bien, te prohíbo que tomes esas iniciativas —agregó—, de las cosas políticas me encargo yo.

—¿Cuáles cosas políticas? —rezongó el Nigromante—, estás viendo mítines donde nomás hay conversaciones, además de que tú fuiste el que me contó que en estos hotelazos le meten duro al bisnes del sexo.

Nigromante prefirió callar cuando vio que su jefe enrojecía.

—No me discutas —dijo Tranquilo.

El Nigro asintió y el resto del tiempo en el bar lo pasaron en silencio.

A las nueve de la noche salieron del hotel. Llovía con más fuerza que antes y, en la Costera, el tránsito era escaso pero avanzaba con lentitud por los arroyos de agua y el aguacero que no dejaba ver gran cosa; había que guiarse por las luces del auto de adelante e ir con extrema cautela. Tranquilo decidió que debían continuar el trabajo y propuso que fueran a cenar a uno de los restaurantes reportajeables y que después visitaran una disco para «combinar el negocio y la diversión». Por primera vez en toda la noche Tranquilo se permitió sonreír, seguramente con la ayuda de los cuatro Chivas Regal que había bebido en el hotel, pero por ningún motivo permitió que Nigromante pusiera sus discos, así es que él eligió la música en lo que llegaban al Porfirio Rovirosa, el restaurant más caro del puerto, por lo que era conocido como el Porfirio Raterazo.

Al llegar a la carretera las dificultades crecieron; además de la tormenta había obras, naturalmente abandonadas, y se debía ir muy despacio. Por suerte, se decía Tranquilo, nos acompaña el gran Wollenweider, aunque, claro, a este naco no le guste, ¡pues let *him fuck himself*!, pensó con una sonrisa semiebria. Ya se había tomado siete, ocho whiskies, pero él, como siempre, seguía tan campante porque sabía beber. Le estaba gustando, y mucho, el estilo que recién había descubierto para tratar a Nigromante. Sin majaderías, de hecho con toda corrección y dignidad, pero sin consentirlo en lo más mínimo. Simplemente, cada quien en su lugar... Era la única manera de contenerlo si se ponía sangrón. ¡Carajo, qué lluvia, no se puede ver nada!, se dijo. Finalmente llegaron al Porfirio Rovirosa y, como era de esperarse, el Nigro descalificó el lugar al instante cuando lo diagnosticó como insoportablemente cursi. Tranquilo sonrió con paciencia. Sabía que con tal de llevar la contraria y para llamar la atención su socio solía decir las peores barbaridades. No había que pelarlo. Por supuesto, el restaurante estaba muy bien, de hecho era magnífico, y lo único lamentable era que hubiera poca gente, pero, bueno, con esa lluvia era lógico. Oye, exclamó, qué buena lista de vinos. Era claro que a Nigromante no le gustaba la forma como Tranquilo lo trataba, pero, ¿qué quería?, ¿que le festejaran sus *cochinadas*? Comieron en silencio y el vino más bien fue consumido por el Nigro, pues Tranquilo acompañó sus corazones de filete con vasos de Chivas mientras displicentemente indicaba qué escribir del Porfirio Rovirosa ignorando las miradas irónicas que su socio le dedicaba. Está sacadísimo de onda, pensó Tranquilo, pues qué bueno, que se friegue. Dejó sus cavilaciones pues en ese momento sonó el teléfono celular; ya me llamó, se dijo, excitado; después se levantó, se retiró de la mesa e incluso habló con voz muy baja para que el chismoso del Nigro no lo oyera.

Cuando salieron del Porfirio Rovirosa, la lluvia continuaba intensa, impertérrita, y los truenos se alzaban por sobre el estrépito del aguacero. El servicio de *valet parking* llevó el auto a la puerta y a ellos los cubrieron con inmensos paraguas, que de cualquier manera servían de bien poco pues la lluvia rebotaba por todas partes. La tormenta no arredró a Tranquilo, quien decidió que «husmearían un poco» el ambiente del Nuevo Bum Bum, la discoteca tropical de moda. Recorrieron la carretera de regreso a la bahía con grandes dificultades, pues la lluvia era tanta que los limpiadores apenas podían desalojarla del parabrisas.

El Nuevo Bum Bum era un gran salón con decoración profusamente tropical, lleno de palmas y todo tipo de plantas en enormes macetones y con falsos muros que semejaban las rocas de una gran caverna. Los capitanes, meseros, cajeros y demás empleados andaban como supuestos africanos, con taparrabos y camisas de colores chillantes. Cerca de la entrada se encontraron con un soberbio y joven tigre de Bengala encerrado en una jaula de tres por tres, llena de huesos y trozos de carne sanguinolenta. La pobre bestia se hallaba justificadamente furiosa pues apenas podía moverse y no podía eludir el escrutinio de los turistas que llegaban a invitarle cervezas, como si fuera aquel burro legendario de la Roqueta, o a decirle «bishito bishito», o a exclamar *oh my goodness, look at the poor magnificent thing*! Tranquilo advirtió que en el rostro del Nigro se pintaba una profunda mezcla de estupor, risa nerviosa y tristeza, y antes de que pudiera decir algo lo tomó del brazo para que no se detuviese a condolerse del tigre, ni del jaguar, ni de la cebra, la jirafa, el jabalí, las guacamayas, los flamencos y los pavos reales que los desalmados dueños del Nuevo Bum Bum también habían enjaulado en condiciones infamantes y que por suerte apenas se distinguían en la penumbra del lugar. Nigromante presentó una tarjeta de la revista, y como Ramón Gómez de la Serna ya había establecido los contactos los trataron muy bien y les ofrecieron el mejor sitio. Sólo que, como posiblemente ocurría en todas partes, casi no había público en el salón y por eso la música, en ese momento una briosa cumbia, se oía desproporcionadamente fuerte y molestaba. Los dos pidieron whiskies y en un principio casi no hablaron, hasta que Nigro sonrió, con una ironía más bien amarga.

—Lo que acabamos de presenciar —dijo— constituye la más culera violación a los derechos felinos, te juro que me voy a instalar en plantón permanente hasta que saquen al tigre de esa tortura.

—Ya ya, no chilles —comentó Tranquilo, queriendo aparentar indiferencia, mientras bebía otro whisky que le sirvió un mesero con gran olfato para las propinas.

—Sí, cuate, como tú estás metido en otro tipo de jaula no te preocupas por la suerte de los hermanos tigres, las hermanas jirafas, los hermanos gusanos —dijo Nigro siempre con voz alta.

Pero Tranquilo ya no le hizo caso y se volvió a revisar el salón. Entre el escaso público había un ruidoso grupo de norteamericanas de distintas edades, que los miraba invitantemente, y a pesar de que al calor de los Chivas en algún momento Tranquilo consideró abordarlas, al final decidió no hacerlo y optó por mirarlas con simpatía y condescendencia, pues evidentemente eran turistas pobretonas, maestras de escuela con todo y bifocales o empleadas de K-Mart que con sus ahorritos aprovechaban lo barato que salía México para los extranjeros. Una de ellas se puso de pie, entre risas de las demás, y a Tranquilo casi se le salieron los ojos al ver que tenía un cuerpo espléndido, aunque era de facciones más bien regularcitas. Obviamente, pensaba Tranquilo, la habían hecho levantarse para que ellos la descubrieran y se animasen. Pero nada de eso. Nigro ni la había visto, el pobre tonto seguía consternado por el tigre de la entrada y decía algo así como «no es posible que hayan conseguido un animal tan hermoso nada más para partirle la madre». No le hizo caso. Ya lo conocía. Pura pose. En cuanto a las mujeres, se dijo Tranquilo, no había prisa; sin duda encontraría *something much better* después, porque el tiempo mejoraría, tenía que mejorar, ya se lo habían asegurado los del hotel, y *allá* también; si no, aunque siguiera lloviendo los clubes nocturnos tenían que animarse en las siguientes noches. Ni modo que los turistas se quedaran encerrados en sus hoteles.

—Oye, esto está muerto, mejor vámonos, ¿no? —dijo el Nigro, fastidiado.

Tranquilo, a quien le estaba cayendo muy bien un whisky más, nuevamente no le hizo caso. Así, no lo peles, se dijo. Y qué bueno que eso decidió, pensó después, porque en ese momento vio entrar a dos norteamericanas más, pero ¡qué diferencia! También de edad madura, una de pelo largo y otra de cabello cortito, pero las dos eran un sol de medianoche en la penumbra de la supuesta caverna donde rebotaba, a todo volumen, el baile de «El caballito». Vestían ropa fina, elegante, y definitivamente eran de otra dimensión, no como las *nerds* que seguían con su alboroto de altos decibeles y que ahora contemplaban a las recién llegadas con la despiadada certeza de saber que nunca podrían ser como ellas. Nigromante las había visto también y no les despegaba la mirada, obviamente en ese momento el hermano tigre podía pudrirse en su jaula. Bueno, pensó Tranquilo, yo me voy en esta *limousine*, me quedo con la de pelo corto, que está estupenda, qué senos más soberbios, y a ver si el pobre Nigro puede ligarse a la otra. Descubrió que se sentía notablemente bien, con una embriaguez de lo más agradable, pero también lleno de energía y con deseos de que ocurrieran cosas.

Las dos mujeres fueron conducidas a una mesa no lejos de donde se hallaban ellos, pidieron bebidas y después miraron a su alrededor con aire neutro. Tranquilo sintió que lo observaban, lo aquilataban, y les sostuvo la mirada con un movimiento casi imperceptible de cabeza que podía considerarse un saludo. Ellas se miraron y conversaron entre sí.

—¡Qué mujeres! —exclamó Tranquilo.

—Están muy bien —dijo Nigromante con cierta renuencia, sin querer reforzarle la conducta.

—Están como quieren, hombre, las dos. Divinas. ¿Te fijas cómo nos tiran el chon?

—Bueno —aclaró Nigro—, yo vi que las rucas nos echaron un lentecillo medidor, pero tanto como tirarnos el calzón, pues como que no.

—¡Es que tú de esto no sabes! —exclamó Tranquilo, molesto. Eso me gano, pensó, por hacerle caso a este imbécil. *No-lo-peles,* se repitió. A ver si no echa a perder el plan maestro. Se irguió para llamar al mesero, que al instante surgió de la penumbra.

—Lléveles a esas damas otra ronda de lo que pidieron.

—Pidieron tequila Herradura —informó Nigro.

—¿Tú cómo sabes?

—Elemental, mi querido Watson. Porque tienen copas de tequila. Y te apuesto lo que quieras a que les sirvieron Herradura.

El mesero depositó nuevas cañas tequileras en la mesa de las estadunidenses, quienes se volvieron a verlos con una actitud más bien fría. Tranquilo se puso de pie en el acto y, con su vaso de whisky en la mano, fue hacia ellas.

—Buenas noches —les dijo, en perfecto inglés, acercándose para que lo oyeran—, ¿me permiten que las acompañe?

Las dos mujeres no dijeron nada, ni siquiera lo miraron, pero Tranquilo no se arredró en lo más mínimo y tomó asiento.

—Qué bueno que vinieron —continuó, como si fueran viejos amigos—, esto está muerto, la tormenta metió a todos en sus cuartos, salvo a gente intrépida como nosotros.

Guardó silencio unos instantes para ver el efecto que producían sus palabras. Se hallaba a punto de reiniciar la conversación cuando la del cabello corto le dijo con un tono neutro:

—Le agradecemos su atención, pero a nosotras nos gusta pagar nuestras bebidas.

—De eso no me cabe la menor duda —precisó Tranquilo, sonriendo—, pero le aseguro que sólo fue un simple gesto de buena voluntad, en México nos gusta que los visitantes se sientan a gusto. Sobre todo si son mujeres tan bellas.

—¿Dónde aprendió inglés? —preguntó la de cabello corto, con curiosidad casi académica.

—Hablo inglés desde niño, y además hice mi doctorado en Rutgers. Mi nombre es Tranquilo Pensamiento. Me da mucho gusto conocerlas —dijo, y les extendió la mano.

La del pelo corto sonrió levemente. —¿Tranquilo? ¿Qué nombre es ése? ¿En inglés quiere decir *Tranquil*?

—Sí.

—¿Y su apellido cómo era? ¿También significa algo?

—Sí, *Pensamiento* quiere decir *Thought*.

—¡*Tranquil Thought*, qué nombre...! —comentó la de cabello corto—, supongo que habrá una historia detrás de todo esto.

—Por supuesto que sí, pero no estoy seguro de que quieran oírla a estas alturas del partido —consideró Tranquilo—. Mejor permítanme presentarles a un amigo que me acompaña —agregó e ignoró la frialdad que mostraron las estadunidenses, se puso de pie y llamó a Nigromante, quien primero, como era de esperarse, se hizo como el que no entendía, pero después no tuvo más remedio que acudir al llamado—. Éste es mi amigo Nigro —informó Tranquilo a las mujeres.

Nigro inclinó la cabeza, muy serio, y tomó asiento.

—Nigro en realidad es una forma de abreviar Nigromante, *Necromancer*.

—*Necromancer!* —de plano rio la de pelo corto—, ¡qué nombres!

—Bueno, a Nigro le dicen así no por sus propensiones esotéricas, que según él las tiene, ni por relacionarlo con el preclaro intelectual del siglo pasado Ignacio Ramírez, conocido como el Nigromante, que según él fue su bisabuelo, ¡sino por negro, por prieto subido que es! —se carcajeó Tranquilo.

Nigro iba a decir algo pero optó por guardar silencio, aunque notó que la de cabello corto lo miraba. La de pelo largo bebía sorbitos de tequila en silencio.

—Quiero decir —retomó la palabra Tranquilo—, él y yo trabajamos en la revista *La Ventana Indiscreta*. Estamos en Acapulco haciendo un superreportaje. ¿Y ustedes, de vacaciones?

La de pelo corto miró a su compañera, y como ésta no dijo nada, respondió:

—Sí, naturalmente.

—Qué tiempo escogimos para venir —comentó Nigromante, y la de pelo corto sonrió. La de cabello largo no hablaba pero bebía consistentemente y su copa tequilera estaba vacía, así es que a una seña de Tranquilo, el mesero les llevó otra ronda. Tranquilo se inquietó un poco cuando Nigromante sacó el tema del tigre en la jaula y de los demás animales en cautiverio, «es una vergüenza», comentó la de cabello corto, «sí lo es», habló al fin la pelilarga; los cuatro despotricaron en contra de los dueños del antro, que fue despedazado por Nigromante y la de pelo corto, por lo que al poco tiempo los cuatro reían alegremente, hasta que Tranquilo dijo:

—Es verdad, es imperdonable lo que hacen, y estén seguros de que los criticaremos *severamente* en nuestro superreportaje. Pero, en vía de mientras, ¿por qué no nos vamos a otra parte? Aquí apenas se puede hablar.

Nigromante bajó la vista, las norteamericanas voltearon a otra parte y Tranquilo pensó: ah caray, qué pasó, qué dije, y para quitarse esas ideas de la cabeza les preguntó cómo se llamaban.

Tras una breve pausa, en la que carraspeó ligeramente, la de pelo corto dijo: —Yo soy Phoebe Caulfield.

—¿Como la hermanita de Holden Caulfield? ¡No puede ser! —exclamó Nigromante y Phoebe asintió con una leve sonrisa.

A Tranquilo no le gustó la empatía que alcanzó a percibir en Phoebe y Nigro, y sin quererlo tuvo que ver de otra manera a la rubia de pelo largo que ya tenía otro vaso vacío enfrente.

—¿Y tú? —le preguntó.

—Yo soy Livia Falero —respondió.

—Livia. Como la película de Visconti. Además, Livia también era la esposa del emperador Augusto; Robert Graves la retrata genialmente en *Yo, Claudio*. Excúsenme, ahora regreso —dijo Nigromante, antes de levantarse y difuminarse en la penumbra.

Tranquilo, a sus anchas ya sin su socio, pidió otra ronda de bebidas y habló de la tormenta. Para su sorpresa, Livia, la de pelo largo, le explicó que antes de salir en la CNN habían dicho que se trataba de un huracán al cual habían bautizado con el nombre de Calvin, o Calvino; éste había estallado esa misma mañana en el Pacífico, mar adentro; de hecho, hasta el momento sólo una orilla del huracán había llegado a Acapulco; si Calvin golpeara de lleno a la bahía sería una verdadera catástrofe. Livia dijo todo esto como si fuera lo más normal del mundo, y, al terminar, encendió un cigarro.

Tranquilo aún no digería la información cuando vio, ya casi cuando llegaba a ellos, a Nigromante tropezar con un hombre corpulento que iba de salida, con todo y su traje, lentes oscuros y notoria facha de policía judicial, o de narco, que para el caso era lo mismo.

—Perdón perdón —dijo el Nigro, pero el hombrón sin más lo tomó de la camisa, lo alzó y lo mandó al suelo. El Nigro se levantó, furioso—. Oiga, si le pedí perdón —reclamó. Y Tranquilo y las estadunidenses palidecieron cuando el narcoguarura sacó su pistola. —No me estés chingando, prietito —le oyeron decir al dar un fuerte cachazo en la mejilla de Nigromante—. ¿Quieres más? —preguntó fríamente y durante unos momentos esperó la respuesta. Nigro no dijo nada y el tipo se fue, con lentitud y mirando en derredor sin el menor miedo. Todos los asistentes se quedaron petrificados, pero nadie dijo nada. La música resonaba, absurda. Quién sabe qué aura verdaderamente maligna se traslucía en el hombrón que logró imponerse, pensaba Tranquilo, aún impresionado.

Nigro volvió a la mesa y de un solo trago bebió todo el contenido de su vaso de whisky. La cacha de la pistola le había abierto levemente el pómulo derecho. Tranquilo y las mujeres lo miraban en silencio, consternados.

—¿Estás bien? —preguntó Phoebe, la del pelo corto.

Un mesero llegó en ese momento con una servilleta humedecida para que Nigromante se limpiara. Caray, pensaba Tranquilo, sin saber qué decir, qué feo moquete se llevó mi cuate. Karma instantáneo, se dijo después.

Nigro se pasaba la servilleta húmeda en la herida y de pronto los cuatro se hallaban en un incómodo silencio que volvía grotesca la música del Nuevo Bum Bum. Livia, después de un breve intercambio de miradas con Phoebe, lo rompió para avisar que se iban. Tranquilo les pidió primero e insistió después en que se quedaran, pero como se negaron se propuso a llevarlas; tampoco quisieron, por lo que las invitó a comer al día siguiente. Livia dijo que llamara al hotel Villa Vera en la mañana.

Todos salieron del Nuevo Bum Bum a la tormenta que seguía bramando. Ellas tomaron un taxi y ellos regresaron al hotel con extrema lentitud a causa de la inclemencia de la lluvia. Tranquilo pensaba que había sido siniestro el golpe que se llevó su socio, pero también que éste exageraba. Quiso comentar la suerte de hallar a Phoebe y a Livia, pero su amigo sólo asintió y siguió en su mutismo. Qué mamón, pensó Tranquilo, a quien le hubiera gustado seguir la onda en otra parte, de hecho se le estaba antojando ir al Nalgares, así le decían, un antro con *table dance*, que, le aseguraron, no había que perdérselo.

En vez de eso, cada quien se fue a su cuarto. Tranquilo entró en su suite, sintiéndose de un humor espléndido. Hasta se puso a canturrear. Vio la programación de películas de pago que ofrecía el hotel pero todas eran viejísimas y ya las había visto en su parabólica, así es que prendió la televisión para ver qué había. *Shit*. Un programa de discusión de temas «controvertidos». No, qué horror. Casi le molestó que en los demás canales no codificados de los satélites no hubiera nada bueno y maldijo al huracán que enfriaba las grandes posibilidades de Acapulco. Pensó en bajar al bar del hotel a tomar la del estribo, a ver a quién encontraba, chance a alguna otra vieja puestísima, y hasta pensó en llamar al Nigro para que lo acompañara, pero no: hombre responsable al fin prefirió un líbrium para conciliar el sueño, ya que continuaba bien prendido. Dos líbrium. En lo que se dormía, y porque el *Time* que hojeaba no atrapaba su atención, casi sin darse cuenta conectó los cables de su cámara de video a la televisión con la idea de revisar alguna de las películas que llevaba. En el aparato seguía cargada la *home-movie* y, sin reparar en lo que hacía, la echó a andar. Brumosamente, porque empezaba a hacerle efecto el somnífero, se vio a sí mismo copulando con su mujer, ella montada en él. Todo era lejano. Con una extraña magnanimidad Tranquilo sonrió levemente al constatar que Coco se veía muy bien, pasadita en algunas partes, pero definitivamente era atractiva, y *cachonda*, con esos grandes senos que eran un sueño; tanto él como ella hacían el amor como expertos, como *profesionales*, de una manera intensa y, de hecho, creativa, incluso inspirada. No, hombre, si lo hacían más que bien. Era artístico, qué carajos. Con razón ese pobre Nigromante no pudo más que masturbarse ante la innegable calidad del *show*.

EL TIEMPO NO ME DEJA

...Desperté, sobresaltado. Durante unos instantes no me di cuenta de que el teléfono sonaba y que eso me había despertado. Contesté. Era un empleado de recepción, quien, animosamente, me dijo: ¡Son las siete de la mañana, señor! ¡Muchas gracias!, respondí, nada más que yo no di instrucciones de que me despertaran a ninguna hora. Lo siento mucho, señor, pero aquí tengo la indicación de llamarlo a las siete de la mañana. Ah..., dije, pensando que el culerito de Tranquilo era quien había ordenado que me levantaran. Típico. En efecto, acababa de colgar cuando el teléfono emitió sus ondulaciones electrónicas. Era The Boss, por supuesto, quien me ordenó que bajara a desayunar para que inmediatamente después nos fuéramos a darle, vinimos a trabajar y no a pachanguearla, tuvo el descaro de decirme. Chinga tu madre, pensé. El pobre nene era un tarado, ¿por qué perder el tiempo con él? Consideré seriamente mandarlo al carajo de una vez por todas, total, yo podía vender mi diez por ciento de las acciones de la revista o conservarlo y usar la lana que rendían. Quién sabe por qué la revista era un éxito pero las acciones, o las mías al menos, no daban nada del otro mundo; de cualquier manera, podía conservarlas y trabajar en otro lado, chance hasta tocar algunas puertas y hacer *mi propia revista...*

Todo esto lo pensé en fracciones de segundo y sin embargo lo que dije fue: Cómo está el tiempo. De la chingada, contestó, sigue lloviendo sin parar. ¿Ya sabías que es un huracán?, me informó, se llama Calvin y no le ha dado de lleno a Acapulco, nada más ha sido un rozoncito y así nos tiene como nos tiene. Ves, te lo dije, planteé, y tú con que el tiempo se iba a componer. Pues sí, pero nosotros no nos vamos a parar por eso. Tenemos que ser profesionales aun en condiciones adversas. ¿Entonces le vamos a seguir? Claro. ¿En medio de un *huracán*? Se necesita, ¿eh? Técnicamente no es un huracán, dijo; nada, muchacho, a trabajar.

Me dieron ganas de matar a este gran morón, que había transitado de la mamonez a la solemnidad institucional. Me asomé a la terraza y constaté que, en efecto, la tormenta no cedía; durante la noche anterior no habían cesado los vientos, los truenos y la lluvia torrencial; de hecho me dio frío, así es que tuve que pararme a desconectar el aire acondicionado. Aún me dolía el hombro, pero ya menos. Y un poco la mejilla. Qué golpazo me había dado el pendejo de ayer, pero qué podía esperarse de un lugar donde asesinan lentamente a los más bellos tigres.

Tranquilo, que, como era de esperarse, había desayunado en su suite, seguía de lo más serio, lo cual más bien me hubiera dado risa si el tiempo estuviese mejor. Por otra parte, se veía muy sabrosito mientras daba órdenes por el teléfono celular a los compas de la revista en el De Efe. Aquí tenemos al energético empresario de éxito dispuesto a acabar con el cuadro. Semejantes milagros anfetamínicos no me impresionaban para nada, así es que mejor desayuné rápidamente y un tanto incómodo a causa de la pesada vibración del Chif, quien escrutaba el comedor en busca de mujeres guapas, las cuales, en ese momento, escaseaban; pero me divirtió ver que la gente que desayunaba no se resignaba a la tormenta y se había puesto shorts, trajes de baño, sombreros de playa, bronceador y toda la cosa, como si en cualquier momento fuera a salir el sol. Sólo algunos niños intrépidos nadaban en la alberca en medio del diluvio; mientras más llovía y más fuertes eran los vientos y los truenos, más felices estaban ellos y sólo sus risas y gritos animaban el ambiente.

Compramos unos paraguas rigurosamente taiwaneses en la tienda del hotel y salimos a la Costera, bajo la lluvia que sólo en momentos amainaba. Como la noche anterior la avenida era un arroyo caudaloso, el agua bajaba de los cerros de la bahía en torrentes llenos de basura y el tránsito apenas avanzaba. En momentos el aguacero disminuía un poco y permitía ver la turbiedad del mar; la lluvia se estrellaba en la superficie y formaba cautivantes filos luminosos; predominaba un tono amarillento, revuelto, seguramente las arenas del fondo llegaban hasta arriba y enturbiaban todo. No me gustaba nadita cómo se veía el mar; me parecía ominoso, como si en cualquier momento pudiera ocurrir una catástrofe: una marejada inmensa que dispusiera de todos los hotelitos como construcciones de cerillos, o series de rayos salvajes que causaran deslaves y destrucción.

Para colmo de males, Tranquilo casi se alegró porque, distraídamente, encendí un cigarro. Oye, a ver si te abstienes de echar humo cuando estés en mi coche, me dijo, si no te preocupas por tu salud yo sí me preocupo por la mía. No mames, Tranquilo, tú te retacas de chochos y te escandalizas porque fumo. Es que es distinto, en mi caso no es vicio, es sólo una medicina ocasional para estar más alerta, algo perfectamente normal, tengo receta de facultativo. Sí cómo no, le dije, hazte pendejo.

A vuelta de rueda, claxonazos y mentadas de madre logramos llegar a la presidencia municipal, pomposamente llamada palacio de gobierno, que junto con el Parque Papagayo había sido objeto de un gran conflicto en Acapulco. El parque se creó en lo que, en los años cincuenta, fue el hotel Papagayo, entonces uno de los mejores del puerto. Era notablemente extenso, seis hectáreas frente a la playa de Hornos con juegos mecánicos y muchísimos árboles; a fin de unirlo con la playa se construyó un túnel para que a través de él fluyese el tránsito por debajo de la avenida Costera. El Parque Papagayo pronto se volvió un sitio popular, además de que era un pulmón cada vez más indispensable para el puerto. Todo iba bien hasta que el gobierno decidió construir allí una nueva presidencia municipal, y en torno a ella un gran centro comercial, un mall al estilo gringo con sus previsibles boutiques y grandes almacenes; como se había iniciado la construcción de una nueva supercarretera entre Acapulco y la Ciudad de México se esperaba una enorme afluencia turística y para aprovecharla no titubearon en eliminar al pobre parque; por tanto, iniciaron una vigorosa tala de árboles, a pesar de las protestas de los ecologistas, que, con el apoyo de los acapulqueños, presentaron una notable resistencia; denunciaron los hechos, discutieron con las autoridades, hicieron grandes manifestaciones, plantones y huelgas de hambre; escribieron artículos, cartas a los periódicos y finalmente salvaron el parque, aunque no pudieron impedir que el aferradito gobierno construyera allí su presidencia municipal, sólo que por la parte de atrás y con entrada por la avenida Cuauhtémoc.

Allí nos esperaba Ramón Gómez de la Serna, nuestro encargado de ventas en Acá, quien se había puesto un suéter muy holgado. Está durísimo el frío, ¿eh?, le dije. Pues yo sí tengo, me contestó, además fíjate tú que aquí uno nunca se puede poner suéter. Asentí. La verdad es que tanto como frío no hacía, tan sólo cuando los vientos golpeaban de frente, pero lamentaba no haberme puesto el suéter con el que salí del Defectuoso. Era todo lo que había llevado al viaje, pero quién se iba a imaginar que haría frío *en Acapulco*.

Ramón Gómez de la Serna, homónimo del escritor, era un español corpulento de sesenta años de edad; en un tiempo fue un conocido campeón de jai alai, pero a esas alturas ya nadie se acordaba de él. ¡Jefe!, le dijo a Tranquilo, ¡aquí todo ya estaba listo, pero este climita que se trajeron ustedes del De Efe a ver si no descompone las cosas! Ya se descompusieron, dijo Tranquilo con gravedad, ayer no pudimos ver al presidente municipal, y es muy importante que lo vea. Sí, ya supe, respondió Ramón Gómez de la Serna, pero ahorita sí lo atrapamos. Recorrimos la presidencia municipal de Acapulco, que a fin de cuentas resultó de lo más desangelada. En la antesala, Ramón Gómez de la Serna, desenfadada pero minuciosamente, informó a Tranquilo sobre las citas que había reconfirmado y propuso un nuevo plan de trabajo. Sí, ya nos atrasamos el día de ayer, dijo el Tecnochif mirándome de soslayo como si yo tuviera la culpa del huracán. ¿Qué se sabe de este huracán?, pregunté entonces con firmeza excesiva, para evitar que Tranquilo me siguiera jeringando, ¿cómo se llama?, ¿Luther? Calvin, me corrigió Tranquilo. Si se vuelve famoso, proseguí, podemos aprovecharlo para el reportaje. Claro, asintió Ramón Gómez de la Serna. No no, qué les pasa, dijo Tranquilo, sería *funesto* que saliéramos con una visión trágica de Acapulco. Pues pa' como pinta, insistí, a lo mejor no nos va a quedar más remedio. No es un huracán, dijo Ramón, dicen que es una depresión tropical. Sí hay un huracán, explicó Tranquilo, mirándome con aire paciente, pero está allá en el mar, aquí sólo hemos sentido un rozón. Hoy lo dijeron en las noticias de la tele.

Para cambiar de tema, Ramón Gómez de la Serna nos contó la Verdadera Historia del Presidente Municipal Éric el Quirri Lanugo Muñúzuri, nacido en Acapulco treinta años antes en una vieja y adinerada familia de origen español dueña de comercios, concesionarias de llantas y gasolineras. El Quirri siempre fue niño rico y le decían así para acortar su verdadero apodo, el Quirrirrús. Era de facciones muy finas, blanquito, desenvuelto, seguro de sí mismo y mandón. Pero, eso sí, muy bajito de estatura. Estudió hasta la preparatoria en el puerto y fue el típico chavo de discoteca-de-moda, coche-último-modelo, viaje-a-Estados-Unidos-o-Europa-cada-año y computadoraen-el-cuarto, además de que sus papis le habían comprado su propia televisión y antena parabólica, equipo de sonido de cien watts por canal, línea telefónica, etcétera etcétera. Los etcéteras son de Ramón Gómez de la Serna.

Era chiquito pero picoso. Trataba a todo mundo con despotismo ilustrado, pues uno de sus primos que vivía en la capital y que iba con frecuencia a Acapulco lo inició en la lectura. El Quirri Lanugo era experto en esquí, en buceo con aqualung, e incluso participó en competencias internacionales en las que hizo un papel decoroso. Jugaba tenis muy bien. También era de los primeros en la escuela, la Lasalle; sus calificaciones eran altas, en parte porque las merecía, en parte porque el dinero de su familia predisponía a los maestros a no ser muy rigurosos, y en parte debido a que el niñito siempre cargaba una pistola, para que nadie me diga chaparrito, decía. Desde la primaria, varias veces los maestros le confiscaron el arma y llamaron alarmados a sus padres, pero al poco rato Éric ya la tenía de nuevo y la presumía a los demás para hacer lo que se le antojaba. Otras veces se vio envuelto en pleitos, especialmente en la preparatoria, por lo que su padre le puso un guardaespaldas, conocido como el Pájaro Nalgón, quien resultó el cómplice perfecto y aceitó la prepotencia del joven patrón. Al Pájaro le encantaba golpear a la gente, además de que le llevaba al jefe muy buenas nudistas que levantaba de los bares topless y bottomless que aparecieron en Acapulco en los años ochenta. Eso sí, nada de cocaína, alcohol o mariguana, porque el Quirri no bebía ni se drogaba. Pero le encantaban las mujeres, aunque no siempre a la buena. Por supuesto, tenía su noviecita santa, María Luisa Altamirano, una muchacha de buena familia, pero se aseguraba que él y sus amigos habían violado, a punta de pistola, a varias nudistas de los cabarets, y todos sabían que eran autores intelectuales de un asesinato involuntario. Una vez le encargaron al Pájaro Nalgón que le diera una calentadita a un travesti que algo les había hecho, o que no les había hecho, pero al guarura se le pasó la mano y para silenciar lo ocurrido el padre del Quirri tuvo que mover muchas influencias y repartir dinero en la prensa y en el gobierno. Por suerte, la víctima era un pobretón sin influencias, así es que no pasó nada y el Quirri siguió su meteórico comportamiento de Miguel Páramo Electrónico.

Por esas fechas ocurrieron dos grandes sucesos: el Pájaro Nalgón fue asesinado crudelísimamente ante los ojos del Quirri, quien se escapó de milagro y por primera vez vivió el terror de sentirla cerca. Fue notable cómo lo impactó la muerte de su guarura predilecto. Después, resultó que el primo intelectual de la Ciudad de México se había vuelto comunista tardío y procedió a indoctrinar al joven Lanugo, quien incluso llegó a conectarse con unos miembros del Ejército de los Pobres que sobrevivieron a la matanza de Lucio Cabañas y sus guerrilleros. El padre se enteró de todo esto y, alarmado, aprovechó que su hijo había concluido la preparatoria para mandarlo a Estados Unidos.

Éric el Quirri Lanugo Muñúzuri se fue a estudiar economía en la Universidad de Stanford, donde se graduó; después hizo su maestría en Yale y el doctorado en Harvard. Regresó muy cambiado: al parecer se le habían desvanecido las violencias de antes. Y, a cambio, se había vuelto adicto a la política. Por supuesto, la fiebre comunista se le fue rápidamente y lo que le apasionó fue la peculiarísima, cuasiesotérica política mexicana, de la que, según él, se volvió experto. El Quirri estaba completamente seguro de sí mismo y creía poder llegar hasta lo más alto, hasta la mismísima presidencia de la república. En las universidades de Estados Unidos conoció a jóvenes mexicanos hijos de familias clave, quienes lo contagiaron de la mística neoliberal y, en las vacaciones que pasaban en México, lo conectaron con los grandes jerarcas de la política y la iniciativa privada, así es que, tan pronto regresó, se casó a todo lujo en Acapulco con su novia de siempre, María Luisa, de quien por cierto también se decía que era una joyita, y con ella se fue a la capital a hacer talacha de alto nivel porque en Acapulco evidentemente nunca la iba a hacer.

Su vía regia para el éxito consistía en que le habían presentado a monsieur Jean-Marie Córdoba, la eminencia gris del régimen que hacía y deshacía a su antojo y que, según muchos, controlaba incluso al presidente Salinas. En la Ciudad de México el Quirri estrechó sus relaciones con Córdoba, quien lo tuvo a su cargo un tiempo y después lo mandó a la Secretaría de Agricultura, para que se fogueara con el cacique ultramillonario Carlos Hank González, alias Gengis Hank, quien se las sabía de todas todas en cuanto a la vieja política mexicana, grilla o polaca, y que de por sí era amigo viejo de la familia Lanugo. Al año, Córdoba lo envió al PRI como secretario particular del presidente del partido. Allí estaba el Quirri, grillando como loco, cuando llegó el momento de escoger candidato para la presidencia municipal de Acapulco.

En esa ocasión las cosas eran diferentes porque el partido opositor, el de la Revolución Democrática, era fuerte en el estado de Guerrero, además de que mucha gente del puerto se había politizado con los líos del Parque Papagayo. Los perredistas postularon a un joven empresario acapulqueño, muy popular y carismático, lo cual obligó al gobierno a modificar su estrategia para no perder una alcaldía de primera importancia. Córdoba decidió lanzar al doctor Lanugo, como le gustaba que se le dijera, porque él también era de la mejor sociedad porteña y podría contrarrestar las tentaciones de los acapulqueños a irse con el PRD. Mucha gente del partido oficial se molestó porque les imponían a un inexperto, otro que se saltaba a todos y llegaba hasta arriba, pero naturalmente se disciplinaron ante las órdenes que llegaron de la cumbre. Por su parte, Lanugo también se disciplinó a regañadientes, pues pensaba que Acapulco no era el sitio del cual podría partir ninguna carrera política que valiera la pena, a pesar del ejemplo de Donato Miranda Fonseca a fines de los años cincuenta que tanto le citaban. Además, sus amigos solían burlarse de él porque era de Acapulco, está horroroso Acapulco, decían, ahí ya nada más van los nacos, la gente decente vacaciona en Cancún.

Las elecciones fueron reñidísimas, porque los perredistas expusieron todos los chismes del belicoso Quirris, pero los alquimistas del partido oficial rasuraron el padrón hasta sacarle sangre, saturaron los medios con propaganda, compraron votos indiscriminadamente e instrumentaron un fraude electoral que fue célebre en todo el país. Durante un tiempo, los perredistas armaron plantones y manifestaciones para que Lanugo no pudiera entrar en la presidencia municipal, y el doctor en economía recibió órdenes de aguantar y dizque gobernar desde otras oficinas. El gobierno se hallaba en la parte más intensa del cabildeo y las negociaciones para la aprobación del Tratado de Libre Comercio en el congreso de Estados Unidos y no podía recurrir a la mano dura como hubiese querido. Finalmente, todo se arregló a través de intensas negociaciones en la Secretaría de Gobernación combinadas con encarcelamientos y represión en Acapulco, y el Quirri pudo entrar en la muy anodina presidencia municipal.

De esto no hace mucho, nos refirió Gómez de la Serna, y por ahora el Quirri todavía anda muy mansito, saluda a todo mundo con gran cordialidad y se dice experto de la concertación política. Hasta habla con voz suavecita, como de seminarista. Pero ya se está alocando, ya corren chismes insistentes de que es homosexual, incluso la gente dice: Acapulco está de luto, ¡nos trajeron otro puto!, le gustan las orgías, los incestos y las perversiones sexuales, también se dice mucho que está haciendo negocios sensacionales con casas de cambio y con los narcos. Además, la gente se queja de que nunca está en Acapulco, porque se la pasa en el De Efe picando piedra por lo de la sucesión presidencial. Él está con Zedillo. Está loco, ¿no? Ayer, por ejemplo, no los recibió no porque anduviera atareado con el huracán, sino porque estaba grillando en México... Ah caray, señores, ya los va a recibir el Quirrirro. Que les sea leve. Nosotros aprovechamos para irnos. Luego te hablo, jefe.

El doctor Éric Lanugo, un chaparrito todo camisa de seda, nos recibió de pie, detrás de su escritorio, junto a la imprescindible computadora y bajo el sacrosanto retrato del ciudadano presidente de la república. Después de saludarnos, nos invitó a tomar asiento, nos ofreció café y se disculpó por atendernos hasta esa hora, pero la depresión tropical, porque eso era para Acapulco, por fortuna el huracán no había dado de frente, reclamaba toda su atención las veinticuatro horas del día. Hasta el momento no había datos exactos, pero los vientos habían destruido numerosas viviendas y se sabía de muchos damnificados, añadió y se quedó en silencio como para constatar por el ruido en el techo que Calvino aún seguía allí. Después se puso de pie y sin que viniera al caso nos soltó un discursito:

Señores, me da mucho gusto que estén en Acapulco y estoy seguro de que podrán constatar que en esta capital del paisaje del mundo, porque sin duda eso es Acapulco, se vive en paz, trabajando con eficiencia para elevar la productividad, bajo el ejemplo y el estímulo que nos brinda el señor presidente de la república. Esto, sinceramente, no ha sido fácil. A todos les consta que recibimos el puerto en condiciones en extremo adversas y en un estado de agitación más bien artificial generado por los emisarios del todo y nada, los políticos que sueñan con que México tenga una regresión espectacular, antihistórica, que nos regrese a formas de gobierno anacrónicas, ampliamente superadas. A pesar de la cerrazón y la tendencia a la violencia, hemos establecido una política de concertación, diálogo y apertura, a fin de entablar relaciones políticas civilizadas con los partidos de oposición, que, como se sabe, critican sin proponer, rechazan todo por sistema y distorsionan la información. Estos señores, maestros del retroceso, dinosaurios del pensamiento, tienen mucha influencia en los medios de comunicación, mucho dinero se mueve detrás de ellos, y nosotros nos preguntamos: ¿de dónde salen esos cuantiosos fondos? Sólo Dios Nuestro Señor desde su omnipotencia lo sabe, aunque en estos vulgares planos terrenales algunos creemos que una investigación judicial sería pertinente para averiguarlo. Estas fuerzas regresivas, retardatarias, francamente reaccionarias, tienen el descaro de pintarnos como represivos, alquimistas, orquestadores de fraudes electorales y mil bembeces más. Pero una cosa se puede decir: no nos estamos chupando el dedo, estamos muy pendientes de lo que ocurre, no nos dormimos en nuestros laureles, sabemos que dicen que el doctor Éric Lanugo Muñúzuri, presidente municipal constitucional, odia a Acapulco y prefiere a Cancún, que es narcopolítico, que hace negocios fabulosos y por supuesto ilícitos con las plantas tratadoras de aguas y con el tiradero de Carabalí, que es manejado por el doctor José María Córdoba, sabemos eso y mucho más, quiénes son, qué hacen, qué planean para desestabilizar al país, pero no vamos a caer en sus falsas acusaciones y, en cambio, continuaremos nuestros esfuerzos para consolidar los espectaculares logros de las políticas del señor presidente Salinas de Gortari. Hacemos nuestra parte lo mejor que podemos. Presentamos cuentas claras, números negros en las finanzas y hemos reconquistado un clima de concordia para todos. Ya no hay problemas políticos, ni económicos, ni sociales, y vamos resolviendo los problemas ecológicos que se presentan. Para ello requerimos los esfuerzos de la sociedad civil, así es que hemos establecido una relación muy estrecha con los grupos ecológicos del puerto y también, claro, con las autoridades federales. Con el apoyo de la sociedad civil logramos limpiar la bahía. Fue un esfuerzo de la colectividad. Todos lo hicimos. De la misma manera, ciudadanía y autoridades hemos emprendido una enérgica campaña en pro del embellecimiento del puerto y en contra de la mendicidad y la basura. Sin triunfalismos, con los pies en la tierra, se puede decir que hasta el momento hemos tenido éxito.

Eso sí ya me pareció demasiado y lo interrumpí:

Oiga, doctor, con todo respeto, ¿no está usted presentando un panorama idílico de Acapulco? Perdóneme que le diga, pero la verdad es que ayer, antes de que lloviera, fuimos al mercado y aquello era un mugrero incalificable.

Bueno, respondió sonriendo, sin dar gran importancia al asunto pero con el entrecejo fruncido, en los mercados la situación requiere más esfuerzo, pero se lo damos. Puedes estar seguro de que el servicio de limpia pasó poco después.

Y hemos podido observar, insistí, que desde que está lloviendo el agua que baja de los montes se trae muchísima basura.

Es verdad que en tiempo de lluvias se agrava esta cuestión, pero pierde cuidado, tenemos conciencia del problema.

Tranquilo me lanzó otra de sus miradas de no-te-propases, pero por supuesto no le hice caso:

¿Y qué nos dice, doctor, de la situación política? Es difícil en todo el estado pero especialmente en Acapulco.

Eso no es cierto. Nosotros no tenemos problemas políticos en Acapulco. Todo está bajo control, en paz, como debe de ser. Ya te he dicho que a través de la concertación hemos logrado desactivar todos los conflictos.

Pero también a través de una que otra acción represiva, ¿no es así?, le dije mientras checaba que la grabadora funcionara correctamente.

De ninguna manera. Mira, me explicó con paciencia, en Acapulco impera la ley y nosotros tan sólo la aplicamos, aféctese a quien sea.

Lanugo me veía con una miradita sardónica que no me gustó nada, algo en mi estómago se contrajo y sentí la necesidad de callarme la boca, era una clara sensación de peligro que me desestabilizó por dentro, pero insistí de cualquier manera:

Se dice también que los opositores son dueños de las calles y que los problemas de tránsito, de por sí serios, se han agravado con las constantes manifestaciones, mítines y plantones.

No, mira, esa película ya la vimos hace mucho. Eso fue antes, durante el conflicto post electoral. Si quieres hablamos de eso. Pero ahorita no pasa nada. Además, nosotros pensamos, me explicó Lanugo con cierta impaciencia, que es preferible permitir el ejercicio de la libertad aunque ésta genere incomodidades, pero te aseguro que estamos buscando fórmulas para evitar molestias sin coartar los derechos de expresión. *Any suggestions?*, agregó con un tonito marcadamente irónico.

¿Y la lucha armada, señor? ¿No hay posibilidad de nuevos brotes guerrilleros a causa de los rezagos? Guerrero se caracteriza por la miseria de los indios, por el imperio del narcotráfico y de los cacicazgos, por las elecciones desaseadas como, por desgracia, fue la suya, ¿no crea todo eso condiciones para nuevos brotes guerrilleros?

Las vías armadas para dirimir conflictos están definitivamente fuera de consideración. Te aseguro que el pueblo acapulqueño es maduro y acata la legalidad. Y no nada más aquí, en todo el país es impensable la guerrilla. También eso es cosa del pasado. Y en cuanto a lo del famoso rezago guerrerense permíteme decirte que es sólo un mito. Es bien sabido que a través del Programa Nacional de Solidaridad ha habido una derrama sin precedentes para la población más necesitada del estado de Guerrero. Tú lo sabes, tú pareces estar enterado.

Encendí un cigarro y bebí los restos de café frío para bajar el volumen de mis nervios. De pronto no me agradaba nada cómo se había desarrollado la entrevista y traté de concentrarme.

¿Y la cuestión ecológica?, cambié de tema. Se dice que el deterioro de la bahía de Acapulco es irreversible.

No no, me contestó con aire despreocupado pero con miraditas que me aquilataban, ésos son los infundios de los que hablábamos, la distorsión de la información que tan mal nos pinta. Yo creí que nos estábamos entendiendo, pero ahora no sé con quién habrás estado hablando tú. Las autoridades federales, estatales y nuestro gobierno municipal hemos entablado una batalla frontal por limpiar la bahía, ya te expliqué que toda la sociedad colaboró y que los resultados son impresionantes, hombre, esto lo han reconocido en muchas partes.

Pero hay demasiada gente en Acapulco, argumenté, cerca de dos millones sin contar con la población flotante; si se midiera la contaminación atmosférica en el puerto posiblemente se observarían niveles preocupantes, son demasiados autos y el tránsito es muy pesado.

Ya se prohibió el estacionamiento en la Costera para solucionar el problema de tráfico, me dijo.

Pero hay reportes, insistí, de que los hoteles, por ejemplo, siguen descargando sus aguas sucias en el mar.

No no, aquí todo está bajo control, incluso hemos sido honrados con un premio al mérito ecológico.

¿Quién otorgó el premio?, inquirí.

El Comité de Defensa de la Naturaleza Guerrerense, me informó Lanugo con una tosecita.

Pero ése es un organismo que usted mismo creó, le dije, sin mirarlo.

No, señor, no, señor, me rebatió él un poco más molesto, mientras de reojo me daba cuenta de que Tranquilo miraba al suelo, nervioso y nada contento con el rumbo que llevaba la entrevista; es verdad que una de mis hermanas lo dirige, pero eso no tiene nada que ver, es bien sabido que mi hermana tiene sus propios puntos de vista, los cuales muchas veces se oponen a los míos, así es que se trata de una organización no gubernamental legítima y establecida, que forma parte de las ONGs del país.

Pero los fondos del Comité, ¿de dónde provienen?

De sus propios recursos, por supuesto.

Pero el ayuntamiento también los financia.

Qué pasó, qué te traes tú, estás haciendo aseveraciones que podrían verse como difamación. Una cosa es que el municipio a nuestro cargo en algunos casos colabore económicamente, en una proporción modesta, con las organizaciones civiles que nos lo solicitan y otra que financiemos al Comité de Defensa de la Naturaleza Guerrerense. Fíjate bien en lo que te voy a decir, en verdad considéralo y concédeme el beneficio de tu atención, añadió con aire grave, la preocupación por la ecología de Lanugo es profunda y verdadera, incluso hemos sido pioneros al proponer la creación de un ómbudsman ecológico para el puerto.

Que usted designaría, por supuesto, precisé.

Claro que no. Mira, te voy a hablar con toda sinceridad. Creo que has venido a verme cargado de prejuicios y antipatías, no sé qué ideas profeses pero sí me doy cuenta de que no me aprecias. Está bien, no soy monedita de oro, pero te equivocas. Te han informado mal. Ten cuidado de no cometer errores que después lamentes. Te lo digo de corazón porque, para que veas, tú a mí sí me has caído muy bien, admiro a la gente que dice lo que piensa aunque sean pendejadas.

Tenía un tonito entre duro y sardónico que me hizo revolverme en el sofá. Descubrí que me había agitado por completo y que me sentía muy nervioso. Me aterrorizaba la idea de que mi voz flaqueara.

Disculpe, doctor, le dije, le aseguro que en mi trabajo no hay nada personal, mi deber consiste en exponer lo bueno y lo malo que se observa, y si usted nos plantea lo positivo de su gestión yo me veo en la necesidad de equilibrar un poco las cosas y traer a la luz lo negativo; no puede usted negar que hay un franco clima de violencia, anoche, para ser preciso, en un sitio público, un hombre gigantesco, un obvio gatillero, de buenas a primeras, nada más porque tropecé con él, sacó una pistolota y me golpeó con ella, mire usted la huella de la agresión, dije, un tanto atropelladamente y señalando el raspón en mi cara.

Arajo, cómo está esto, dijo el Quirri revisando el raspón con frío aire de cirujano y una sonrisita apenas perceptible. Se vio muy comedido el hombre. Me hizo varias preguntas sobre el incidente y tomó nota de los detalles, lamentable, muy lamentable, tienes razón, la violencia es lo peor que hay, decía, e incluso me recomendó un guarura que por supuesto yo tendría que pagar; a él no le costaría nada facilitármelo pero no quería que se prestase a suspicacias.

Le dije que no gracias, pensando en el Pájaro Nalgón, el guarura que tuvo Lanugo cuando era chavito. Tranquilo carraspeó y procedió a despedirse del doctor Éric El Quirri Lanugo, no sin antes pedirle la oportunidad de volver a recurrir a él si hacía falta más información.

Por supuesto, concedió él, magnánimamente. La tuya es una revista de primer mundo, es un honor para Acapulco que le dediquen ustedes tanto espacio. Sólo te suplico, agregó mirándome de soslayo con una sonrisita, que traten de ser objetivos y ecuánimes, por favor no vean nada más lo negativo, fíjense en lo positivo también y, en todo caso, que la crítica sea constructiva, propositiva; hemos hecho un esfuerzo muy grande para lograr la paz en nuestro municipio, que es tan conflictivo, y el papel de los medios de comunicación es importantísimo para que se consolide la estabilidad.

Pierde cuidado, le aseguró Tranquilo instalado en el fariseísmo total, nosotros sabremos ver lo positivo de tu gestión; el propósito de nuestra revista no es presentar imágenes negativas sino mostrar las bellezas naturales y el capital turístico del puerto.

Lanugo sonrió irónicamente y nos acompañó a la puerta, donde le dijo a Tranquilo, porque a mí no me pelaba, que le habían hablado muy bien de él, que en verdad estaba a su disposición y que no dudara en llamarlo en *cualquier circunstancia* mientras se hallara en Acapulco. Regresó a su escritorio, escribió algo y regresó con nosotros. Toma mi tarjeta, le dijo finalmente, mira, con mi puño y letra he anotado que te den todas las facilidades y que nadie se meta contigo, aquí la gente conoce estas tarjetas mías, así es que preséntala cada vez que te haga falta; en la parte de atrás tiene más de ocho números en los que sin duda me puedes encontrar a cualquier hora. Es en serio lo de a *cualquier hora.* Llámame cuando lo necesites, no lo pienses.

¡Carajo, Nigro!, me espetó Tranquilo cuando hubimos salido de la presidencia municipal y nos deteníamos ante la lluvia que se hallaba más dura que antes, ¡mídete, cabrón! Pareces periodista de *Proceso.* ¿Por qué tienes que meter en predicamentos a la gente? Good God! ¿Para qué le tenías que decir que él está detrás del comité ese ecológico?, ¿cómo lo supiste, además? Casi se me caen los calzones cuando lo dijiste.

¿Vieras que nomás lo aventé para ver si pegaba?, le expliqué a Tranquilo, nadie me había pasado ese tip, pero, ya ves, era de esperarse. El pendejo ha de haber creído que yo sabía *hasta lo que no,* y por eso él mismo confesó que su hermana era la efectiva del comité.

Qué chistosito eres, insistió Tranquilo con su aire más severo, ya te dije, y espero no tener que repetírtelo, que de las cosas políticas me encargo yo. Vinimos a hacer un trabajo desapasionado, sin coloración política ni de ningún tipo, y no quiero que me andes metiendo en problemas con tus socialismos trasnochados.

Cuáles socialismos, le dije, acalorándome, lo que pasa es que me caga ver a esta gente haciendo su deplorable teatrito como si uno se estuviera chupando el dedo, a mí, fíjate, me vale madre la política y no me interesa lo que hagan y digan, pero si es a mí al que joden entonces no veo por qué no reaccionar.

Porque yo te lo ordeno, me respondió Tranquilo con su aire severo que daba risa. Después sacó su teléfono celular. Con tu permiso voy a hablar con las gringas, me dijo, muy serio, como si lamentara que yo tuviera parte del paraíso. Además, me dio la espalda y se alejó para hablar sin que yo lo oyera.

¿Qué pasó?, le pregunté cuando regresó. Hoy quieren descansar, pero quedamos de cenar mañana, me informó secamente.

Total, tuvimos que abrir nuestros paraguas, porque durante la discusión obviamente la lluvia no paró, y corrimos al Fabuloso Phantom del Gran Jefe Trancas. En medio de los torrentes y con el horizonte cargado del mar picadísimo, nos fuimos al Fuerte de San Diego, siguiente escala en el itinerario reportajístico que nos había preparado Ramón Gómez de la Serna. Para entonces la tormenta estaba tan cerrada que prácticamente no se podía ver gran cosa del famoso fuerte, todo de piedra, sede de las no menos célebres reseñas cinematográficas que se hacían varios siglos antes, cuando las grandes estrellas del cine internacional se tostaban el cuero en Acapulco. Varias veces trataron de rearrancarlas años después, pero nunca salieron bien. En el fuerte hablamos con la directora, una mujer delgadita, chilanga, muy simpática, quien de plano nos dijo que no podría mostrarnos el sitio a causa del aguacero. Había que estar pasando por el patio a cada rato para entrar en las distintas salas y así no se podía. Estaba emocionadísima porque un par de meses antes, ay, hubieran venido entonces, el clima estaba tan divino, habían puesto una exposición del pintor Augusto Ramírez, quien presentó una paráfrasis genial de la *Última cena* de Leonardo. Quedamos de regresar cuando no hubiera lluvia, si es que alguna vez escampaba, y con los paraguas taiwaneses nos fuimos al coche. Para acabarla de amolar, me resbalé al salir y me di un ranazo espectacular que me hizo ver estrellitas y me dejó todo adolorido y empapado, pues también perdí el control del paraguas. Esta vez fue Tranquilo el que se atacó de la risa por más que le eché mis miradas más asesinas. Me fui empapado, lo cual molestó a Tranq porque mojé su fantabuloso coche, y del no visto Fuerte de San Diego la lluvia nos hizo avanzar por la Costera más despacio que nunca porque de nuevo prácticamente no se veía y había que estar muy atento a las luces de los de enfrente.

A través de la Costera nos dirigimos al Centro de Convenciones, donde teníamos una cita con el dirigente local de la Cámara de Comercio, o Canaco, que quién sabe por qué tenía allí oficinas. El Centro era un sitio espléndido, bien hecho, con gusto, pero, como en el Fuerte de San Diego, la lluvia no dejaba apreciar gran cosa pues el agua se metía a las galerías y las salas del lugar. Por suerte, el líder de los comerciantes acapulqueños tenía sus headquarters en un sitio bien resguardado del aguacero; era un español mamón de tiempo completo, de más de setenta años, blanco, alto y con el pelo totalmente encanecido; vestía un típico pantalón de gabardina caqui y una tremenda chamarra de piel, porque, a pesar del pésimo tiempo, allí dentro el aire acondicionado estaba tan fuerte como en la oficina del gerente del hotel Nirvana, y yo, que aún estaba mojado, me moría de ganas de arrebatarle el chamarrón. El anciano líder de los comerciantes nos veía como insectos, al grado de que Tranquilo también se salió de onda. Nos dijo que por la lluvia no podía mostrarnos el Centro de Convenciones, pero ustedes ya deben conocerlo bien, ¿no es así?, y nos aclaró que no nos hablaría gran cosa de la Canaco porque uno de sus empleados nos daría la información pertinente en un dossier; después nos pasó a una salita muy cuca «para conversar». Por supuesto, a causa de la regañada que Tranquilo me puso por-incomodar-al-presidente-municipal, ya no quise decir nada y me concreté a emitir gruñidos y a manejar la grabadora. El señor Canaco displicentemente afirmó que aunque las cosas mejoraban, los mejores tiempos de Acapulco habían pasado. Es la verdad, agregó bebiendo agua mineral, hay que reconocerlo aunque duela; ante Cancún, los Cabos, Vallarta, Huatulco, Ixtapa y hasta Manzanillo el gran turismo ya no tenía mucho que hacer en Acapulco. Qué lejos habían quedado las grandes épocas de Teddy Stauffer, de Merle Oberon y Tyrone Power, hombre, incluso cuando el señor Kissinger o el ex presidente Miguel Alemán venían a

Acapulco continuamente. Ahora, ya nada era igual. Las cosas se estaban componiendo un poco, pero no lo suficiente, pues con tanto problema no prosperaban los negocios, detestaba a esas hordas de agitadores perredistas que por cualquier motivo impedían el acceso a los servicios municipales o a las calles mismas, que ocupaban con sus manifestaciones grotescas. Como si no bastara con los embotellamientos de tránsito. Hacía falta gente con verdadera energía entre las autoridades, gente decidida, alguien que pudiera imponer el orden que tanta falta hacía; el presidente municipal tenía los tamaños pero estaba demasiado atado al centro y además su depravación era un escándalo. Lo de su hermana era inconcebible. En sus más de cincuenta años en Acapulco había visto de todo, pero el Quirri se las gastaba.

Después de semejante proclama Tranquilo no supo qué decir, y finalmente le pidió información más precisa sobre la situación financiera de los principales negocios, pero el viejo le repitió que uno de sus empleados nos haría llegar datos exactos al hotel, él no quería cometer errores que después le reprocharan algunos empresarios que eran insoportables. Se lo creí, ya que don Jeremías Canaco sin duda era autoridad en la materia.

Salimos huyendo de allí y casi nos alegramos al enfrentar de nuevo al temporal, que en ese momento había amainado un poco y le permitió a Tranquilo manejar con mayor confianza. Nos seguimos hacia la Escénica para comer en el American Ecstasy, otro restaurante de moda que se especializaba en comida rica en especias de todo el mundo. Tras las presentaciones de rigor, nos dieron La Mejor Mesa y lamentaron la lluvia, ya que usualmente se comía en la terraza ante una vista maravillosa de la bahía. De hecho, en el interior había enormes ventanales para disfrutar el paisaje, pero naturalmente en ese momento el telón cerradísimo de la lluvia no dejaba ver nada, salvo que allí dentro era un salón sin mayor chiste y con pocos clientes. Tranquilo pidió el imprescindible Chivas Regal a fin de prepararle el camino al chablis que a su vez le haría los honores a la cazuela de mariscos que eligió y a la cual el gran mamón llamó fruits de mer. Yo me incliné por un tequilita para abrir boca, un buen cebiche y un tournedo rossini. Las entrevistas del día y la lluvia incesante nos habían despeñado en un estado de ánimo pesado y sombrío que ni siquiera la comida y los alcoholes pudieron disipar. Tranquilo habló un par de veces por el celular, como siempre en voz muy baja, y el resto del tiempo lo pasamos callados.

Para colmo de males, cuando finalmente salimos del restaurante, el viento y la lluvia voltearon nuestros paraguas y nos pegamos una empapada sensacional en lo que llegaba el afamado Phantom. A pesar del temporal, hasta ese momento habíamos logrado conservarnos relativamente secos, así es que esa mojada resultó especialmente humillante. Tranquilo se puso furioso, pero decidió no externarlo y sólo mentó madres entredientes mientras inútilmente trataba de quitarse agua de encima. Oye, la traemos bien chueca, comenté. Sí, necesitamos una limpia o algo así, agregó él.

Tranquilo manejó muy serio hasta el hotel y, al llegar, dijo, con un tono extrañamente oscuro, que se cambiaría de ropa y que tenía «unas cosas que hacer», pero que regresaría en una hora y media para seguirle dando. El colmo fue que el culero me pidió que empezara a redactar un borrador de «alguna parte» del reportaje para que no estuviera de huevón. Así me dijo, el imbécil. Tas loco, contesté, no tengo ni en qué escribir. Yo te presto mi notebook, dijo, pero guardó silencio al instante al considerar que no podía permitir que yo siguiera mancillando sus fabulosas herramientas tecnológicas. Voy a pedir en la administración que te presten una máquina, corrigió, y, en efecto, aún mojado, fue a arreglarlo. Al poco rato regresó y me dijo: Ya está, dicen que vayas a las oficinas que están en el segundo piso y que ahí te facilitarán una computadora. ¿Con qué programa?, pregunté, nomás por joder, porque no tenía la menor intención de hacerle caso. ¡Qué sé yo!, exclamó él, pero todos los programas son casi iguales, así es que tú como sea te pones a chambear. Estás delirando, rezongué, aprender cada pinche programita lleva meses, a mí me cuesta de seis a siete años, tú lo sabes. Bueno, Nigro, no la hagas de pedo y muestra mejor voluntad. Vinimos a trabajar. Ándale pues, murmuré mientras pensaba: chinga tu madre, pero primero me voy a cambiar de ropa, fue lo que dije. Está bien, concedió el comprensivo socio.

Por supuesto, una vez que me di un baño y me hube cambiado de ropa de ninguna manera fui al segundo piso sino que me quedé en el cuarto. La lluvia se estrellaba contra la terraza mientras yo leía la biografía de Aleister Crowley, y, con mi discman debidamente enchufado, oía *The beast inside*, de los Inspiral Carpets, y después *Soul mining*, de The The, *Automatic*, de The Jesus and Mary Chain, y *Before and after science*, de Brian Eno, que me llevó a *Flesh and blood*, de Roxy Music, porque el Buen Tranq ya no regresó a trabajar. Como a las ocho de la noche me telefoneó. ¿Qué haces ahí, Nigro?, me increpó, hablé primero a las oficinas y me dijeron que no fuiste para nada. Pues claro que no, Tranquilo, le contesté, no tenía el menor sentido, además de que no se puede escribir gran cosa porque todavía no tenemos armado el trabajo, tú lo sabes, todavía nos falta el resto de material. ¿Y tú en qué andas? Me salieron otras cosas que hacer, dijo, con tono evasivo, voy a regresar al Nirvana ya tarde, así es que mañana temprano nos ponemos a trabajar otra vez. Pídele a la administración que te despierten a las seis. Pa' qué, si tú lo vas a hacer de cualquier manera, respondí, riendo por lo bajito.

Con el camino despejado, de lo más contento bajé a cenar a uno de los restaurantes del hotel. Regresé a mi cuarto y marqué mi número telefónico de la Ciudad de México. Éste es el 575-0533, dijo mi propia voz en la contestadora, así es que esperé a que me diera el bip. ¡Nicole, contesta!, soy yo, dije, en voz muy alta, pues ni mi mujer ni yo contestábamos el teléfono hasta no saber quién era el chango que hablaba. Efectivamente, Nicole no tardó en tomar el teléfono. Vaya, hasta que hablaste, me recriminó. Perdóname, Nic, le dije, es que hay un tormentón aquí en Acapulco y esto ha sido un desmadre. Sí, ya me enteré del huracán y de que está duro el tiempo por allá, aquí en Chilangotitlán también está lloviendo fuerte. ¿Qué has hecho? Nada, trabajar un poco, vendí dos cuadros de Augusto Ramírez. ¿De veras? Aquí hizo una exposición hace poco y dicen que estuvo muy buena. Sí, hombre, claro, es sensacional el chaparrito. ¿Y qué cuadros vendiste? Uno que tiene una cara inmensa, como anuncio en un aparador; al lado hay una entrada de edificio de lo más oscura y *misteriosa*. El otro es loquísimo: es un caballero medieval con la espada en alto y caballo blanco a todo galope, en realidad es el caballero de espadas del tarot, pero con un escudo que es un mandala clásico, el sri yantra, fíjate que Augusto pintó el mandala *a mano*, sin compás, y le salió perfecto; bueno, y el caballero, que lleva la espada en alto, va oyendo un walkman, ¿tú crees? Tardas un rato en darte cuenta, pero ahí están los audífonos, claritos. Está genial. Tienes que verlos, pero quién sabe cuándo porque ya los vendí. ¿A quién, tú?, pregunté, advirtiendo lejanamente que ya estábamos inmersos en la conversación merced a la gracia y la soltura verbal de mi Nicolasa. A este coleccionista, dueño de minas, ya sabes quién, Eugenio Rogers, que tiene como mil cuadros de pintores mexicanos. Valen miles de millones de nuevos pesos. Pues aquí a nosotros nos ha ido de la patada, Nic, porque llueve muchísimo y es un soberano gorro tener que andar entre ríos de agua, el mar se ve horrible, mi vida, no te imaginas. Además andamos bien salados, a cada rato nos caemos en el agua o algo así. Al pinche Trancas un viejito pedo le guacareó el pantalón y los zapatos, no sabes. ¿A poco? Sí, y a mí un guarura, no lo vas a creer, me echó brava porque tropecé con él y sin más el hijísimo de la chingada me dio un cachazo en la mejilla. ¡Mi vida!, exclamó Nicole, ¿estás bien? Bueno sí, pero estuvo durón y me quedó una marca, estoy hecho un Caracortada regular. Pero no te preocupes. Mejor te voy a decir qué hemos hecho: vimos al presidentito municipal, que es una ficha, y hablamos con el líder de la Canaco y con alguien más, ah sí, el gerente del hotel Nirvana, y luego hemos ido a reportear algunos lugares, pero estaban vacíos porque, de veras, con estos aguacerazos a nadie le dan ganas de salir a ninguna parte. Éstos son días muy tequileros. ¿Y qué crees? No me lo vas a creer. ¿Qué, eh? Bueno, es que... No tiene medida, bueno, te lo voy a contar pero tú luego no se lo digas a nadie, porque es delicado. Oye, de qué se trata, intervino Nicole, picada, la haces mucho de emoción. A ver, desembucha. Bueno, pues fíjate que cuando llegamos al Nirvana no tenían listo mi cuarto, clásico, y Tranquilo se fue a quién sabe dónde, anda de lo más misterioso, quién sabe qué ondas se trae porque hoy volvió a desaparecerse, bueno, el caso es que me quedé yo un rato en su suite, para cambiarme e ir a la playa, pero se soltó la lluvia fuertísima y ya no tenía caso salir, y bueno, me puse a ver los aparatos que se trajo el Tranq, hasta fax, y una cámara de video chingoncérrima la cual puse a trabajar, y ¿qué crees? Encontré una cinta porno, en la que Tranquilo está cogiendo con Coco, ¿tú crees? ¿De veras? No te lo puedo creer. ¿Cogiendo? Sí, cogen como dos profesionalazos, el cabrón Tranquilo acomodó su cámara superbién y se ve con todo detalle, cogen normal, de a perrito, de lado y ella con la pierna alzada para que se vea bien el chaca chaca, no, hombre, está quince mil equis. Ay Dios, quién se iba a imaginar, y tú, Aurelio, cómo te pones a ver esas cosas, eres un metiche-vuayer-depravado de lo peor. Es que no pude resistir la curiosidad, mi vida, pero por meterme en lo que no me importa tuve karma instantáneo: Tranquilo llegó cuando menos lo esperaba y me cachó viendo la tele donde él hacía el numerito con la loca de Coco. *No la chingues*... ¿Y qué te dijo? Me dijo hasta la despedida, de plano exageró el chistosito, y hoy ha estado mamoncísimo, se salió de onda en serio. Ay oye, es que la regaste feamente, mi amor, cómo se te ocurre. Pues ahora ya, no me queda más que esperar hasta que se le pase, porque ah cómo jode, y yo tengo que torear al pendejo, me he echado unas faenazas que olvídate. Nicole se soltó a reír, divertida. No es posible, dijo. Bueno, pues ya te pasé el chisme, de veras no se lo cuentes a nadie, ¿eh? No, cómo crees, ya sabes que lo que me entra por una oreja me sale por la boca. Bueno, preciosa, ya voy a colgar porque esta llamada es como las que nos echábamos cuando éramos novios. Va a salir carísima. Sí, ya tengo la oreja caliente, reconoció ella. Chin, están tocando la puerta. Voy a ver quién es, dije, ¿quién podrá ser?, agregué más bien para mí mismo, repentinamente sobresaltado. Pórtate bien, ¿eh?, me recomendó Nicole. Of cors, dije y colgué, viendo hacia la puerta.

EL TIEMPO NO ESPERA A NADIE

Tranquilo llegó al cuarto de su socio el Nigromante y sin más asestó dos recios toquidos. No tenía ganas de perder tiempo. Pero se arrepintió al instante, porque como relámpago le llegó la idea de que su viejo y truculento amigo pudiera estar si no precisamente *jerking off* sí en actividades propias de su depravación. Volvió a tocar, ahora con más discreción, y supo que allí estaba el Nigro, pero quién sabe qué hacía que se tardaba tanto.

—Quién —dijo, al fin, sin abrir la puerta.

—Soy yo, ¿estás presentable? —respondió Tranquilo con voz más bien baja, discreta según él. Lo oyó carraspear del otro lado hasta que Nigromante abrió la puerta, de golpe, mirándolo de lleno con sorpresa, molestia, suspicacia y, de hecho, bloqueándolo con el cuerpo para que no pudiera entrar. *The sonofabitch,* pensó Tranquilo con una sonrisa divertida.

—Pásale pues —dijo Nigro después de un rato, en el que miró a su amigo con una mezcla rara de burla y desdén, o de complejo de culpa e irritación, o de perversidad y temor. Estaba sacadísimo de onda, pensó Tranquilo, y no pudo menos que pensar qué habría estado haciendo.

—Pues hazte a un lado —dijo Tranquilo, pero pareció que Nigro no lo había escuchado porque no se movió, así es que su amigo avanzó junto a él.

—Qué pasó —le preguntó Nigro.

—Ya te habías acostado, ¿no? —dijo Tranquilo al ver la cama destendida y a Nigromante con la camisa de la piyama desfajada.

—Estaba leyendo. ¿Qué pasó? —insistió Nigro, secamente, viendo a Tranquilo con cierta aprensión.

—Nada, hombre. Fíjate que de pura casualidad se me ocurrió llamar a Livia y a Phoebe y ahí estaban las dos en el cuarto del hotel, posiblemente *bored as hell*.

—O más bien, *exquisitely bored* —dijo Nigro, condescendiente.

—O a lo mejor hasta peleándose, porque las invité a bailar y al instante me dijeron que sí, aunque Livia me habló muy golpeado. Bueno, el caso es que quedé de que pasaríamos por ellas.

—Ah —dijo Nigro con un tono sombrío, como si fuera a tener que hacer un terrible sacrificio.

Sangrón, pensó Tranquilo. *My God*. Paciencia. Nigromante lo exasperaba, pero definitivamente él se hallaba de buen humor. Los pases que se había dado le habían caído *muy bien*. Había sido una suerte que la conexión de los gramos de coca no hubiese tenido complicaciones, porque lo ponía sumamente nervioso andar comprando droga. En México siempre estaba don Chentito para esos menesteres, pero en Acapulco él personalmente tenía que fletarse. No no, muy mal. Y con ese tormentón, para acabarla de amolar.

—Podemos aprovechar y de una vez ver cómo andan las discos; combinamos diversión y trabajo, ¿no crees? —dijo Tranquilo, mientras Nigro, sin contestarle, se acicalaba un poco, demasiado poco, pensó Tranquilo, qué mal se viste, *Jesus Christ*, bien podía quitarse ese horrendo *look* de poeta del siglo pasado, pensó Tranquilo.

En el camino hacia el Villa Vera Racket Club, bajo el diluvio que ahora era parejo, sin viento, una cortina de agua apretada que se estrellaba contra la carrocería del Phantom, Nigro siguió igual de aplastado. Tranquilo pensó que obviamente no le gustó tener que salir porque ya estaba calientito en la cama y con muchos besitos que le dio su mamá, pero bueno, después se lo agradecería porque Nigro por sus propios méritos jamás levantaría a damas como Livia y Phoebe. Por cierto, ¿quién con quién? A Tranquilo le gustaba más Phoebe, la de pelo corto. Tenía unos melones superiores, *supreme boobs,* aunque Livia también estaba como quería, más delgadita pero muy bien formada. Tranquilo se sentía muy bien y le repateaba ver a Nigro tan calladote. Lo ponía nervioso. Le dijo entonces que no estaba en el hotel cuando le habló a las norteamericanas, pero por supuesto se cuidó mucho de aclarar en dónde andaba y haciendo qué cosas; le contó que les había hablado por el celular y luego había tenido que ir al Nirvana, ¡por Nigro!, lo cual, ¡uf!, le tomó siglos porque andaba bien lejos, por Mozimba, y por la lluvia y los autos que se habían quedado botados en plena calle. —Qué poca madre salir con los autos descompuestos, carajo. Las mujeres deben estar furiosas de esperarnos —concluyó.

Lograron llegar al Villa Vera, y por supuesto Nigro tuvo que bajar a toda velocidad con el paraguas para llamar a las damas mientras Tranquilo esperaba en el coche sin mojarse. Y cuando ya saltaba de impaciencia porque tardaban *siglos,* Phoebe y Livia llegaron al Phantom y subieron al asiento trasero. Nigro entró como tromba detrás de ellas. —Hola, señoras —saludó Tranquilo, pero no le respondieron. No le importó: su idea era ver lo que se pudiera, pero visitar cuando menos las discotecas de moda: Pendulum, Stradovarius e Image Ignition. Éstas se hallaban en la carretera Escénica y hacia allá se dirigieron, siempre despacio porque además del aguacero tupidísimo ahora había grandes baches o piedras y montones de basura que aparecieron de repente.

Phoebe y Livia iban silenciosas, tensas, juzgó Tranquilo, a quien le había parecido *politically correct* poner sus cantos gregorianos, pero se quiso dar de topes contra el volante cuando rebasaban la glorieta de la Base y Phoebe preguntó, con un raro tic en los ojos, si no tenía otra música menos *mortuoria*. Tranquilo miró a Nigro con cara de pánico, pues su amigo tenía memoria fotográfica, sabía qué discos había en el coche y pondría lo adecuado. —¿Te gustaría algo viejito, como Simon and Garfunkel? —preguntó Nigro a Phoebe. —Sí, «Los sonidos del silencio» —contestó Livia con tono ácido. Nigro ignoró la posible sorna de la respuesta y puso el grandes éxitos que empezaba precisamente con «Los sonidos del silencio». Y Tranquilo se dio cuenta de que la canción llegaba como bálsamo, pues logró deshacer los nudos emocionales y al poco tiempo la atmósfera en el auto era cálida aunque un poco triste.

Entonces Tranquilo no supo por qué le salió contarles, cuando nadie se lo esperaba, que esa canción le recordaba a una de las primeras novias que tuvo cuando jovencito, de quince o dieciséis años; o sea, «apenas ayer». La niña era muy delgadita, dulce, silenciosa, misteriosa, con rostro alargado como cuadro de Modigliani. Tranquilo nunca sabía bien qué terreno pisaba cuando estaba con ella, pues tenía la definitiva y extraña cualidad de inyectarle un estado de ánimo melancólico y delectante. Se llamaba Teresa, pero ella decía que su verdadero nombre era Oscuridad, lo cual para Tranquilo estaba bien, de hecho pensaba que le quedaba perfecto, y por eso siempre la saludaba con el principio de la canción de Paul Simon: hola, Oscuridad, amiga mía, aquí vengo de nuevo a ti, y ella sonreía con una tristeza que a Tranquilo le resultaba embriagante; se llenaba de deseos salvajes de algo que no alcanzaba a hacer explosión, un anhelo que lo despeñaba en un abismo dulce, húmedo, oscuro, y que inexorablemente lo hacía pensar en suicidarse. —Pero nunca lo hice, claro —remató Tranquilo con un suspiro.

—El bello romanticismo de la adolescencia —dijo Phoebe.

Y Nigro declamó: —«A menudo tengo el sueño extraño y penetrante de una mujer desconocida, a quien amo, y quien me ama, y quien nunca resulta ser la misma y me ama y me comprende.»

Todos sonrieron hasta darse cuenta de que resultaba difícil subir a Pendulum a causa de lo empinado y de la lluvia inmisericorde. —Ah cómo de que no va a poder mi carrito —dijo Tranquilo, y como la cuestión ya era de honor el Phantom se comportó a la perfección. Arriba, varios jóvenes los recibieron con grandes paraguas, que, como ya no había vientos, eran más manejables.

El Pendulum era un salón enorme con toda la parafernalia tecnológica de los noventa, luces láser, negras, estroboscópicas; proyecciones, monitores, esferas luminosas, esferas reflejantes y demás. La gran atracción era un inmenso ventanal para ver la bahía de Acapulco, que con la lluvia resultaba un extraño e inmenso cuadro de formas espumeantes, turbulentas, en cambio continuo. Eso sí le gustó mucho a Nigro, quien dijo que estaría bien que iluminaran el ventanal desde el interior porque las abstracciones que pintaba la lluvia estaban sensacionales. Tiene razón el moreno, pensó Tranquilo. Había más gente que en el Nuevo Bum Bum, pero de cualquier forma no era mucha, pues el mal tiempo seguía estragando a Acapulco; les habían reportado que en temporada esas discotecas gigantescas se llenaban todos los días y los porteros impedían el paso a todo aquel cuya apariencia indicara que ganaba menos de cien mil nuevos pesos al mes. Como en el Nuevo Bum Bum, el volumen de la música era altísimo, así es que tuvieron que hablar a gritos para hacerse oír una vez que los acomodaron en una mesa junto a la pista y pidieron whisky los hombres y tequila las mujeres.

Tranquilo vio que pocas parejas bailaban, pero de cualquier manera el lugar estaba mucho mejor que el Nuevo Bum Bum, al menos no había tigres enjaulados que hicieran llorar a Nigromante, quien por cierto parecía estar entrando en mejor estado de ánimo, aunque aún se le sentía incómodo, rígido, fuera de lugar; muy mal muy mal, pensaba Tranquilo, por ahí no se iba a ninguna parte. Las mujeres también salían de su túnel anímico. Tranquilo comprendió desde un principio que estaban peleándose cuando las llamó. En todo caso no hacían el menor intento de mostrarse sociables. Las bebidas les cayeron bien. Tranquilo dio un billete de cien al mesero para que sirviera tan pronto viese copas vacías, así es que ni cuenta se dio pero de pronto ya se había tomado varios whiskies y les hablaba, con la voz a todo volumen, de *La Ventana Indiscreta*. La verdad, aunque el Nigro lo mirara con sorna, con mucho gusto y orgullo les dijo que la revista estaba acreditadísima, tenía una gran circulación en toda la república y una influencia *visible* en la vida mexicana, ya que la flexibilidad del formato y del concepto rector les permitía abordar prácticamente cualquier tema. Les contó que estaban haciendo un superreportaje sobre Acapulco, lo cual, observó Tranquilo, no le agradó al fastidiosito del Nigromante, a quien se le fruncía el culo cada vez que Tranquilo decía «superreportaje» o, para abreviar, «el súper». Pero qué importa mi teporingo amigo, pensó Tranquilo.

Livia bebía con empeño el Herradura reposado y, para la sorpresa y gran gusto de Tranquilo, formuló preguntas muy específicas: cuántas páginas tenía la revista, cuántos ejemplares imprimía, qué tipo de papel utilizaba en la portada e interiores, qué proporción de materiales gráficos, cuánto costaba, en qué sección la colocaban en las librerías y en los almacenes comerciales, y cosas por el estilo.

Por supuesto, Tranquilo contestó con detalle, aunque advirtió con desazón que en ese momento Phoebe dejó de hacerle caso. La música estaba muy fuerte y era difícil una conversación entre todos. Alcanzó a oír que Nigro le proponía bailar. Ella aceptó y se fueron a la pista. Por segundos Tranquilo se alarmó, pensó que debía hacer algo, esa gringa era la suya, pero en ese momento de alguna manera ya se habían hecho las parejas. No podía ser que el Nigro se llevara la mejor. Aunque, bueno, por supuesto, Livia realmente era fuera de serie, incluso estaba mejor hecha y era más bella. Donde Phoebe triunfaba por aclamación, consideraba Tranquilo ya con cierta resignación, era en el departamento de los melones. Pero realmente no importaba, de veras, se decía, además de que siempre era posible que acabaran intercambiando parejas. Esas gringas tenían cara de ponedoras, pensó.

Tranquilo se quedó pasmado, sumamente impresionado, cuando ella dijo ser la accionista mayoritaria y directora de una agencia de publicidad en Nueva York. —¿En Madison Avenue? —preguntó Tranquilo. Sí. Trabajaba en publicidad desde que salió de la escuela y era lo que más le gustaba en el mundo. Su compañía no era la número uno en el mercado, como *La Ventana Indiscreta* en México, acotó Livia con una sonrisita, pero sí tenían excelentes cuentas y cubrían todos los medios. Tranquilo seguía con la boca abierta y para tapársela Livia le dio su tarjeta. Ahí estaba. Nada menos. Livia Falero. Presidenta del Consejo de Administración. The New York Advertising Company. Madison Avenue. Tranquilo la felicitó. Sinceramente, sin hacerle al cuento, se decía. Bueno, un poco. Pero era admirable esa mujer. Le dijo que era un gran logro presidir una compañía a su edad, sin duda se trataba de una mujer capaz, emprendedora y talentosa. A Tranquilo le estaba gustando el tono de su discurso, pero le incomodaba la sonrisita desdeñosa que Livia dejaba caer con frecuencia.

—Me gusta dirigir —decía, y Tranquilo tuvo que hacer un esfuerzo muy grande para oírla por lo fuerte de la música—. Me encanta moldear a la gente, estar presente en sus vidas sin que lo sepan, inducirlos a prácticas y costumbres que quizá nunca adoptarían —le brillaban los ojos y daba sorbitos de tequila—. A mí me costó desarrollarme —prosiguió—, yo me desenvolví en un mundo hostil, dominado por hombres muy fuertes y violentos, pero me esforcé mucho desde un principio, pues no quería ser subalterna ni depender de nadie.

—Claro —dijo Tranquilo—, el mundo se divide en los que dan las órdenes y quienes las ejecutan, ¡por ningún motivo hay que estar entre los segundos!

—A mí no me gusta que nadie me diga nada —aclaró ella.

—Pues yo te digo: salud.

—Salud —respondió de buen talante y chocó el vaso de Tranquilo.

—¿Por qué no nos aventuramos, por qué no rastreamos la posibilidad de hacer negocios juntos? —propuso Tranquilo con repentino entusiasmo al tomar el nuevo vaso que el mesero le había puesto—, yo trabajo mucho con las agencias de publicidad, pero ahora, con el Tratado Norteamericano de Libre Comercio seguramente habrá muchas facilidades y estímulos para la asociación de empresas con promisorios y nada desdeñables beneficios mutuos. ¿No te gustaría expandir tu radio de actividad? —agregó al ver que Livia lo miraba penetrante, sardónicamente—. Es cosa de explorar las posibilidades y hacer unas llamadas. Con el tiempo podría darse el caso de que tú tuvieras oficinas en México y yo mi revista en Nueva York. Dios santo, Livia, te hablo en serio, ¿por qué te ríes?

—¡Señor! —rio ella francamente—, no puedes negar que no es común que la gente acabe de conocerse y ya estén planeando negocios juntos.

—¿Por qué no?, como te has de imaginar... —agregó Tranquilo, pero olvidó lo que iba a decir al ver que Nigro y Phoebe bailaban entusiasmados, sin parar de hablar. Parecían divertirse en grande.

—¿Qué me puedo imaginar? —dijo Livia—. Ya *sé* qué me puedo imaginar. Escúchame, Quiet One. Vamos a seguir conversando, deja que me asiente y después me cuentas tus planes para conquistar Nueva York.

Livia y Tranquilo siguieron platicando, sin que les molestara hacerlo casi a gritos y sin dejar de beber. Era buena bebiendo, advertía Tranquilo también con cierta desazón, pues en el fondo no le gustaba que las mujeres bebieran mucho. Livia iba más despacio que él, pero, como decía el Nigro, bebía sin prisas pero sin pausas. Le habló de su trabajo: cómo era el edificio, las oficinas, hasta su relación con los ejecutivos, los *copywriters*, el departamento de arte, la administración, todo lo demás. Muy a gusto le contó de cómo ganó una cuenta importantísima, tras una guerra feroz con otras agencias. Tranquilo se hallaba relajado, contento. En momentos sentía como si tomara la copa con un viejo amigo o un buen compañero. Con un hombre. Él a su vez intercaló historias de la revista, de la gente que trabajaba, de las inversiones financieras. —Oye —le dijo de pronto, sin que viniera al caso—, ¿no te quieres dar un pase? —¿De *coca*? ¿Tienes cocaína? —él asintió y Livia exclamó—, ay, Dios, se suponía que éste era un viaje de descanso.

Se fueron a uno de los rincones vacíos del salón y allí Tranquilo sacó una pequeña cajita de carey; inhalaron varias veces con la cucharita de oro que él tenía para el efecto y que a Livia le pareció monísima. Después, sin dejar de reír con aire cómplice, vieron que Nigro y Phoebe seguían bailando pero ahora bien enlazados, aprovechando que habían puesto una suavecita. Quién sabe qué se decían. Ay maldito, pensó Tranquilo, después de todo el buen morenillo no había resultado tan lento con la Phoebe. Livia, por su parte, también miraba, irónica, a la pareja en la pista. Tranquilo la invitó a bailar y ella dijo que sí, pero mejor en otra parte. —Pero claro —dijo él—, después de todo, de eso se trataba. ¡Vámonos!

Llamó a Nigro y a Phoebe y después de dar propinas sin coderías, como le gustaba para que lo trataran bien, subieron en el Phantom en medio del aguacero que no bajaba de intensidad. —The Quiet One tiene coca —avisó Livia—, acabamos de darnos un pase. —Qué guardadito te lo tenías —comentó Nigro con su tonito burlón, pero Tranquilo no le hizo caso. —Pues a ver —dijo Phoebe—, disparen una poca acá atrás. Tranquilo, un tanto incómodo porque se iban a acabar su coca, les pasó la cajita y la cuchara para que, en el asiento trasero, hicieran de las suyas.

¡Y sí que las hicieron! Para su absoluta sorpresa, Tranquilo vio por el retrovisor que una vez que se retacaron de cocaína, Nigro y la estadunidense se besaron largamente, sin desprenderse, mientras el buen amigo y estimable socio acariciaba los megasenos de Phoebe. Livia se dio cuenta de que Tranquilo no desapartaba la vista del retrovisor y se volvió hacia atrás; después lo miró, sonriendo, y le puso una mano en el muslo. Él se quedó suspendido en el vacío, pensando ¡arriba, arriba! No le estaba echando porras, sino que se moría de ganas de que le tocara el miembro, ¿sería capaz? ¡Claro que lo era! Livia lo miró un largo, largo rato, mientras Tranquilo manejaba con extrema lentitud y casi sin fijarse; después se le arrejuntó, pasó los labios suavemente por su rostro, le mordisqueó las orejas y al mismo tiempo le frotó, como si fuera lo más normal del mundo, el miembro, que para entonces ya estaba gordo y ansioso. —Qué agradable —dijo ella, apreciativa, pero ya habían llegado al Stradovarius. Pésimo *timing*, pensó Tranquilo.

Ni modo, se dijo cuando se rompieron las caricias y corrieron a la disco, que también era muy grande y en la que había un poco más de gente. En esta ocasión bebieron tequilas y whiskies con rapidez y sin más se lanzaron a la pista. Bailaron sin parar pieza tras pieza, bañados de sudor, entre risas y saltos. Tranquilo no pudo dejar de advertir que el sudor había humedecido la blusa de Phoebe y que se traslucían sus grandes, invitantes, bamboleantes senos. Aún no podía concebir que Nigro se hubiera quedado con ella. Las dos bailaban bien, consideró Tranquilo; Livia mucho más *cool*, contenida, pero a todas luces disfrutaba dejándose llevar por la música. Sudorosos, dejaron la pista un momento para refrescarse con otra ronda de alcoholes, y Livia y Tranquilo siguieron la platicadera mientras Phoebe y el Nigro bailaban.

Él le preguntó si tenía novio. Ella lo miró, aquilatándolo, con una sonrisita divertida, y le contó que se había casado en tres ocasiones, ni modo: elecciones inadecuadas. Tenía relativamente poco de haberse separado de su último marido y por el momento vivía con su amiga Phoebe en una enorme *flat* en Upper Manhattan, cerca del Central Park, a donde las dos iban a hacer *jogging* y a veces un poco de ejercicio. Tenía poco tiempo de haberse separado y no le interesaba establecer relaciones fijas con nadie. Su trabajo la absorbía y la llenaba, aunque le dijeran *workaholic*, y todo se estaba componiendo, ya se lo decía su loquero. Salud. Con la sonrisa más irónica del mundo le preguntó a Tranquilo si estaba casado y él, viendo su vaso de whisky, dijo que sí, con dos hijos, nena y nene, aunque procuró desviar el tema platicándole del rumbo donde vivía, ¡Coyoacán!, bueno: a un ladito; también le habló de la Ciudad de México, lo cual hizo que Livia lo mirara irónicamente una vez más. Después Livia contó, dando sorbitos de tequila, que Phoebe y ella se conocían desde niñas, habían crecido en el mismo rumbo y desde entonces eran amigas íntimas. —Igual que Nigro y yo —comentó Tranquilo. Phoebe estaba divorciada y era editora de una gran casa de publicaciones. Unos días antes decidieron súbitamente darse un descanso, salir de las rutinas, y como no querían viajar muy lejos escogieron Acapulco. Nunca se imaginaron que les tocaría el peor de los tiempos. Pero al menos habían pasado un día, el domingo, con el sol en todo su poder. —Nosotros casi nada —dijo Tranquilo—, parece que trajimos la lluvia.

Regresaron a la pista. Después de varias rápidas al fin llegaron unas suavecitas y Livia y Tranquilo bailaron bien apretados. El aroma de Livia deleitaba a Tranquilo. Le fascinaba la consistencia del cuerpo de esa mujer maravillosa, a quien atraía hacia sí para que ella sintiera el pene bien erecto. Tranquilo se hallaba como nunca, un poco cansado pero aún lleno de poder, sin preocupaciones, dejándose llevar por esa música malísima que ya casi le estaba gustando; no acababa de felicitarse por el *high* sensacional que había logrado, pero especialmente por hallarse con una verdadera belleza, norteamericana, rica y poderosa, que entre otros pequeños detalles hacía un magnífico *handjob*. Qué bien platicaba con ella. Qué suerte había tenido. Eso era exactamente lo que quería del viaje a Acapulco. Sólo faltaba el milagro, pensaba, de que amaneciera con sol resplandeciente y acabaran curándose la cruda y reposando las cogidas tendidos como leones en la playa del Nirvana. Eso es vida, se decía Tranquilo, lo demás son pendejadas.

Después de esa fiera sesión de baile Tranquilo no quiso perder más tiempo y ordenó la retirada para ir a Image Ignition, y por supuesto con el ánimo de repetir las sesiones eróticas al arrullo de Simon and Garfunkel, no ya chole, pensó Tranquilo, mejor de Luis Miguel, los boleros, para que oigan algo bueno en español, pensó. Al salir, lograron evadir la inclemencia del aguacero con el auxilio de los muchachos del valet parking y subieron al Phantom, donde prestamente Tranquilo puso el *compact disc* de Luis Miguel, pero nadie oyó la música, porque todos, él también por supuesto, hablaban desordenadamente, criticando sin piedad a unos franceses corrientísimos que protestaban de todo. —¿Otro pase? —dijo Tranquilo, y todos estuvieron de acuerdo, por lo que caja y cuchara volvieron a circular. Tranquilo fue el último en darse el pase y por el retrovisor constató que, tal como había ocurrido la vez anterior, no bien se atacaron de coca Nigro y Phoebe se enlazaron en otra sesión de besos succionantes. Por su parte, Tranquilo ya no se anduvo con cuentos. Manejaba con una mano, y con la otra abrazaba y alcanzaba a tocar un suave y delicioso seno de Livia. Estaba tan enervado con el contacto que ni se fijaba en el aguacero ni en la carretera. Manejaba por instrumentos. Ella se le acercó y durante un buen rato se entretuvo acariciándole el pecho y después los testículos, hasta que finalmente abrió la bragueta, sacó al aire el miembro y después de frotarlo y menearlo morosamente se inclinó, lo lamió, probándolo, y después se lo metió en la boca. —Tienes una verga muy bonita —comentó. Qué cosa más extraordinaria, pensaba Tranquilo. Hasta se le borró la vista. Bajó la velocidad al máximo porque apenas podía manejar. Qué bien lo hacía Livia, qué delicia, se repetía. Qué suerte había tenido. No podía imaginar que de buenas a primeras ya estuviesen tan adelantados. Algo extraño, *mágico*, había ocurrido cuando las llamó que las perfiló hacia una singular disposición. Tranquilo había pensado que iba a costar mucho más trabajo llevarlas a la cama. Pero, bueno, pensaba, posiblemente ellas estaban aburridas de los hombres de Nueva York, andaban *horny* y además a eso habían ido a Acapulco. Lógico. Quizá ya habían tenido algún *affair* con algún lanchero. Por el retrovisor Tranquilo vio que Nigro ya había abierto la blusa de Phoebe y que besaba y apretaba los tremendos senos. Pero ya no pudo ver nada más, porque la succión que Livia ejercía en su miembro era tan intensa que no podía pensar en nada, y por eso tampoco se dio cuenta cuando perdió el control del volante y el Phantom chocó sordamente contra un poste de luz.

Los cuatro se sobresaltaron con el golpe y Tranquilo sintió una oleada de ira porque su coche estaría abollado, pero ésta fue dominada por una punzada de pánico al darse cuenta de que detrás de ellos parecían hallarse, borrosas por el agua, las luces encendidas de una patrulla. No bien acababa de verla cuando entre los boleros y el estruendo de la lluvia Tranquilo oyó una voz magnificada que decía algo. —¡Ese Fanton, párese ahi! —al fin pudo entender.

Hasta ese momento Tranquilo se dio cuenta de que se hallaban en la glorieta de la Base; seguramente había bajado de la Escénica demasiado despacio y a lo mejor hasta haciendo eses, y después no supo cómo demonios había chocado con el poste. Qué mala, mala suerte, pensó. Todos se arreglaron la ropa lo más rápido posible y Tranquilo guardó con premura la caja y la cucharita.

—Calmados —dijo—, estamos bien protegidos. Ni dinero habrá que darles, van a ver.

En medio del aguacero que no había cedido en lo más mínimo a un costado del coche se apareció un policía de tránsito cubierto por un pesado impermeable y un enorme sombrero de hule que le daba un aire siniestro. Tranquilo apagó la música y bajó sólo un poco el cristal de la ventanilla. El agente le gritó que qué se traían, era lógico que chocaran contra el poste, desde antes habían puesto en peligro a todo mundo por esa forma tan sospechosa de circular, seguramente andaban drogados o algo les pasaba. Ordenó por último que los cuatro salieran del coche con las manos en alto. En pleno aguacero. Sí, cómo no, pensó Tranquilo. Sin decir nada le mostró la tarjeta del presidente municipal.

El agente la vio, sorprendido, y después la tomó a través de la rendija del cristal y fue a leerla con dificultades a la luz de los faros. La regresó toda mojada.

—Disculpen ustedes —dijo el agente y se fue.

—Mira nada más cómo me dejó la tarjeta del presi, a ver si se seca —comentó Tranquilo al colocarla sobre el tablero. Arrancó, y empezaba a pensar en cómo habría quedado el coche, cuando la voz de Phoebe borró la molestia que se incubaba.

—¿Qué le mostraste? —preguntó la rubia de cabello corto, quien, para escándalo de Tranquilo, había encendido un cigarro.

—Una tarjeta del presidente municipal en la que pide se me den todas las facilidades y no se me moleste —respondió Tranquilo, tosiendo.

—La notoria corrupción mexicana —dijo Livia, seca, al abrir su bolso; tomó una polvera y un lápiz labial para retocar el maquillaje.

—Pero no hay duda de que en este caso nos fue útil —replicó Tranquilo, incómodo, por el humo y el rumbo que llevaba la conversación.

—Traven decía que a todos los países les cae bien un poquito de corrupción —informó el Culto Nigro—, si no, se vuelven demasiado rígidos y puritanos. En *Mono*, el clásico de la literatura china de Wu Chêng-ên, el mismísimo Buda Tathagata, en el cielo, se hace de la vista gorda cuando el santo Tripitaka se ve obligado a darle una mordida para que le entreguen las escrituras sagradas que debe llevar a China.

—Todos los países son corruptos —agregó Tranquilo y se arrepintió al instante, pues lo menos que quería era seguir el tema.

—Pero hay jerarquías —dijo Phoebe—, y la de México es de fama mundial, no lo pueden negar.

—Depende de qué forma de corrupción se hable —insistió Nigro. Le fascina discutir, pensó Tranquilo, molesto.

—¿Qué quieres tú, un taller de semántica? —intervino Phoebe—, la corrupción es la corrupción.

—Bueno, ya no discutan —dijo Tranquilo—, ya llegamos al Image Ignition.

—Hay muchas formas de corrupción —dijo Nigro, con tono duro—, muchas de las cuales se practican en Estados Unidos y en el medio editorial para no ir más lejos, ya te lo dije.

—¡Ah! ¿Insistes en que la industria del libro se ha deshumanizado en América? —preguntó Phoebe y, visiblemente alterada, encendió un nuevo cigarro, lo cual hizo que Tranquilo contuviera un gesto de exasperación.

—Se ha *jodido*, han mercantilizado la literatura a extremos repugnantes. Gente como tú. Eso es corrupción. Ya te dije antes que a tu manera tú también eres tan corrupta como los demás.

—¡Yo no soy *corrupta*!

—Cómo no, tú y todos los demás; como se decía antes: la corrupción somos todos.

—¡No soy corrupta! ¡No soy! ¡No soy! —chilló Phoebe, y todos quedaron horrorizados al ver que de súbito se jaló los cabellos hasta deformarse la cara, a la vez que se soltó a llorar ruidosamente y gritó con la voz muy aguda—, ¡ya déjenme en paz, déjenme en paz! ¡Si no me dejan en paz los mato!

—¡Phoebe! —exclamó Livia, alarmada.

—¿Qué te pasa? —preguntó Tranquilo.

—¡Déjenme salir de aquí! —gritó Phoebe, de nuevo con la voz muy chillante y sin dejar de llorar—, ¡me estoy asfixiando!, ¡ya no aguanto!

Livia abrió atropelladamente la puerta y Phoebe salió con dificultades pero con rapidez, dándose un golpe contra el filo de la puerta, y se detuvo a unos pasos del Phantom, bajo el aguacero que caía, duro, verticalmente. Livia titubeó unos instantes y también salió del coche; fue con Phoebe, la abrazó y le habló con voz muy baja. Tranquilo contuvo el impulso de cerrar la portezuela, porque el agua salpicaba el interior, al ver a las dos mujeres en la banqueta, abrazadas y casi derretidas por el aguacero. Era muy perturbador verlas allí, así es que mejor miró a Nigromante por el retrovisor. Éste lo veía con una expresión inusitadamente dura y sombría que sobresaltó e incomodó a Tranquilo. De pronto, musitando algo entre dientes, Nigro tomó aire y salió también del coche al aguacero que picaba con fuerza. Llegó con las mujeres y habló con ellas un largo rato, a gritos por el estrépito del agua.

Tranquilo no sabía qué hacer. ¿Qué les está diciendo?, pensaba. Algo le decía que debería ir con ellos a la lluvia, pero no se podía mover y le fastidiaba no dejar de querer cerrar la puerta para que no entrara la lluvia y el frío. Sí, se dijo de pronto, mandar a esos locos al demonio. Sintió como puñalada la idea de que se estaba metiendo en algo que después iba a lamentar. Ése era el momento de dejar todo por la paz. De pronto vio que las dos estadunidenses, seguidas por Nigro, caminaban hacia un grupo de taxis estacionados afuera del Image Ignition. ¡Ya se van!, se dijo Tranquilo, boquiabierto. En efecto, vio que ellas subían en un taxi, y que Nigro las despedía antes de regresar al Phantom, chorreando agua por todas partes.

—¿Qué pasó, qué pasó, por qué se fueron? —preguntó Tranquilo cuando arrancaba hacia el Nirvana.

—Se salieron de onda, qué esperabas.

—¿Pero por qué las dejaste ir, Nigro?

—Pues las hubieras convencido *tú* —asentó Nigromante con dureza, lo cual puso nervioso e irritable a Tranquilo—. Pero no te preocupes —agregó después, con sorna—, todo terminó bien y quedamos de vernos mañana. Hay que hablarles en la mañana al hotel.

—¿Pa' qué te pones a discutir con las viejas? —recriminó Tranquilo—, fíjate cómo se puso la loca de Phoebe, oye, esa mujer está mal de la cabeza, es una histérica.

—...

—En todo caso se trataba de darles por la suave, maestro. De repente ya se estaban gritando. Yo nunca entendí de qué estaban hablando pero sí me di cuenta de que fuiste muy cabrón con ella. ¿Qué pasó, eh? Cuéntame.

—Mira, Tranquilo, en este momento se me fue todo el ánimo. Déjame en paz.

—Ah, ¿no me quieres contar? Pues qué chocantito eres, bien que te lo pasaste a toda madre con Phoebe y con la coca, deberías darme las gracias porque yo fui el que las consiguió y el que pasó por ti hoy en la noche y el que pagó las cuentas.

—Pues muchas gracias y chinga tu madre.

—¡Óyeme, tú, acomplejado de mierda, pinche indio resentido, a mí no me hables así!

Nigro ya no le contestó y el resto del camino transcurrió en un silencio pesadísimo.

SIEMPRE NO ES NINGÚN TIEMPO

Tranquilo despertó muy mal esa mañana. Fue sabio pedir que lo llamaran a las siete, de otra manera se habría quedado dormido. ¿A qué horas se habían acostado? ¿Las cuatro? Marcó *room service* y ordenó el desayuno. Estaba *crudo*. Realmente no se le antojaba bajar al restaurante con el Nigromante. *Poor bastard*. En realidad eso era: un tonto. No sabe, pensaba Tranquilo, no es que quiera hacer las cosas mal, es que no tiene ni la más remota idea de lo que hace. En realidad es un cuate a todo dar, pero no en este viaje; de que le entran las malas ondas ya no hay nada que hacer. Está loco, en la madrugada, después de dejar a las mujeres, se empecinó en un silencio casi ofensivo, no quiso comentar nada de Phoebe y de plano casi lo calló. Primero se rajan las viejas y luego la altanería de ese baboso. Qué se creía. *Asshole*. Y, luego, toda esa manía de incomodar a la gente que entrevistaban. Lo hacía como represalia porque Tranquilo no le daba por su lado. Pero no tenía por qué molestar. Estaba bien que se trataba de gente medio bruta, pero allí residía el secreto del profesionalismo, ¿o no? Y estaban trabajando, no de vacaciones, ¿verdad?

Cuando Tranquilo se asomó a la terraza tuvo la impresión de que la lluvia había bajado un poco, pero qué va, el aguacero continuaba intenso. Checó el fax, porque a veces le mandaban documentos en la noche, y sí, ahí tenía el mensaje de que los fotógrafos ya estaban en camino. Chin, qué estúpido, pensó

Tranquilo, ayer que hablé la última vez con María Ester olvidé decirle que cancelara el viaje de los fotógrafos. ¿Qué iban a tomar, si todo estaba tan descompuesto? Puro ron y cervezas era lo que iban a tomar los malditos. Pues ya ni modo, pensó, iba a ser un gasto a lo pendejo porque después los fotógrafos tendrían que regresar si querían *good pix* de Acapulco. Qué contrariedad. Le fastidiaba gastar dinero inútilmente. Marcó el número del Nigro pero, vaya, ya se había levantado.

Mejor tomó la popular cajita de carey y la cuchara de oro y aspiró dos hilitos de coca antes de meterse en la regadera. Se bañó rápido, como siempre, y cuando terminó apenas llegaba el desayuno. Comió rápidamente también, viendo las noticias, antes de que se le quitara el hambre. Allí estaba ya la información sobre el huracán Calvin y seguían los problemas con el NAFTA, que en México era conocido como el TLC o Telecé. Había una verdadera guerra entre los que lo apoyaban y los que lo rechazaban, una minoría muy ruidosa e ideologizada. En Washington, claro, porque en México el presidente Salinas tenía agarrados de los huevos a diputados y senadores, y ni quien dijera nada. Qué barbaridad, nunca se podía estar en paz. Para esas alturas había muchos que decían que el congreso americano no aprobaría el Tratado de Libre Comercio. En cambio, por esos días la Bolsa de Valores estaba padrísima, no tanto como antes del truene de 1987, pero había subido. Sin embargo, y aquí el inevitable pero, de seguir así, calculaba Tranquilo, no tardaría el desplome, quizá a principios del año próximo, año de elecciones. Por el momento, sus inversiones de renta variable le seguirían dejando buenas ganancias si no dejaba que los de la casa de bolsa se archiagandallaran, él no había tenido problemas, pero por nada del mundo quería terminar en una agrupación de inversionistas defraudados como muchos después del 87. Qué bien estaban las gringas, caray, las dos, pensaba, qué suerte haberlas conocido. Pero si se les fueron por un pelito. Esa noche por ningún motivo se les podían escapar. Era una cuestión de honor nacional.

Tranquilo bajó al lobby cuando calculó que Nigromante ya habría desayunado, y, en efecto, lo encontró en el restorán, terminando sus huevos rancheros. Se había bañado y se puso el suéter que trajo de México. Se veía horrendo, crudo y desvelado.

—Oye, Tranq, esta lluvia está del carajo —le dijo a boca de jarro—. No deja hacer nada. Lo de ayer no tuvo madre, digo, la empapada que nos dimos.

—Bueno, no son las condiciones idóneas, pero ya que estamos aquí hay que adelantar algo.

—Pero todo está vacío, sin chiste. A los pobres turistas incautos que vinieron no les dan ganas de salir a ninguna parte.

—Pero hemos hecho ya varias entrevistas buenas, hoy tenemos a los ecologistas, ¿no?

—¿Por qué no nos retachamos, socio? —propuso Nigromante—, total, regresamos una vez que pase el temporal. Vámonos a México, mano.

—No, Nigro, ya estamos aquí. Además, va a dejar de llover. Vas a ver cómo mañana amanece un sol padrísimo.

—Ése es puro *wishful thinking*, mi estimado. No va a dejar de llover en toda la semana, y tú lo sabes muy bien. O más, si a este huracán se liga otro.

—No eches la sal, Nigro.

—Entiende, hijo —insistió Nigromante—. Nomás vamos a hacer un gastazo y después vamos a tener que volver a Acapulco a terminar todo lo que haga falta.

—¿Y Livia y Phoebe, qué? Anoche no te vi muy enojado que digamos.

—Bueno, esta noche nos las fumigamos, ¿no? Y mañana nos regresamos a México.

Tranquilo no contestó ya porque en ese momento vio entrar en el hotel a Mendiola, el director de fotografía, siempre bien atildado y correcto, y a Melgarejo, su ayudante. Un botones los seguía, piloteando un carrito cargado con maletas metálicas, algunas casi baúles, que contenían el equipo.

—¡Carajo, qué bueno que los encontramos! —exclamó Mendiola, al verlos—, ¡qué pinche lluvia, señores!

—Cómo están —saludó Tranquilo, y Nigromante sólo alzó una mano y la agitó levemente—, ¿cómo estuvo el camino?

—De la chifosca —respondió Mendiola—, nos llovió todo el tiempo, pero de Chilpancingo p'acá fue cuando de veras estuvo siniestro.

—Tuve que ir a cero por hora a pesar de la carreterota —intervino Melgarejo, un joven bajito de estatura y de bigote de aguacero—, y eso que estaba bien sola, nadie la toma por lo caro que cuestan las casetas. Están *cabroncísimas*.

—Dice el jefe Tranquilo que el progreso cuesta —comentó Nigro.

—Chale, con razón yo no progreso, ¡nunca me alcanza! —exclamó Melgarejo, y todos rieron.

—¿En qué coche se vinieron? —preguntó Tranquilo, con seriedad, pero satisfecho. Descubrió que se sentía a gusto con más gente de la compañía.

—En la combi —respondió Mendiola—, para que cupiera todo el equipo. Oye, jefe —dijo después—, ¿cómo le vamos a hacer? Namás vamos a poder trabajar en interiores.

—O con cámara submarina —rio Melgarejo.

—No te la jales, Melga —le dijo Nigromante.

—No me digas así —pidió Melgarejo, con aire preocupado—, como cuates, se oye muy gacho… Melga —repitió, para sí mismo.

—Suena como nalga, ¿no? —comentó Nigro—. Presta la melga.

—Calmado, pinche Nigro.

—Pues ése es el problema —dijo Tranquilo, procurando no hacer caso a las insensateces preparatorianas que oía—. En realidad ayer olvidé decirle a María Ester que les cancelara la salida. Ahora van a tener que regresar cuando haya buen tiempo.

—Pues al menos —comentó Mendiola—, así valdrá la pena estar en Acapulco. Con lluvia como que no aguanta nada...

—...pero ahora habrá que hacer lo que se pueda... Lo de los interiores está bien. También pueden regresarse el viernes y no el domingo —decidió Tranquilo, quien después los mandó a registrarse y a instalarse—. No se tarden —añadió—, para que salgamos a explorar el terreno. Tú, Nigro, tráete el mapa de Acapulco. Vamos a dar una vuelta, aunque sea con la lluvia, por sitios de interés para saber en dónde nos movemos.

—Oye, pero para qué queremos el mapa, todos conocemos Acapulco —rezongó Nigromante.

—*Indulge me* —pidió Tranquilo, con aire grave.

Nigro se fue a regañadientes, y los demás lo siguieron. Con el teléfono celular Tranquilo llamó a su secretaria por si había novedades. A las nueve de la mañana era difícil que las hubiera, por supuesto, se dijo después con una sonrisita mientras marcaba otro número.

—Bueno —respondió una voz de viejo.

—Habla el doctor Pensamiento, ¿tienen noticias para mí?

—Ah pues sí, que todo está listo como quedaron.

—¿Nada más? —insistió Tranquilo, y bajó la voz al ver que Nigro se acercaba—, ¿no me dejaron ningún mensaje?

El viejo respondió que no y Tranquilo colgó al ver que su socio llegaba hasta él. Sonrió condescendiente cuando Nigro le planteaba lo absurdo que era dar un rol por Acapulco con el tiempo como estaba.

—Nos puede ir peor que ayer, acuérdate —añadió significativamente.

—Nigro, en serio tienes que mejorar tu espíritu de colaboración. De todo chillas y a las primeras ya quieres salir corriendo. Oye, ésta es tu revista, tú eres uno de los dueños, hazlo siquiera por eso, ¿no? Está lloviendo, pues sí, pero ni modo, ¿no? *That's the fuckin' way it is* y no lo vas a cambiar. Tienes que darle buen ejemplo a Melgarejo, ya ves que ese chavo tiende bien duro a la hueva. Por suerte Mendiola es muy responsable.

—Ya ya, no te enojes, te van a salir arrugas.

El *team* de fotografía llegó en ese momento. Mendiola se había cambiado de ropa, a pesar de que había llegado impecable. Melgarejo, por su parte, también se había dado tiempo de ponerse shorts, camisa de playa y lentes oscuros. Además, cargaba una cámara Nikkon de treinta y cinco milímetros, más una Hasselblad de seis por seis, ambas bien cubiertas en sus estuches. También llevaba un maletín con muchos lentes y película.

—Órale —exclamó Nigro—, está fuertísimo el sol.

—A mí me la pela el tiempo. Yo vine a Acapulco.

—Vete a cambiar. Te va a dar frío —le dijo Tranquilo.

—Nel, de veras estoy bien.

Afuera, la lluvia no cedía, los vientos azotaban los árboles y palmeras, y transitar era difícil. Habían subido en la combi de la revista y Melgarejo iba al volante, mentando madres, porque, además del agua, había mucho tránsito. —Ve nomás cómo se mete este pendejo, está viendo la tempestad y no se hinca —decía—. Y ora checa a ese baboso, pero qué pinche manera de manejar, puta, por suerte vamos superdespacísimo que si no, le damos. Chale, y ora éste, no se puede, carajo, es taxista, con razón, en todo México los taxistas son unos pinches ojetes, ¿o qué no?, ya ni la hacen —con dificultades llegaron al centro y luego enfilaron monte arriba hacia la Quebrada—. ¡Ay, hijo de la chingada, esta madre se está derrapando! —chilló Melgarejo, porque, al rearrancar después de un alto, las ruedas de la camioneta patinaron durante unos momentos a causa de los torrentes de agua y basura que bajaban por la calle de la Quebrada.

Cuando llegaron, llovía estrepitosamente. Melgarejo se detuvo frente al mirador. Durante unos instantes todos guardaron silencio y sólo se escuchó el fuerte ruido del motor del desempañador que opacaba todo lo demás. El agua caía con fuerza luminosa sobre la combi y no permitía ver casi nada. Apenas se alcanzaban a distinguir otros autos estacionados. Era una lástima porque a Tranquilo le hubiera gustado ver la agreste pared casi vertical de rocas, el acantilado de cuya cumbre los acapulqueños se tiraban temerariamente. Lo recordaba tan bien. Cuando era niño sus padres vacacionaban con frecuencia en Acapulco y él no se perdía el espectáculo de los clavadistas, algunos con capas, máscaras o antorchas; le gustaba en especial el ambiente que se armaba en la escalinata cada vez más empinada que formaba miradores y donde siempre había ríos de gente, visitantes y vendedores de una legendaria nieve de coco que venía en botes colorados; también vendían paletas, papas fritas, chicharrones, algodones, dulces e infinidad de cosas más. Le subyugaba también la furia con la que el mar arremetía la boca del arrecife y latigueaba la caverna que había en el fondo.

—Pues ahí está la Quebrada —dijo Nigromante, con tono neutro.

—Sí —suspiró Tranquilo.

—No se ve ni chicles —comentó Melgarejo.

—¿Qué hacemos? —preguntó Mendiola, tratando de ver hacia afuera.

—¿Saco unas chelas? —propuso Melgarejo—, ahí traigo varios six pack en la hielera. También traemos añejo y Johnny Walker etiqueta negra para mi jefe Mendiola que bebe del fino.

—Cálmate tú —dijo Tranquilo—. Unas chelas... Cómo te atreves...

—Oye, qué bien se atienden —comentó Nigro—, hay que viajar con ustedes.

—Ps ya sabes, mano.

—Espérense, espérense —reiteró Tranquilo—. Vinimos a trabajar, no a pasarla suave. Vamos a bajar a ver la Quebrada

—ordenó con la voz un tanto insegura, pues lo menos que quería era mojarse.

—Estás loco —respondió Nigro—, nos vamos a dar una empapada segura, el paraguas no sirve para nada con los ventarronazos.

—Sólo vestido de buzo —dijo Melgarejo.

—Yo no bajo —avisó Mendiola—. Para qué. No se puede tomar ni una sola foto.

—Mejor que Melga saque las cervezas.

—No no, cómo cervezas. Está bien, nadie baja —consintió Tranquilo—. Mejor nos largamos de aquí. Vamos a ver cómo está el Revolcadero. Ahí sí podremos tomar unas fotos.

Nigromante por supuesto protestó. Dijo que iba a ser lo mismo. Los demás no comentaron nada y Tranquilo se dio cuenta de que estaban de acuerdo con el Nigro, pero de cualquier manera le ordenó a Melgarejo que se arrancara. De pronto se estaba sintiendo mal; bueno, no exactamente, pero no se hallaba a gusto. El aguacero afuera taladraba el techo de la vagoneta, pero dentro el aire se había cargado. Se le antojó intensamente sacar la cajita con la coca y darse un pase, darles a todos un pase. Pero no, cómo iba a ser. Lo que ocurría era que andaba cansado, desvelado; la sesión el día anterior había durado casi toda la tarde y después vino la *discohopping* y la *sucking session* con las gringas. Cómo se les habían ido. Imperdonable. Claro, la fatiga ya le había calado. Además, la compañía en ese momento no era maravillosa. No podían callarse nunca. Se maldecía por haber propuesto esa salida, le dolía reconocerlo pero el Nigro tenía razón desde el principio. En realidad, detestaba el superreportaje en Acapulco. Qué necesidad tenía de soportar a esa gente y esas lluvias apocalípticas. No podía concebir que Acapulco estuviera tan oscuro en la mañana. *Shit*, pensaba, eso no era Acapulco.

Todos iban en silencio ahora, mientras la combi descendía muy despacio y se metía en el centro para regresar a la Costera.

A pesar del tercer día consecutivo de lluvias torrenciales, en Acapulco la vida seguía su curso, todo estaba abierto, la gente trabajaba en las oficinas y una gran cantidad de autos circulaba por el centro y la Costera. Con frecuencia se veían vehículos abandonados porque se sobrecalentaron o porque el agua había mojado la bobina. Al bajar de la Quebrada, el agua corría con fuerza, y abajo, en lo plano, se anegaba hasta inundar las banquetas. Tras el telón de lluvia se podía ver gente en los portales, donde los puestos de periódicos habían sido cubiertos por grandes plásticos, al igual que algunos intrépidos carros de frutas. La iluminación estaba encendida en los negocios, aunque, a veces, sin que dejara de llover copiosamente, aparecía una luz natural blanca y brillante en el cielo.

Cuando llegaron a la altura del Nirvana, Tranquilo tuvo que reconocer que la perspectiva de ir al Revolcadero no era apropiada e indicó que se detuvieran en el hotel. Pidió a sus compañeros que se instalaran en el lobby y, una vez que regresó, mucho más animado y un tanto moqueante a causa del pase de cocaína que se había dado en el baño, instruyó a los fotógrafos que tomaran fotos de la gente que habían visto y de los interiores a los que habían ido. A Nigro le pidió que les preparara una lista, y le recordó que tenían una cita a las doce con los ecologistas. Ya eran las once y media. Se habían llevado más de dos horas en ir y regresar a la Quebrada. Qué perdedera de tiempo, las cosas en verdad conspiraban para que nada saliera bien. Pero eso no debía de ser. Había que imprimir energía y determinación o el trabajo se iría al hoyo. El Nigromante lo veía irónicamente, como siempre. Parecía morirse de tedio; en el lobby se había derrengado indolentemente en uno de los sillones. *The son of a bitch*. Daba pésimo aspecto. Bueno, habría que meterlo al orden, pero ah qué difícil era. Paciencia, Dios mío, se dijo Tranquilo con una débil sonrisa.

EL TIEMPO PASA

Cuando salieron al Phantom-llamarada, la lluvia había bajado notablemente; seguía siendo un aguacero, pero en comparación con el que cayó antes en La Quebrada eso no era nada. Además, el cielo se había aclarado un poco y una luminosidad muy blanca amplió la visibilidad. Nigro podía distinguir con cierta claridad la hilera de edificios formada por los hoteles Hyatt, Plaza, Nirvana, Marriott: y Ritz, además de las torres de condominios. También pudo ver que la Costera estaba cargada de un tránsito lentísimo. El agua había arrastrado basura a las banquetas y en algunos arbustos ondeaban trozos de plástico de colores como si fueran banderines.

—¡Se puede *ver*! —dijo Tranquilo—. ¿Ya te fijaste? —comentó inmediatamente después, con aire victorioso—, está lloviendo mucho menos, a lo mejor después de todo sí se compone el tiempo. Eso dice mucha gente.

—A ver —respondió Nigro, escéptico, sin ganas de ponerse a discutir.

Ya iban por la Costera, por la que desfilaba una sucesión de negocios con nombres en inglés que divertían a Nigro: Neat Times, Sonofagun, Machines and Kicks, Its a Beautiful Day, Purple Haze (de algún ex jipi que acabó de yupi), Bewildered, La Pipizcas Beach Palace, Dazzle and Hassle, Coquita Banana, Ass Navour y Autumns Bottoms (un par de bares con dance table de cuarentonas todavía muy buenas que había sido un exitazo entre chavos edípicos con dinero); por supuesto también pudieron ver los Mierdonalds, Mugrer King, Kentucky Fried Shit y demás franquicias de siempre. Había negocios de todo tipo: restaurantes grandes, medianos y pequeños; fastfood gringa y taquerías; bares topless y bottomless, que permitían el robin, o manoseo; expendios de cervezas, alcoholes y hielo, minimercados, cines, boutiques de ropa, de antigüedades, de decoración, de joyas, tianguis de artesanías, casas de cambio y algunos, raros, ¡rarísimos!, hoteles de la vieja guardia que no se instalaron del lado de la playa ni eran altos. Y los centros comerciales, la Plaza Bahía, o Plaza Vacía, y la de Salinas y Rocha, o Salinas Derrocha. Basura por todas partes. Carajo, pensó Nigromante, estaba mejor todo cuando no podíamos ver.

Al fin pasaron el Hotel Ritz, Hornitos, el Fuerte de San Diego, y llegaron al centro, donde el tránsito estaba más apretado. Dieron vuelta por el Sanborns y de milagro lograron encontrar un estacionamiento. Abrieron sus paraguas y finalmente dieron con el edificio Oviedo, una de las viejas construcciones que aún subsistían. Allí estaban las oficinas de un sicoterapeuta junguiano metido a ecologista, el doctor Ignacio Acaso, que había fundado el grupo Veteranos de las Guerras Síquicas en Defensa del Medio Ambiente y de los Derechos Humanos, una OENG, o sea, una Organización Evidentemente No Gubernamental. Un gran amigo de Nigro, Alejandro el Antropólogo, antes conocido como Alejandro el Peyotero, le habló de Acaso con entusiasmo, hombre, está bien locochón, es un cuate sensacional, le dijo. Ramón Gómez de la Serna arregló una cita y Acaso estuvo puestísimo, incluso prometió que reuniría a otros ecologistas «para que tuvieran una visión amplia del tema», lo cual, claro, a Nigro le pareció perfecto. —Le dicen Nacho Acacho o el Macho Acacho —le había contado Gómez de la Serna.

—Perdonen el retraso —dijo Tranquilo cuando Acaso les abrió la puerta de una salita en la que se hallaban cuatro personas—, el tránsito estaba imposible —agregó.

—Sí, claro —respondió Acaso, sonriente, e inició las presentaciones. Primero, el doctor Nicolás Radilla, médico diplomado en París que vivió en Francia prácticamente toda su vida hasta que regresó a su natal Acapulco, ¿cuándo, doctor?, hacía cuatro años, era miembro del Patronato Pro Bahía de Acapulco y colaborador del periódico *El Sur;* tenía cerca de setenta años, estaba casi calvo y la blancura de los escasos cabellos resaltaba ante el cráneo bronceadísimo. Era delgado, vestía una impecable guayabera blanca y parecía muy bien conservado.

Por su parte, la señorita María Emiliana Morlett, eminente dama de las más antiguas familias del puerto, también era de edad avanzada y se había distinguido como nadie en la defensa del Parque Papagayo. Hasta le hicieron un corrido. —¿De veras? —preguntó Nigromante casi con coquetería. —No le haga caso a este hombre —dijo la señorita María Emiliana, y Nigro pudo jurar que la oyó decir «jombre» en vez de «hombre». La señorita pertenecía al grupo ambientalista Caballeros Verdes y era una señora de carácter firme y buen humor.

Ignacio Acaso les presentó después a una mujer en la mitad de la treintena, delgada, atractiva, a quien Nigro consideró como nerviosa e inteligente. Es más, le gustó, y mucho; ya le había gustado desde que la vio por primera vez, aunque en ese momento sólo se conformara con mirarla ocasionalmente. Era la doctora en biología marina Mercedes Regalado y formaba parte de la directiva del Movimiento Ecologista Subacuático de Acapulco.

Por último, el licenciado Anastasio Chiquiar, abogado, presidente del Frente Cívico Ecologista de Acapulco, que en realidad era el Partido Ecologista Mexicano, y asesor del presidente municipal, era un hombre en la cincuentena, muy moreno, de pelo lacio y facciones regordetas. Era el único que llevaba traje ¡y corbata de moñito!, lo que a Nigro le pareció *muy sospechoso*, y se hallaba cómodamente instalado en un sillón, pero aun así era visible su enorme panza.

Acaso presentó a Tranquilo y Nigromante como Grandes Comunicólogos, y después les dijo que en un momento les traerían café, pero en vía de mientras les ofreció un excelente mezcal de Chichihualco al que, como decían los cubanos, le roncaba los cojones. Todos se negaron con sonrisas apreciativas y sólo el doctor Radilla aceptó una copita, que Acaso sirvió con gran gusto. —Así son los buenos guerrerenses: hombres bravos como acero —dijo. —Muy bueno el mezcal —calificó el doctor Radilla por su parte, y Acaso le explicó que lo compraba en la Laguna de Pie de la Cuesta, en la Isla de don Pío, el que tenía cuarenta mujeres. Después se hicieron comentarios acerca del temporal, las dificultades que causaba, y sólo la señorita María Emiliana le vio el lado bueno: —Al menos no ha hecho el santo calorón —opinó.

Todos guardaron silencio, como si se hubieran puesto de acuerdo, pensó Nigro, así es que, poniéndose muy formal, Tranquilo se vio obligado a decir:

—Les agradecemos muchísimo su colaboración, sabemos la importancia que tiene el trabajo de todos ustedes y el valor de su tiempo, y esto hace más profunda nuestra gratitud. Pero su ayuda nos será muy útil para dar una idea completa de Acapulco —agregó y se volvió a ver a Nigromante. En ese momento todos se quedaron quietos, un tanto cautos, incómodos y silenciosos, porque en el aire de pronto flotó el nada grato olor de un pedo. Nigro revisó a todos con rapidez para ver quién podía haber sido el canalla que de seguir con esa estrategia podría sabotear la reunión. —Empecemos por lo general —dijo Nigro y para olvidarse de la pestilencia echó a andar la grabadora—. ¿Cuál creen que sea la situación ecológica de Acapulco? —¿Quién va a contestar? —intervino

Acaso, quien se había mudado de lugar para evadir la peste; ya tenía una copita de mezcal en la mano y de una forma fácil y natural había convertido la reunión en una especie de mesa redonda en la que asumió el papel de moderador—. ¿Nadie? Cómo va a ser. Informen a los señores chilangos, por favor —arengó, sonriendo.

En ese momento apareció una secretaria morenita que, no sin sorprenderse por la fetidez que aún pendía en el aire, depositó una bandeja con tazas de café y después se retiró. No estaba nada mal y Nigro la siguió con la vista. Tranquilo también lo hizo. Acaso se dio cuenta y sonrió. —Ya llegó el café. El que guste sírvase —invitó, y decidió abrir el fuego, ya que no lo hacía nadie, al plantear que uno de los principales problemas era la calidad de las aguas de la bahía. —¿No hay plantas tratadoras? —interrumpió Nigro, tomando un trago de café. Sí las había, en algunos hoteles, pero no todas funcionaban. De hecho, dentro de la bahía de Acapulco ningún hotel, ni el Nirvana, disponía de ellas, sólo el Princess y el Tres Vidas, que estaban en el Revolcadero. Para la bahía la única planta era la del municipio, que desaguaba en mar abierto, a la altura de Mozimba, por el rumbo a Pie de la Cuesta. Mercedes Regalado se incorporó un poco y con una voz definitivamente aguda y costeña, que le agradó a Nigro, precisó que de cualquier manera la planta no funcionaba bien y que cada rato las corrientes regresaban agua sucia a la bahía. —¿Ya han ido a la playa donde desagua la planta? —preguntó Acaso, animado. —Cómo no. Se llama Playa Olvidada. Era una lindura de playita —dijo la señorita María Emiliana y después suspiró. —El tiempo pretérito es correcto, porque ya le partieron toda su mutter —retomó la palabra Acaso, y explicó que en toda la playa el mar era azul, diáfano, precioso, hasta que se veía un canal, una verdadera serpiente de agua cochina, color marrón, que salía de la playa y se esparcía por el mar. —Palabra de honor que enchina la piel. Se ve clarísimo cómo se ensucia el agua —concluyó.

El viejito Radilla, que seguía chiquiteando su mezcal y ahora había encendido un cigarro, planteó entonces la cuestión de El Veladero. —¿El qué? —preguntó Tranquilo, y el gordo Chiquiar le explicó que se trataba del parque nacional ubicado en lo alto de los cerros que rodean Acapulco. Radilla precisó que era un formidable banco genético donde vivían numerosas especies y un invaluable pulmón para el puerto. —¿Puedo fumar? —preguntó Nigro. Se le había antojado al ver que el viejito doctor Radilla lo hacía y, como el olor lo indicaba, con tabaco negro además. Acaso dijo que no había problema y que él también se iba a echar un cigarrito. —Yo no fumo, qué horror —comentó la señorita María Emiliana. —De los normales —bromeó Acaso. —¡Liso! —le recriminó ella de buen humor. —Yo tampoco fumo —aclaró Tranquilo. —Sí, pero lo que tú hagas no interesa a nadie —dijo Nigro, aunque a su socio, a juzgar por la mirada que emitió, la broma no le gustó nada. El abogado Chiquiar conservó el silencio, pero al poco rato él también encendió un winston light. No entendía por qué, pero el gordo abogado le había caído mal a Nigro. Pelo lacio, prieto, panza picuda, corbata de moño: no le hagas confianza, es mañoso, se dijo.

El doctor Radilla, mirando de soslayo a Chiquiar, continuó diciendo que en secas había muchos incendios en el Veladero, por causas accidentales o no, y en el verano las lluvias arrastraban hacia el mar tierra, arena, basura, lo cual elevaba la contaminación a niveles insanos. Además, estaban teniendo lugar invasiones de precaristas en lo alto, lo cual era una bomba de tiempo. Acaso agregó que no había servicios en el anfiteatro, o sea, la zona alta de los cerros, y por eso cuando llovía la cosa se ponía de la patada: los torrentes se traían lo que encontraban, todos los arroyos de Acapulco se llenaban de porquerías y a veces ni siquiera se veía la playa de tanta basura que bajaba. La mención al anfiteatro hizo que la señorita María se acordara de cuando el ex gobernador Rubén Figueroa desalojó a infinidad de miserables que habían invadido esa zona. —Lo cual estuvo bien —comentó el doctor Radilla—, nada más que para solucionar el problema el góber se sacó de la manga el cinturón de la miseria cruelmente llamado Ciudad Renacimiento. —Y luego el Coloso —agregó la señorita María Emiliana. —Pero eso fue después —precisó Mercedes Regalado, y Acaso explicó a Nigro que el Coloso era un conjunto desquiciante de unidades habitacionales, grandes e incontables edificios donde vivían decenas de miles de gente.

—Está por detrás del Revolcadero —precisó Mercedes Regalado.

A Nigro no le habían hablado del Coloso pero sí sabía de Ciudad Renacimiento, porque había sido noticia nacional a fines de los años sesenta. En efecto, el anfiteatro de Acapulco se había llenado de invasores miserables cuyas casuchas daban pésimo aspecto, o al menos eso argüía el gobernador Rubén Figueroa, quien era de la estirpe de los viejos políticos machos, deslenguados y braveros, y se había hecho célebre con su apotegma «La caballada está flaca», con lo cual indicaba que todos los suspirantes a la presidencia de la república de esa época eran debilísimos. Los gentíos que pululaban en el anfiteatro se negaron rotundamente a mudarse a Ciudad Renacimiento, el supuesto paraíso que Figueroa les había perpetrado, un enorme conjunto urbano modernísimo-y-con-todo-lo-necesario: escuelas, parques, comercios, todo perfecto y adquirible con todas las facilidades del mundo y por precios de verdadera risa; eran casas, no departamentos, serían propietarios, qué más se podía pedir. Sí, pero estaba detrás de Acapulco, y los pobres del anfiteatro así perderían la única riqueza que tenían: el paisaje de la bahía. Como no cedían, Figueroa les echó al ejército y a punto de golpes los hizo instalarse en Ciudad Renacimiento. Con el tiempo, gran parte del espacio que ocupaban los pobretones en el anfiteatro se volvió a llenar, pero ahora de casas de clase media que se construían en las alturas más vertiginosas, y Ciudad Renacimiento se volvió una colonia pobretona, de casas descuidadas, calles llenas de baches y charcos inmensos cuando llovía.

La bióloga marina Mercedes Regalado comentaba en ese momento que junto al Coloso se había formado una verdadera laguna de inmundicia. —Es algo repugnante —dijo, y explicó a Nigro que se formaba con las aguas negras de todo el conjunto habitacional, que se estancaban allí antes de salir a infectar la laguna de Tres Palos. Esto hizo recordar al doctor Radilla que la laguna también era contaminada por el rastro: de por sí éste no era un modelo de normas sanitarias, luego descargaba la sangre y los desperdicios en el río de la Sabana, y todo iba a dar a la laguna de Tres Palos. Habría que meter a toda esa gente desalmada en la cárcel, decía, era urgente que las lagunas ya no se siguieran contaminando. Acaso estuvo de acuerdo, y contó que los vecinos de la laguna de Tres Cogidas, así dijo, crearon la Asociación Arenas Limpias y Aguas Cristalinas, porque ellos decían: así era antes y así la queremos otra vez. ¿No era una chulada de nombre? —Arenas Limpias y Aguas Cristalinas —repitió. —Sí —admitió Nigro—, pero lo de Caballeros Verdes tampoco canta mal las chilenas —añadió, lo cual hizo reír a todos. La señorita María Emiliana le preguntó a Nigro si le gustaban las chilenas. A lo que él por supuesto contestó que sí, y que también le gustaban las argentinas y las uruguayas y una que otra boliviana. —Pero especialmente me gusta aquella chilena que dice —y tarareó—: «Por los caminos del sur vámonos para Guerrero…» — La señora Morlett sonrió satisfecha y dijo que lo de Caballeros Verdes vino después. —Primero fuimos los Defensores del Parque Papagayo —contó—, madre mía, nos dijeron que estábamos locos, que nunca íbamos a poder parar los propósitos del gobierno de desgraciar el parque, y fíjese nomás, cómo no lo íbamos a lograr: era una causa noble, la causa de la naturaleza, y la defendimos con todo lo que teníamos, por eso nos pusimos los Caballeros Verdes. Aunque luego no faltaron los tontos con pe que nos dijeran: ustedes están mal, cómo que caballeros, ¿qué no hay damas? —Todos sonrieron benigna y un poco compasivamente, hasta que la atmósfera se volvió a enturbiar con la aparición de otra pestilente flatulencia, de esas que denotaban un severo mal intestinal y posiblemente costumbres lamentables. Todos se miraron entre sí de reojo, malencarados y con razón, juzgó Nigro, pues el culpable verdaderamente no tenía madre. Pa' mí que es ese pinche viejo panzón, pensó, refiriéndose a Chiquiar, quien se veía tan tranquilo.

El doctor Radilla al parecer era de lo más metódico y no soltaba las riendas del tema, así es que planteó otro señor problema: las constructoras que sin control arrojaban desechos a la bahía de Puerto Marqués. Mercedes Regalado a su vez dijo que un grave problema eran los puertos deportivos, o marinas, embarcaderos de ricachones que robaban espacio en la zona litoral para estacionar yates de ricos. ¡Y cada yate se hacía a la mar un promedio de diecisiete veces al año! Todo eso había ocasionado una gran demanda de terrenos llanos y húmedos cerca del mar, donde habitaban peces y aves, y había causado la casi extinción de especies como de la tortuga verde. A Nigro le gustó la firmeza con que hablaba la bióloga y por lo mismo le pareció terrible el asunto de las marinas. Hasta ese momento se dio cuenta de que el gordo, y seguramente cochino, Chiquiar alzaba la mano, como niño que pide la palabra en la escuela. Todos se volvieron a él. Les dijo entonces que tenían que reconocer, aunque no lo quisieran, que sí se habían hecho cosas. La ecología era una gran preocupación del señor presidente municipal, el doctor Lanugo, quien incluso había recibido premios por su labor. También había que ver lo positivo. Ahí tenían, por ejemplo, la limpieza de Caleta y Caletilla, eso había sido muy importante porque conjuntó esfuerzos del gobierno y la ciudadanía.

—Sólo que el gobierno municipal realmente no participó en esto —deslizó Radilla—, fue un esfuerzo de la sociedad civil. Aunque ahora Lanugo se lo atribuye como si él solito hubiera hecho la limpia. Tranquilo quiso saber a qué se referían, lo cual silenció a Chiquiar, pues Mercedes Regalado explicó entonces que, para empezar, eso había sido antes de la gestión de Lanugo. Después contó que la Asociación Ecologista Subacuática de Acapulco que tenía entre sus miembros a la mayoría de las escuelas de buceo, y, ¿quién más?, ah sí, todas las organizaciones ecologistas, la Delegación de Turismo, y las escuelas, los niños, qué lindos, muchas escuelas primarias y muchos voluntarios, acudieron un domingo a la playa, bueno, era un gentío el que se reunió para limpiar el fondo de Caleta, Caletilla y la isla de la Roqueta. Sacaron una barbaridad de botellas de cerveza y de refrescos, latas, envases, miles de bolsas de plástico y muchas otras cosas más. —Algunas inverosímiles —acotó Chiquiar, repentinamente interesado, lo cual le llamó la atención a Nigro—, como un equipo de sonido modular marca Aiwa con sus bocinas y una televisión y una videocasetera. —Seguramente alguien las tiró desde un yate —sugirió la señorita María Emiliana. —Ya no servían para nada —concluyó Chiquiar. —En realidad, todo el fondo del mar está lleno de basura —agregó el doctor Radilla—, hay hasta metales pesados. —Te metes a nadar y tienes que llevar tu rollo de papel higiénico —rio Acaso. —Por favor, no tomen esto a choteo —pidió Chiquiar, de nuevo muy serio. —No se enoje mi lic —agregó Acaso—, es una broma, aunque no puede usted negar que todavía hace poco al meterse en las playas se encontraba uno trozos de caca nadando de a muertito.

Todos rieron y la señorita María Emiliana comentó: —Ay Dios, este Nacho es una cosita… —pero una vez más el viejo Radilla devolvió a todos a la seriedad al referirse al puerto de altura que se planeaba hacer en Coyuca de Benítez. Era una atrocidad, una locura que afectaría los modos de vida y por supuesto la ecología, pues había que nivelar la laguna con el mar. La diferencia de nivel era de sesenta centímetros, por lo que tendrían que desaguar la laguna. —Imagínense. Yo quiero ver eso —agregó Radilla, indignado. —De entrada le van a dar en toda su reverenda progenitora a la laguna, que es tan hermosa —dijo Acaso. —Es bellísima —corroboró Mercedes Regalado con seguridad casi mística. Y Nigromante tuvo una imagen mental de la inmensa y serena extensión que era la laguna de Coyuca, con su isla y su red de canales cargados de vida; tenían razón en indignarse: era invaluable. Radilla decía que se debería buscar una alternativa, construir el puerto de altura en la Costa Grande, no tan cerca de Acapulco, y de paso podrían promover allí un ambiente económico integral que respetara el medio ambiente. —Sí es cierto —asintió Acaso—, les juro que nadie va a desgraciar la laguna de Coyuca, ¡tendrán que pasar por encima de mi cadáver!

Nigro sonrió ante lo que le pareció un buen desplante. La señorita María Emiliana planteó entonces, seguramente para no dejar de contribuir a la conversación porque lo que dijo no venía al caso, que otro problemón eran los camiones de transporte urbano, no los aguantaba. A veces ni se veía por las nubes negras que dejaban en la colonia Progreso, o por el mercado. En todas partes, en realidad. Acaso puso entonces en la mesa el problema de la cementera ubicada en la Sabana y el de la termoeléctrica de Petacalco, que, aparte de dañar las especies marinas, había afectado la producción de coco y mango. Eran focos de contaminación. No debíamos olvidar, insistió, que desde hace mucho Acapulco ya no era un puerto de pescadores sino una ciudad cosmopolita que había ido perdiendo poco a poco el aire puro de la Bocana. Ya había demasiado humo y demasiados vehículos. Al año Acapulco recibía a ciento treinta millones de visitantes, la mayor parte en el verano, y los servicios no se daban abasto, especialmente la recolección de la basura. —Es grave el problema —comentó Tranquilo, con aire pensativo, lo cual sorprendió a Nigromante. La bióloga Mercedes Regalado refirió entonces que le preocupaba mucho el impacto ambiental del proyecto Punta Diamante, y que el tiradero de basura de Carabalí también era un horror, los humos que despedía eran espantosos. —Todo el camino a Pie de la Cuesta está lleno de basura —agregó Acaso—, por montones. Es una vergüenza. —¿Y qué me dices, Nacho, del rumbo de Barra Vieja? —contribuyó el doctor Radilla—, la carretera está igual de cochina, hay montones de basura por los dos lados tan pronto pasa uno el aeropuerto. —Sí, hombre —se rio Acaso—, la famosa chilena que le gusta al señor —señaló a Nigro—, ya no es «Por los caminos del sur», sino «Por los caminos de la basura».

Al licenciado Chiquiar le pareció que eso era demasiado y les pidió más seriedad, por favor, después de todo, dijo, no debían olvidar que los señores iban a llevarse una imagen negativa de Acapulco. —Esto es catastrofismo puro —acusó—. Sin duda nuestro puerto tiene problemas, pero sigue siendo uno de los lugares más importantes del mundo. —Tranquilo le dijo que descuidara, el tema ecológico era sólo una parte del superreportaje y le aseguró que cubrirían muchos más aspectos y que ésos darían una idea equilibrada, ciertamente positiva de Acapulco. —Pero no vamos a ignorar las carencias —dijo Nigro, casi desafiante, y Tranquilo lo miró con ojos duros. —Más bien habría que ser objetivos —intervino Acaso, quien parecía mirar a todos con ojos clínicos—. No se pueden ignorar estos problemas porque de ellos depende el futuro de Acapulco y de nuestros hijos. Lo digo en serio. Esto no es retórica ni demagogia ni nada por el estilo, es la pura realidad.

Nigro, picado, un tanto agitado, se volvió hacia Chiquiar e incluso le acercó la micrograbadora al pedirle que expusiera entonces la situación ecológica del puerto. Chiquiar carraspeó para convocar la atención. Todos lo miraron atentamente y a Nigro le pareció sentir que Acaso le enviaba una mirada de inteligencia, como si le indicara no-te-pierdas-esto-por-nada-del-mundo. —Bueno —dijo Chiquiar finalmente—, urge evitar el consumo de productos no degradables. —Todos siguieron en silencio, atentos, pensando que Chiquiar apenas empezaba su argumentación, pero el gordo abogado simplemente sacó otro de sus winston light y lo encendió. Nigro le preguntó si eso era todo. —Bueno, ustedes saben, muchachos —se vio precisado a agregar—, que no estoy en contra del desarrollo, pero sí repruebo que en nombre del progreso se altere negativamente el medio ambiente. Las autoridades y los ciudadanos deben fomentar una cultura ecológica a través de campañas en los distintos medios de comunicación/ —De difusión —corrigió Nigro con una sonrisa maliciosa. —¿Eh? Bueno, y por medio de conferencias, esas cosas —concluyó Chiquiar, incómodo, sin poder dejar de ver, molesto, a Nigromante.

Acaso, cuya magnanimidad al parecer era inconmensurable, entró al rescate del abogado diciendo que Chiquiar tenía razón al pedir la participación de autoridades y sociedad civil. Un gran contaminante también era nuestro propio comportamiento y el de muchos, muchos, turistas que no se daban cuenta de la relación entre proteger el medio ambiente y la salud, el bienestar y la economía. Esto hacía que tuvieran contaminación por todos lados. Una parte de la solución, le parecía, era la educación ambiental, no sólo en las escuelas sino en centros de trabajo y en las casas mismas. Y, por supuesto, las campañas publicitarias eran útiles. Si fallaban en esa educación, decía, se iba a perder Acapulco. Por suerte, añadió con entusiasmo, ahora había un nuevo ciudadano acapulqueño que no existía en los años ochenta y que podía contribuir y participar activamente en defensa del medio ambiente, porque sentía de una forma muy viva que algo se debía hacer y estaba dispuesto a hacerlo. No se podía negar que la conciencia ecológica había aumentado de manera sorprendente.

El doctor Radilla estuvo de acuerdo con Acaso. La principal mercancía de Acapulco era el paisaje y el paisaje era ecología. Si se continuaba destruyendo irreversiblemente los ecosistemas, las bahías, lagunas, ríos y bosques, iban a matar a la gallina de los huevos de oro; se quedarían sin negocio, sin agua, sin playas limpias, sin árboles y, al final, con una muy probable violencia social. —Para lo cual —acotó Nigro—, el estado de Guerrero se pinta solo. He oído decir que en el Estado de México no matan, *nomás tarantan*, pero que aquí en Guerrero no atarantan, nomás matan. —Ya sabe usted —intervino la señorita María Emiliana—, que en la Costa Grande existe la tradición de la vendetta, al estilo siciliano. Se matan familias enteras. —Aquí se inició la guerrilla en los sesenta y los setenta —recordó Radilla con un timbre de orgullo. —Pues dice el presidente municipal que aquí en Guerrero no hay la menor posibilidad de brotes de violencia social —informó Nigromante. —Ta pendejo el Quirri —murmuró Acaso. —Pues ojalá sea cierto —comentó Radilla—, nadie quiere guerrillas ni terrorismo.

—Pero el problema —dijo Acaso mirando de reojo a Chiquiar— es que siempre que hay necesidad de organizar a la sociedad, ya sea para defender la ecología o para protegernos de un desastre, salen con que vamos a espantar al turismo. Al parecer la consigna es poner trabas para que la gente no se organice por ningún motivo...

Acaso guardó silencio porque, al igual que los demás, percibió una fetidez en el aire. No es posible, pensó Nigro, ya se echaron otro pum. ¡Y qué peste, Dios mío! Le pareció que el gordo Chiquiar sonreía malévolamente. Sólo la señorita María Emiliana exclamó, fastidiada: —¡Dios mío! —El silencio que siguió fue tan rotundo que los golpes de la lluvia en la ventana se escucharon con más fuerza y por eso la hediondez se volvió más agresiva. —¿Nadie quiere otro mezcalito, o más café? —invitó Acaso, quien, como el doctor Radilla, se había servido otra copita de mezcal. Ya hace hambre, pensó Nigro.

El doctor Radilla una vez más volvió al tema y denunció que los interesados por la ecología encontraban más trabas que ayuda entre las autoridades. —Es puro paternalismo —juzgó Mercedes Regalado enfáticamente, como si la fuerza de sus palabras pudiese desvanecer la pestilencia—, nos quieren tener como chamaquitos atenidos a Papá Gobierno. Acaso planteó a su vez que era una costumbre en Acapul/ bueno: en todas partes, que el éxito y los logros positivos de algunas personas causaba irritación o envidia en otras, que arremetían con chismes y golpes por debajo del cinturón. Por ejemplo, como ya se sabía, los Caballeros Verdes salvaron, con una lucha ejemplar y el apoyo de la sociedad civil, el Parque Papagayo. Pues luego luego les hicieron una campaña en contra, decían que servían a intereses innombrables o que nada más les interesaba el dinero y que ahora ellos querían quedarse con el parque para construir sus propios negocios *con mucho cemento*. Como si los grupos ecologistas fueran archimillonarios. Además, en ese momento sí estaban muy preocupados por las cantidades de cemento, pero no dijeron nada cuando alzaron los monstruos de la Costera. Mercedes Regalado comentó entonces que todos sabían que en Acapulco los reglamentos de construcción y las leyes de equilibrio ecológico federal y estatal eran letra muerta. —Pero si se denuncia esto, o cualquier otra cosa —añadió la bióloga mientras Nigro la miraba sin parpadear—, siempre dicen que es mentira. Ellos nunca cometen un error. *Son perfectos*. Siempre todo está muy bien. Ven la realidad como les conviene, no como es.

—Sí —corroboró Acaso—, hace apenas unos años muchos respetables acapulqueños decían: aquí todo está bien, no pasa nada. —Sí, les decían los nopasanadistas —recordó la señorita María Emiliana. —Bueno, ¿qué es lo que se debe hacer? —preguntó Nigro. —Sí, sí, a ver, propongan, no nomás critiquen —desafió Chiquiar. —Urge proteger la limpieza de las aguas costeras y mejorar el tratamiento de aguas negras —afirmó

Mercedes Regalado—. Hay que supervisar la limpieza de la playa y publicar los resultados de los análisis químicos. Actuar con energía y decisión y no consecuentar intereses políticos y económicos, como se hace hasta el momento. —Desgraciadamente —planteó Acaso con una sonrisita pícara— este tipo de análisis en Acapulco producen perturbaciones sicopatológicas que van de la ira a la depresión. —Para muchos administradores públicos, políticos, hombres de negocios y profesionistas del puerto —agregó Radilla—, la palabra *ecología* los pone a temblar de miedo y coraje. —Es un síndrome —prosiguió Acaso— que describe el padecimiento sicológico de un severo conflicto neurótico. Un complejo rigurosamente autónomo y poderosísimo ha tomado posesión de ellos y ha hecho que su pecado sea la hybris, la soberbia. Como dice Mercedes, cada vez que se les demuestra, sin propósito de grillar o perjudicar a nadie, que hay un problema del medio ambiente, los funcionarios inmediatamente se sienten criticados, son de lo más hipersensibles, consideran al interlocutor como un enemigo y tratan de destruirlo. Satanizan al que hable de la ecología de Acapulco argumentando daños a su imagen y a la economía y a la patria y a la Virgencita de Guadalupe, y luego declaran todo está limpio e inmaculado, cuando sólo hay que zambullirse en las olas para salir forrado de plástico.

El licenciado Chiquiar no aguantó más. Se puso en pie, lívido de ira. Sin embargo, Nigromante pensó que el abogado en realidad no se hallaba tan molesto pero necesitaba aparentarlo: ya estaba aburridísimo y quería largarse de allí cuanto antes. Dijo que eso ya era demasiado, que abusaban de la libertad de expresión, eso más bien era ¡libertinaje de expresión!, quería que constara, ante los medios de comu/ de difusión, que su experiencia con los funcionarios del municipio *no era así.* Él había podido ver una verdadera conciencia del problema y medidas para solucionarlo. Si los resultados no eran enteramente satisfactorios era porque se trataba de problemas a largo plazo y porque la responsabilidad no era tan sólo de las autoridades sino del pueblo en general. Era muy fácil exagerar problemas e injuriar a gente honorable sin hacer propuestas razonables. —Licenciado, ahora es usted el que exagera —dijo Acaso, con una sonrisita de lo más maliciosa. El canijo se está divirtiendo de lo lindo, pensó Nigro. —Yo me retiro, señores, he venido tan sólo porque me lo pidió el doctor Lanugo —anunció Chiquiar—, a quien sin tardanza daré mi reporte de esta reunión. Que pasen buenas tardes.

Sin más, el licenciado Chiquiar tomó su paraguas y salió de la salita. Todos los demás lo vieron irse, sorprendidos. Acaso sonreía y la señorita María Emiliana exclamó: —Ay qué hombre tan pesado. Ni quien aguante a Chiquiar.

—Es un chiquioncito —dijo Nigro sonriendo.

—Es oreja del presidente municipal y su Frente Cívico es de puro membrete —explicó Acaso.

—Se la pasa lambisconeando al Quirri, es de lo más obvio, uf —exclamó Mercedes Regalado.

—Uh, Tacho siempre ha sido así, hasta a la cárcel tuvo que ir una vez —recordó la señorita María Emiliana.

—También es agente de Gobernación —abundó Radilla con una risa seca—. Está desprestigiadísimo. ¿Cómo vino a dar aquí?

—Yo no sé cómo se enteró de la entrevista y me habló por teléfono —contó Acaso—, yo por supuesto lo invité a participar. Pensé que hacía falta un punto de vista más o menos oficial.

—Es siniestro —dijo Mercedes Regalado.

—Le dicen el Barquillo Cuate, o el Elote, porque tiene la panzota y las patitas —informó Acaso—. También le dicen Tacho Cuchote.

—Y es un pedorro —acusó Nigromante y todos soltaron la carcajada—. ¿A poco no era él el de la artillería pesada? Yo estuve a punto de salir corriendo.

Todos rieron suavemente, ahora con discreción. Y Nigromante miró de soslayo a su socio Tranquilo, quien se había puesto muy serio. En todo caso, la salida abrupta de Chiquiar de alguna manera parecía haber acabado con la reunión, además de que era ya la hora de comer y el reloj del hambre de cada quien timbraba desde tiempo atrás.

Todos procedieron a despedirse y Acaso, al acompañarlos a la salida, se ofreció para darles mayor información si les hiciera falta. Es más, los invitó a cenar esa misma noche. Tenía los ojos chispeantes por los mezcalitos y claramente había estado muy a gusto. Nigro dijo que él, encantado, pero Tranquilo se rehusó, adujo que tenían que ir a cubrir un centro nocturno. Nigro pensó que su socio estaba loco si creía que, fuera de horas de trabajo, él decidía a quién ver y a quién no; si no quería ir, Nigro lo mandaría al demonio y él se iría a cenar con el neojunguiano, que le había caído definitivamente bien.

—Pues entonces cenan en mi casa y después se van a su centro nocturno —sugirió Acaso con tanta naturalidad, simpatía y autoridad que Tranquilo finalmente aceptó la invitación antes de salir a la calle, donde la lluvia y los truenos una vez más habían arreciado.

BUENOS TIEMPOS, MALOS TIEMPOS

En la mañana Phoebe y Livia desayunaron en el cuarto viendo la lluvia que caía ruidosamente. Los vientos habían bajado de intensidad y la tormenta se desplomaba casi vertical. Tomaron un café y, a pesar del aguacero, decidieron salir a dar una vuelta, pues era imposible permanecer en el cuarto viendo revistas o la televisión. Fueron al mercado de artesanías de la Costera, pero la tormenta hacía que todo fuera lentísimo y muy incómodo. El agua rebasaba las banquetas y por todas partes flotaba la basura. El tianguis también estaba anegado, los puestos habían sido cubiertos por gruesos plásticos y tenían la luz eléctrica encendida. En algunos se oían estaciones de radio de música tropical, cuya estridencia resultó *muy tercermundista* a Livia y Phoebe. Se les quitaron las ganas de comprar y descubrieron que estaban empapadas, pues, casualmente o no, muchos vendedores barrían sus puestos y salpicaban por todas partes. Claro que lo hacían adrede, pensó Livia al ver que algunos puesteros apenas aguantaban la risa. Además, al principio casi no había nadie, pero cuando los senos de Phoebe se empezaron a traslucir, a causa del agua que salpicaba por todas partes, aparecieron hombres de quién sabe dónde para apreciar el espectáculo.

Salieron de allí tan pronto como pudieron, tomaron otro taxi y regresaron al hotel a que Phoebe se cambiara de blusa o se pusiera brasier para no conmocionar a los pobres acapulqueños. Al llegar a su cuarto, Livia recibió una llamada de Nueva York. Era su padre, quien tenía hijitis y quería saber si todo marchaba bien; no entendía qué hacían en medio de ese huracán. —Tienes razón, papá —dijo Livia—, Phoebe y yo hemos pensado regresar mañana mismo. —Haces bien, muchacha —se entusiasmó el padre—, aquí hace un calor endiablado, pero al menos no llueve. ¿No has tenido ningún percance? ¿No quieres que te mande a Pizza the Hit para que les cargue maletas y las ayude? —Livia dijo que no era necesario. Le fastidiaba que su padre insistiera en enviarle matones a todas partes. En veces ya le habían echado a perder las vacaciones; de buenas a primeras se daba cuenta de que alguien la seguía y Livia sabía en ese mismo instante que, a la vuelta, su padre estaría enterado milagrosamente de todo lo que ella había hecho. Así pasó en Venecia, en Hong Kong y en Río de Janeiro. Y en Cortina d'Ampezzo. Esa vez incluso golpearon hasta casi matar a un pobre alemán que esquiaba con ella. Qué escandalazo le había hecho a su padre cuando regresó a Nueva York; lo pescó en una comelitona familiar y en frente de todos los invitados le gritó que la dejara en paz, ella había hecho su vida aparte de la familia precisamente para evitar esos problemas, pero el *estigma* la seguía donde fuera. Para su sorpresa, esa vez Falero estaba de buen humor y rio a carcajadas al ver a su hija tan molesta porque, como decía, «uno de sus tentáculos justicieros la siguió hasta Cortina d'Ampezzo».

Falero era un hombre de espléndido buen humor, que muchas veces tomaba niveles macabros, pero se ponía muy serio cuando se trataba de Livia y no dudaba en mandarle espías para saber en qué andaba metida, y especialmente con quién. Ella se exasperaba de que la siguieran y protestaba en todos los tonos, pero nunca le hicieron caso, así es que, cuando creció, y como represalia, en una ocasión le metió un balazo en la pierna a uno de los tipos que la seguían y a otro le rasguñó la cara. Además, con el tiempo también aprendió a tomar venganza a través de las señoronas que vivían con ellos desde que Falero se quedó viudo a la edad de treinta años, con cinco hijos varones y una hija, ella, la mayor.

Por esas fechas apareció doña Ángela, una vieja tía que a los setenta años se le metió en la cabeza «conocer América» y contra las advertencias de todo mundo un día compró boletos para viajar a Palermo, después a Roma y finalmente a Nueva York, a donde llegó cargada de treinta grandes baúles en los que prácticamente había metido toda su vieja casa. Falero se molestó porque su tía llegara sin avisar y contra los consejos familiares, pero pronto bendecía su buena suerte pues doña Ángela llenó la ausencia de figura materna en la casa. Pronto la tía dirigía sin problemas el orden doméstico, atendía a los muchachos y además hizo que la comida de todos los días mejorara en un ciento por ciento. Livia le tomó un gran cariño y pasaba largas horas con ella oyéndola contar historias de su tierra. La tía quiso acostumbrarla a ir a la iglesia, y enseñarle a cocinar y a bordar, pero a Livia esto le pareció un insulto y se negó tajantemente; en cambio, sí le interesaron los conocimientos herbolarios de su tía abuela y pronto supo lo que eran las emociones fuertes cuando Ángela le enseñó a preparar venenos muy sutiles que podían tener enferma ininterrumpidamente a una persona o acabar con ella a través de la dosificación. Para esas alturas Falero se había acostumbrado a tener varias amantes y pronto le dio por llevar a la preferida a su casa, a pesar de que hija y tía protestaron ruidosamente. No les hizo caso, y con el tiempo tuvo con él hasta a tres mujeres en la casa familiar. Livia se dio cuenta de que su padre tenía todas las intenciones de formar un harem y decidió experimentar los venenos con Paula y Rossana, dos de las amantes que siempre intrigaban en contra de ella. Lo hizo, y vio atónita cómo las mujeres se apagaban poco a poco; perdían la energía y por cualquier cosa se enfermaban. Finalmente un médico les recomendó que se mudaran al campo y sólo así lograron restablecerse. Por supuesto, la tía se dio cuenta al poco tiempo de que Livia dominaba ya sus técnicas, y los demás sospecharon que la jovencita había tenido que ver de alguna forma, pero no entendían cómo. Eso sí, Falero ya no volvió a llevar a sus amantes a la casa y muy a su pesar tuvo que ver a su hija bajo otra perspectiva.

Cuando tenía catorce años, Livia cedió su virginidad a Jimmy the Gent the Third, uno de los pistoleros de su padre. Para entonces ya estaba enteramente desarrollada y llamaba mucho la atención, por lo que Falero había amenazado de muerte a su gente si se metía con su hija. El matón le gustaba, pero acostarse con él fue más bien una operación fría y analítica; Livia misma fue la que acorraló a Jimmy y después no estaba segura si la experiencia le había gustado o no. Por tanto, la repitió numerosas veces con la misma actitud analítica, y sólo hasta que su padre empezó a sospechar y Jimmy the Gent the Third tuvo que huir lo más lejos que pudo, Livia se dio cuenta de que sí le había gustado el acto carnal. Por tanto, a los dieciocho años se casó para hacer el amor sin problemas y para huir de la abrumadora vigilancia de su padre. Falero se opuso rotundamente, en especial porque Toby, el novio, ni era italiano ni lo conocía nadie. Eso sí no podía ser. Pero Livia se empeñó, gritó, peleó, resistió la tentación de regalos y de todo tipo de concesiones, hasta el ofrecimiento de un departamento para vivir con la tía Ángela. Sin embargo, ella finalmente se escapó y se casó en Atlantic City. Al salir del juzgado telefoneó a su padre y negoció las condiciones del regreso, empezando por garantías de que no se atentaría contra su recién marido. Falero accedió a regañadientes e incluso le dio empleo a Toby en una de sus empresas; eso sí, con sueldo bajo porque el zángano no iba a entrar por la puerta grande. Pero no importaba lo que Toby ganara. Acababa de casarse, cuando una amiga llevó a Livia a una agencia de publicidad, donde le hicieron una prueba de aptitudes y firmó una solicitud de empleo. Ella sintió que lo había hecho bien, pero de cualquier manera siempre sospechó que la fama de su padre había contado para que la emplearan en el departamento creativo.

De cualquier manera, el matrimonio no duró mucho; el pobre Toby siempre estaba nervioso, irritable, paranoico; además, era muy estúpido; no captaba algunos chistes, mucho menos ingenio o sutilezas, y para colmo ganaba poco dinero y hacía el amor pésimo, era de los que nada más se montaban, se venían con rapidez y después se dormían o prendían la televisión y tragaban papas fritas. Livia podía someterse a prolongadas abstinencias sexuales con gran facilidad, pero cuando se trataba de coger le gustaba que las cosas funcionaran bien; se encendía con facilidad pero tardaba en desarrollar un orgasmo y después podía tener muchos, así es que con Toby sólo fue acumular fastidios e insatisfacción. El divorcio no tardó. Después Livia se enteró, como era de esperarse, que su padre se encargaba de aterrorizar al pobre hombre de mil maneras, pero especialmente le gustaba depositarle cadáveres sanguinolentos de gatos, gallinas, perros, loros y otros animales en los sitios más inesperados: en su oficina, en el auto, en baños públicos, en la mesa de un restaurante, en paquetes de United Parcel o con Mensajeros Cantarines. Livia siempre creyó que la tía Ángela estaba detrás de todo.

Cosas parecidas, aunque no tan truculentas, ocurrieron cuando Livia reincidió en el matrimonio la segunda y la tercera vez. El sexo mejoró notablemente, pero los matrimonios no prosperaron por culpa de Falero, cuyo poder era enorme y llegaba a los sitios más insospechados de Nueva York. Por suerte, el padre no se metía para nada en el trabajo de Livia, y la publicidad era un refugio sagrado para ella. Desde que empezó a trabajar procuró distanciarse lo más posible de su familia, especialmente después de que logró que su padre le comprara la mayoría de acciones de la compañía para que ella tuviera el control total. Falero lo hizo, gustoso, y ése fue el único favor que Livia le pidió. Se lo había dicho muy claro:

—Tú me ayudas en esto y lo demás corre por mi cuenta. Con el tiempo logró acostumbrar a su padre a que le telefoneara únicamente dos veces por semana y a verlo sólo en fiestas y ocasiones especiales.

Phoebe estaba perfectamente al tanto de todo esto; era amiga de Livia desde la infancia, así es que conocía con exactitud la borrascosa relación de Livia con su padre, y textualmente estaba acostumbrada a cualquier cosa. Sabía que, de explotar, lo cual ocurría de vez en cuando, Livia era capaz de atrocidades, pero en circunstancias normales era muy disfrutable. Sólo había que respetar los estados lunares, sombríos, que de pronto la atrapaban.

Poco después de la llamada de Falero, mientras Phoebe se daba un baño, el teléfono sonó. Era Tranquilo, quien las invitaba a cenar en casa de un sicoanalista metido a ecólogo. Livia consultó a Phoebe, quien se encogió de hombros, así es que le dijo que sí a Tranquilo, y éste quedó de pasar por ellas. Livia fue entonces al baño y después de un buen rato bajo el agua se vistió para salir a comer. Ya no quisieron aventurarse en otra expedición al aguacero, así es que se quedaron en el restaurante del Villa Vera. Pidieron tequilas. Les encantaba el tequila. Sin duda era lo mejor de México, en donde, por otra parte, se hallaban a gusto, Livia porque establecía alguna extraña conexión con sus raíces italianas y Phoebe porque le gustaba el contraste. Ella conocía mucho más del país; había visitado los sitios de interés arqueológico: Oaxaca, Yucatán, Palenque, Teotihuacán y Tula; además, en sus épocas de estudiante la universidad tenía programas de verano en distintas partes de México, y ella había tomado cursos en Cuernavaca, Xalapa, Cholula y la Ciudad de México.

—Le dije a mi muy truculento padre que regresaríamos mañana —informó Livia al beber el tequila directo de la copa, sin limón, sal o sangrita.

—Sí, te oí —respondió Phoebe.

—¿Puedes creer que ya quería enviarme al estúpido de Pizza the Hit a que *se encargara de nuestras maletas*?

—A lo mejor por ahí anda y no lo hemos visto.

—Pero entonces nuestros galanes mexicanos ya estarían bien machacados.

—Ya están —rio Phoebe—, ¿te acuerdas del cachazo que le dieron a Necro la noche que los conocimos?

—Claro que sí. Pobre hombre. Lo malo no fue lo duro del golpe, sino la desprogramada que le dieron.

—¿No habrá sido un enviado de tu padre?

—Claro que no. Imposible.

—Estaba bromeando, tonta.

—Ya lo sé, tonta —repitió Livia y las dos rieron.

—¿Otro tequilita?

—Claro que sí.

—¿Nos vamos, verdad?

—Claro, Phoebe, no tiene caso seguir aquí. Quién sabe cuándo carajos se compondrá el tiempo, si es que se compone alguna vez. Qué suerte tan podrida.

—¿Te acuerdas de la última vez que vinimos juntas a Acapulco? ¡Qué diferente!

—Esa vez hiciste sufrir innecesariamente a aquel muchacho, ¿cómo se llamaba? —dijo Livia.

—Rah-món. Ramón. Era un patán —rememoró Phoebe, riendo.

—Claro que sí, pero eso querías, ¿no?

—Ay sí, ya estaba hasta aquí de los hombres educados y graduados y etcétera, etcétera. Necesitaba hundirme en lo primario, a veces es algo rico si lo haces bien consciente.

—Vamos a pedir, guapa. ¿Te he dicho que te ves despampanante este día?

—Tú también, oh gran Livia.

—Pobrecita de ti cuando te mojaron esos acapulqueños malos en el mercado de artesanías.

—Tianguis. Le dicen tea-an'-*geese,* extraña receta. Pero así le dicen y yo nunca me entrometo con los atavismos. Además, a ti también te mojaron.

—Pero a mí no se me veían los pechos —estableció Livia, sin matiz.

—Porque no te gusta. Y no es porque no tengas qué lucir. Ya te he dicho que tus senos me parecen más hermosos que los míos.

—Ya estás borrachita, querida. Todo mundo sabe que en ese departamento no tienes rival. Hm. A ese tonto Tranquilo se le van los ojos.

—¿Ah sí? —dijo Phoebe, divertida—. Yo lo he visto loco contigo.

—Y lo está, pero de cualquier manera debe morirse de ganas de un intercambio de parejas *en su debido momento*.

—¿Tú crees? —preguntó Phoebe con los ojos brillantes.

—Por supuesto. ¿A poco no?

—¿Y será posible? —dijo Phoebe, aguantando la risa.

Livia se encogió de hombros, sonriendo.

—Quién sabe. Ya me conoces —dijo.

—Muy bien, Liv, dime la verdad, ¿te gusta ese hombre?

—Ay, querida, ¿tú qué crees?

—Que sí. Y bastante.

—Bueno, la verdad, sí me gusta. Pero no me gusta que no vea más que sexo sexo sexo. Es un chingado macho mexicano.

—Cómo sabes, ¿te ha insistido mucho en que se acuesten?

—En realidad no me ha dicho nada, pero cualquiera puede darse cuenta de que sólo piensa en meterse entre las piernas.

—¿Y a ti no te gustaría?

—Ésa es otra cuestión. Quizá si me fuera a visitar a Nueva York. Aquí, no sé. Ay Dios, tú sabes. ¿Y a ti qué tanto te gusta el moreno?

—Mira, la verdad es que no respondo, Livia. He tenido mucho trabajo y tiene más de un mes que no voy a la cama con alguien.

—The Quiet One es guapo, aunque se le está cayendo el pelo, pero tiene algo que nunca había visto en nadie.

—Qué.

—No sé. Es… tierno. Y elegante. Se viste muy bien.

—Y tiene unas nalgas muy monas.

—¡Phoeb! ¡A ti también te gusta!

—No no, es una fría observación clínica. A mí desde el principio me gustó más el Necro. Me gusta lo oscuro que es. Y lo inteligente. Y culto. Aunque también es una patada en el culo.

—¿Te vas a acostar con él?

—Ay, guapa, ¿tú qué crees?

—Yo creo que eres tremendita, amiga.

—Mira quién habla.

—¿Por qué lo dices, me sabes algo?

—¡Lo sé *todo*! —exclamó Phoebe y de pronto las dos estallaron en una carcajada que atrajo la atención de los turistas mientras, afuera, el aguacero seguía bramando.

Comieron muy animadas, gracias a los tequilas y a la botella de vino rojo con mucho cuerpo, como le gustaba a Livia. Después durmieron una corta siesta y cuando despertaron ya había oscurecido y el ruido de la lluvia continuaba con su estrepitosa monotonía. Pasaron entonces a maquillarse, lo cual hicieron sin ninguna prisa, y finalmente enfrentaron el dilema de qué ponerse, pues a las dos les costaba mucho decidirse en esas cosas y más bien tendían a ensoñar mientras se probaban la ropa.

MAÑANA ES HACE MUCHO TIEMPO

A las nueve de la noche Nigromante habló del lobby para indicar que ya estaban allí. Sin prisas, Livia y Phoebe se fumaron un cigarrito, dieron los últimos toques a su arreglo y, satisfechas, fueron a encontrar a los hombres en el coche. Se saludaron con besos en la mejilla, como reconociéndose, y después de lleno en la boca, lo cual los puso de buen humor. Livia tomó de la mano a Tranquilo y le preguntó por el reportaje, pero antes de que pudiera contestar, Nigro les hizo otra reseñita de la sesión con los ecologistas, sin omitir las hazañas del presunto pedorro licenciado Chiquiar, y las tuvo muy divertidas. Phoebe incluso comentó que le gustaría acompañarlos a una de sus sesiones de trabajo. —Con máscaras antigases, cómo no —dijo Nigro. Qué vulgaridad, pensó Tranquilo. —¿Quién es el que vamos a ver? —preguntó. —Hombre —respondió Nigro—, hoy en la tarde Ramón Gómez de la Serna, el encargado de la revista en Acapulco, me contó su vida y milagros. ¿Quieren que se las cuente?

Phoebe dijo que sí, Livia no abrió la boca y Tranquilo también prefirió quedarse callado, así es que Nigro les contó lo que Ramón Gómez de la Serna le había contado. El doctor Acaso, quien había nacido a mediados de los años cuarenta en Acapulco, era hijo de un empleado de hoteles que con el tiempo y esfuerzos acabó abriendo una exitosa agencia de viajes. Ignacio era el mayor de siete hermanos, y fue siempre un excelente estudiante, entre los primeros en el Instituto México y en la escuela Altamirano. Pero también tenía un carácter muy alegre, era inteligente, ingenioso y carismático, así es que disponía de infinidad de amigos y de novias, porque salió bueno para las muchachas, «es que tengo Venus en Cáncer, en conjunción con el sol», decía Nigro que decía Ramón Gómez de la Serna que Acaso solía explicar. Esto le facilitaba el contacto con los gringos, que, poco a poco, lo iniciaron en los misterios del slang, el cine, el rock and roll y las revistas *Mad* y *Playboy*.

Acaso estudió en Acapulco hasta el máximo nivel posible: la preparatoria. Para los estudios profesionales tuvo que desplazarse en 1966 a la Ciudad de México, donde vivió primero solo, en una casa de asistencia, y después con sus hermanos Tencho y Raúl en un departamentito de la colonia Narvarte que les alquiló su padre. Ignacio se esmeró en sus estudios de biología tirándole a la botánica y pudo desarrollarse con mayor rapidez al empezar a cortar el cordón umbilical, pero, de cualquier manera, todos los puentes y las vacaciones las pasaba en Acapulco, donde la mayor parte de la gente lo conocía. Iba a nadar a la Condesa, tomaba cervezas y ron y bailaba en el Paradise, que entonces era una palapa. Asistía a las fiestas de graduación, de quince años, bodas y funerales. Iba a los cines Salón Rojo, Río y Tropical, y después a las primeras discotecas, como el Tequila à Go Go. Eran los tiempos de las reseñas cinematográficas, de la gran afluencia internacional y del predominio absoluto de Acapulco en el turismo de México.

Entre sus numerosas amistades con turistas gringos, y muchos ligues de gringas, Acaso vio que empezaban a proliferar los greñudos, de pantalones vaqueros recortados a guisa de shorts, que oían unos grupos loquísimos, y que a él le fascinaron, como los Mothers of Invention, los Fugs o The Velvet Underground, y que además fumaban mariguana, lo cual sorprendió e incluso escandalizó a Acaso, quien era partidario del ron directo o en las rocas en última instancia; pero no sólo fumaban mota, y argüían que la dorada de Acapulco era de las mejores del mundo, sino que también se metían hongos mazatecos, peyote potosino y semillas de la virgen morelenses, o los productos químicos que traían de San Francisco en cantidades sorprendentes: LSD, mescalina, silocibina, STP, MDA, DMT y otros alucinógenos, además de cocaína, anfetaminas o barbitúricos y a veces hasta opio. A estos gringos les gustaban las lagunas al norte y sur de Acapulco, la de Coyuca y la de Tres Palos, y algunos llegaban con mucho dinero, producto de la venta de ácidos, alquilaban casonas con vistas maravillosas y Acaso en las noches veía alucinado que circulaban bandejas de plata con todo tipo de drogas y copas de champaña; después leían el tarot o el *I Ching* y procedían a viajar a la luz de velas o de lámparas «de luces sicodélicas» con la droga de su elección.

Acaso no tardó en convertirse en un jipi declarado; se dejó crecer la melena hasta el torso, se compró una combi volkswagen y la pintó con hongos, signos de la paz y colores estridentes; pronto era experto en mariguana, que se podía comprar hasta a cien pesos el kilo de la sinsemilla, y además se puso a hacer ácido lisérgico en los laboratorios de la escuela. Le salió algo peculiar, pero que sin duda ponía hasta atrás a los viajeros intrépidos que lo probaron. «Está durísimo», decían. «Es elesedé con chile», les explicaba él. Conocer el *I Ching* llevó a Acaso a la lectura de Jung, que lo sedujo desde un principio. Empezó por *Recuerdos, sueños, pensamientos*, después leyó *Respuesta a Job, Psicología y alquimia, Psicología y religión* y ya no se detuvo hasta devorar completitos los dieciocho tomos de las obras junguianas, traducidas por R. F. C. Hull y editadas por la serie Bollingen de la Universidad de Princeton. También siguió los afluentes mayores, Joseph Campbell, Erich Neumann, y las obras de los discípulos: Aniela Jaffé, Marie-Louise von Franz o Frieda Forham, y naturalmente muchísimas lecturas paralelas de sicología, filosofía, metafísica, antropología, historia y literatura. También se volvió experto en astrología, cartomancia, especialmente el tarot, alquimia, budismo, zen budismo, taoísmo, fantasía y ciencia ficción, además, por supuesto, del rock.

Esto, naturalmente, se llevó varios años; en medio de ellos conoció a Laura Leticia en la escuela; se casaron, terminaron la carrera e hicieron un posgrado en la Universidad de La Jolla, San Diego, donde pasaron el 68; ella se doctoró en zoología y él en etnobotánica. Por supuesto, vivieron a fondo el apogeo y declinamiento de la siquedelia y regresaron a México a principios de los setenta. No les afectó gran cosa el fin del jipismo, aunque Acaso siempre usó el pelo cuando menos hasta cubrir la nuca. Tuvieron una niña y dos niños, y trabajaron varios años en la Universidad de México, pero con el tiempo se desalentaron, la paga era poca y se habían cansado del medio académico, así es que contemplaron la vuelta a Acapulco.

Él, en tanto, se había ido sumergiendo en Jung. Hizo un viaje a Zurich, visitó Bollingen, y después, en Nueva York, se sicoanalizó con los junguianos y recibió entrenamiento como analista. Regresó al puerto, decidido a vivir como terapeuta; «apuesto mi vida y sigo mi voluntad», proclamaba. Abrió su consultorio en el edificio Oviedo y al principio pasó muchas dificultades, pero, con su buena estrella, su facilidad de trato y sus relaciones con gente rica de Acapulco y de Estados Unidos, usualmente infestados de problemas emocionales, perseveró y se fue para arriba. Desde fines de los setenta, además, los Acaso se fueron involucrando en la ecología, él más que ella; leyó la literatura, asistió a reuniones y congresos, y el deterioro galopante de la naturaleza en Acapulco acabó por diplomarlo. Formó entonces su grupo, como era de esperarse con el extravagante nombre de Veteranos de las Guerras Síquicas en Defensa del Medio Ambiente y de los Derechos Humanos.

La lluvia hacía tortuosa la subida al cerro de la Pinzona, pero el Phantom se portó como debía y pronto llegaron a la casa del doctor Ignacio Acaso y su esposa Laura Leticia, quienes muy consideradamente habían dejado abierta la puerta del zaguán para que pudieran meter el auto hasta la cochera, que estaba cubierta. Allí los recibieron los anfitriones. —Pero mira qué bien —exclamó el analista, al ver a las estadunidenses—, se trajeron muy buena compañía. —Tranquilo sonrió con orgullo e hizo las presentaciones.

—Oh, The Doors —exclamó Livia, al oír «Breakon through» cuando entraron en una estancia espaciosa que tenía cuadros y pósters enmarcados en las paredes, muebles de excelente gusto y una extraordinaria vista a la bahía, que en ese momento la tormenta anulaba por completo.

—Por supuesto —dijo Acaso, en inglés—. Son *eternos*.

—Más bien Oliver Stone los volvió a poner de moda —comentó Tranquilo.

—Más bien subió el volumen del reconocimiento —arguyó Nigro—, porque siempre estuvieron de moda. Los Doors, Jimi Hendrix, Janis Joplin y Pink Floyd les han gustado a todas las generaciones.

—Echácatamente —coincidió Acaso—. Qué se toman —propuso después.

Las mujeres pidieron tequila. Tranquilo y Nigro whisky; los anfitriones estaban bebiendo vodka. —Pero qué pinches torrentes —comentó Acaso, mientras servía—, les juro que en toda mi vida en Acapulco nunca había visto algo así.

—Cómo no —intervino Laura Leticia, en español, cuando tomaban asiento—, acuérdate cuando estábamos chicos, allá cuando el temblor que tiró el ángel de la columna de la Independencia en la Ciudad de México… También hubo una tempestad tremenda. Todo se inundó. Hasta suspendieron las clases en la Altamirano.

—No me acuerdo —dijo Acaso, en inglés—, de cualquier manera *pocas veces* llega a llover como ahora.

—Ha sido un fastidio —comentó Phoebe—, a nosotras la lluvia ya nos cansó y por eso nos vamos mañana.

—Cómo que se van mañana —exclamó Tranquilo, alarmado, viendo de reojo a Nigromante—, no hagan eso, el clima se va a componer.

—Lo dudo —replicó Livia.

—Sí, está difícil —dijo Acaso—, quizá para la semana próxima. Y ya saben, después de que deje de llover tendremos varios días bellísimos.

—¿Qué se sabe de este huracán? —preguntó Nigro, para desviar el tema.

Acaso explicó entonces que, como se sabía, se trataba del huracán Calvino. Pero, por suerte, hasta ese momento sólo habían sentido las bandas externas del huracán y no toda la espiral hasta el vórtex. Si fuese así, los daños humanos, ecológicos y materiales podrían ser desastrosos. En realidad, abundó, los expertos del MIT, con quienes él había conversado un año antes en un congreso, consideraban poco probable que Acapulco fuera azotado de lleno por un huracán. Era un indudable buen karma del puerto. Sin embargo, la particular localización geográfica de Acapulco y la dinámica de los vientos, que se desplazaban de este a oeste, permitía que los huracanes guardaran una distancia favorable para la bahía. Pero bueno, ya sabían, nadie podía estar seguro, vientos repentinos y muy raros de sur a norte podrían llegar a Acapulco. —Y entonces sí —farseó Acaso—: a temblar, señores.

—De que Ignacio agarra el micrófono luego luego te suelta una conferencia —dijo Laura Leticia.

—Sólo respondí una pregunta, ¿no?

—Eso que ni qué, mi vida —reconoció ella dándole un besito. Acaso, satisfecho, sirvió otra ronda de bebidas y su esposa se sorprendió de la velocidad con que bebían las visitas. Ella tenía un vodka tónic en la mano desde hacía quién sabe cuánto. Ya se habían derretido los hielos. Vio también que todos atacaban los pistaches, nueces de la India, cacahuates, además de quesos y zanahorias para remojar en aderezo. —Pobres —dijo, en español—, yo creo que pasamos a cenar —agregó en inglés—, todos se están muriendo de hambre. —Efectivamente, los cuatro invitados se pusieron de pie al instante y, en la mesa, engulleron con excelente apetito la cena que Laura Leticia y su criada habían preparado en muy poco tiempo. Primero fueron pequeñas quesadillas de huitlacoche, que, como aseguró Nigro, estaban de poca madre y no le supieron ni a melón. Después vinieron los huazontles con queso, que fueron celebradísimos.

—Fue una suerte que tuviera esas varas de huazontle —explicó Laura Leticia.

—¿Varas? ¿Cuáles? —preguntó Livia.

—El huazontle viene en varas, sólo que nosotras las desvaramos y las servimos en forma de tortitas —explicó Laura Leticia.

—Por lo general se comen en la vara, con salsa de jitomate —dijo Tranquilo.

—Yo nunca las había probado —comentó Phoebe y repitió, apreciativa—: huazontle.

—Ni yo —agregó Livia.

—Se supone que el huazontle en tortas con queso era el platillo favorito de Juan Ruiz de Alarcón, o eso dicen en Taxco —informó Nigro, en español.

—*Sí.* Allí las probamos nosotros una vez. Pues de eso me acordé yo al comprar los huazontles, y por eso los hice —agregó Laura Leticia, también en español, y después motivó nuevas exclamaciones de admiración al servir pollo en guasmole, cuyo sabor maravilló a las estadunidenses.

—El guasmole se hace con guajes, que son las semillas de las vainas de un árbol, el guamúchil, el cual se caracteriza por su resistencia a la resequedad, de allí que se vean por todas partes semiáridas de México —dijo Acaso.

—Y Guamúchil se llama también el pueblo de Sinaloa donde nació Pedro Infante —agregó Nigro, con una sonrisita.

—Eso lo sabe cualquiera —dijo Tranquilo.

—Todo eso está muy bien —terció Laura Leticia—, sólo que las semillas de guaje son de guaje, y las de guamúchil son de guamúchil. Son árboles distintos.

—Ah chinga —dijo Nigro.

—¿De veras? —preguntó Acaso.

—Claro.

—Definitivamente las semillas dan un sabor sensacional —comentó Tranquilo, quien se hallaba muy a gusto; había repetido otra ración de ensalada y no dejaba de beber el vino Marqués del Riscal.

—Sí es cierto, te rayaste, Laura Leticia —dijo Nigro, quien comía a gran velocidad.

—¿No quieren que juguemos un jueguito? —propuso Acaso.

—¿Qué jueguito? ¿Strip-poker? —bromeó Tranquilo, pero nadie sonrió e incluso Livia y Phoebe entrecruzaron miradas de inteligencia, lo cual lo desconcertó momentáneamente.

—Hay *miles de juegos* —replicó Acaso.

—E Ignacio se los sabe todos. Pero ahorita estamos comiendo, mi amor —dijo Laura Leticia, con una sonrisa.

—¿Qué tal el juego de no-jugamos-ningún-juego? —deslizó Nigro, que sólo era afecto a los juegos de palabras.

—Entonces un juego para la hora de la comida —dijo Acaso—, como «A qué te sabe tu vecino de mesa».

—Eso me suena a antropofagia —comentó Nigro.

—Y a mí, a *sexo* —agregó Livia.

—Nunca había oído hablar de ese juego —dijo Phoebe.

—Será porque Ignacio lo acaba de inventar... —deslizó Laura Leticia.

—Bueno, en realidad es la variación de un juego muy conocido. Se hacen preguntas como «si tu vecino de mesa es un postre, ¿a qué te sabe?», o «si es sopa», «si es plato fuerte», etcétera. ¿Juegan? —no esperó respuesta e inmediatamente preguntó a Livia—: Si Tranquilo es una verdura, ¿a qué te sabe?

—A *pepino*, sabe rico —dijo ella, como si nada, y Tranquilo sonrió sorprendido porque en ese momento, por debajo de la mesa, Livia le acarició el pene con mano ágil.

Todos rieron. —¡Fálicos estamos! —exclamó Nigro.

—Me honra tu distinción —pronunció Tranquilo, con solemnidad fingida.

—Pero así no está bien —dijo Laura Leticia, alborozada—, porque resulta muy previsible ir en orden. Mejor hay que dejarlo a la suerte.

—¡Muy bien! —asintió Acaso—, que sea como en el juego de la botella. Hacemos a un lado al estimado guasmole y lo ponemos aquí al ladito..., porque se vale servirse de nuevo —indicó con seguridad y sorpresivamente salió corriendo a la cocina, lo cual dejó a todos pasmados, pero regresó casi al instante con un largo y no muy grueso pepino—... y ahora ponemos este apropiado doctor Pensamiento en el centro de la mesa, nos preguntamos «si mi vecino de mesa es el plato fuerte, ¿a qué me sabe?», y ahora lo echamos a girar.

Así lo hizo; el pepino giró y se detuvo señalando al mismo Acaso y a Laura Leticia, quienes se hallaban en las cabeceras de la mesa; los dos sonrieron y se alzaron de hombros. Los demás los miraron, expectantes.

—Si Ignacio fuera la carne del plato fuerte sería la carne de su majestad el cuche, o sea: el cerdo —respondió Laura Leticia, con los ojos chispeantes y bebiendo vino de la tercera botella que su marido abría.

—¿Un cerdo? —repitió Livia, con una sonrisa insegura.

—Por supuesto, el sabor de Nacho sería riquísimo —agregó Laura Leticia.

—La especialidad de la casa: Nachito pibil —dijo Acaso, de lo más relajado y sonriendo ampliamente.

—Qué bueno que no eres judía —deslizó Tranquilo.

—Sí soy —replicó Laura Leticia.

—¿De veras?

—Claro.

—Pero la carne de cerdo tiene muchas toxinas —señaló Phoebe.

—Por supuesto. Este Ignacio puede ser una delicia pero también un veneno peligroso. Pero, bueno, si les friquea tanto que me sepa a cochinito, también me podía saber a cangrejo.

—Mi vida, como dice Tranquilo, me honra la distinción. Lo de cangrejo está bien, incluso normal, porque soy de signo Cáncer con ascendiente Leo y Luna en Acuario, pero me gusta más lo del cerdo, siempre me gustó «Piggy piggy pig» de Procol Harum, «Piggies» de los Beatles/

—Y «Pigs (Three different ones)», de Pink Floyd —contribuyó Nigromante—, y «War pigs», de Faith No More.

—Y ahí están los Pixies —siguió Acaso—. Yo no tengo prejuicios contra los hermanos cuches, en efecto su carne es de las más deliciosas. No es precisamente ligera, eso sí, pero a mí me gustan las ondas pesadas, y con Digenor Plus y Melox Plus me hace los mandados; además, el cerdo, por su condición ínfima, puede simbolizar también el tesoro que se puede hallar en la basura. Pues tú a mí —Acaso dijo a su esposa sin transición— me sabrías a riquísima carne de camello.

Los demás, que habían terminado de comer, vieron que Laura Leticia meneaba la cabeza al decir en español a su marido:

—Ay, Ignacio... Oye, ¿por qué no sacas un chubi?

—¿Antes del postre? ¡Muy bien! —respondió Acaso muy animado y viendo de reojo a Tranquilo y Nigro—, ¿cómo la ven ustedes?, ¿le damos fogata? —les preguntó, pero no esperó respuesta y se dirigió en inglés a Livia y Phoebe—, ¿qué tal unas cuantas fumarolas de pura y cien por ciento legítima Acapulco Gold?

Las dos se miraron entre sí y rieron, divertidas. —¡Venga, venga! —dijo Livia.

En un relámpago Acaso salió del comedor y al poco rato estaba de regreso con un tubito de metal del que extrajo varios cigarros de mariguana. Los dejó sobre la mesa. Pero una vez más salió disparado a su equipo de sonido y puso más música, ahora David Lindley y su Rayo X, lo cual dejó estupefacto a Nigro. —No es posible que tú tengas ese disco —dijo en español—. Es chingonométrico.

—Ah cómo no va a ser posible. También tengo a Ry Cooder y a Little Village.

—Entonces también a John Hiatt.

—También. Bueno, señores —agregó en inglés—, aquí está la dorada sin semilla de la sierra guerrerense, pródiga en guerrilleros y drogas de alta calidad. —Sin más encendió uno de los cigarros, le dio dos rápidos toques y lo pasó; después sirvió más vino. Laura Leticia ya había repartido el postre, glorias de Monterrey que le acababan de llevar y que a ella le fascinaban, pero que siempre rehuía por el exceso de calorías. Livia y Phoebe tampoco quisieron.

—¿Le seguimos? —preguntó Acaso, ya de pie, con su copa en una mano y la otra en el pepino girador.

—Mejor cambiamos de juego —dijo Nigro, comiendo glorias y fumando mariguana al mismo tiempo—, al fin que *hay miles*.

—Excelente mota —calificó Phoebe, pasando el cigarro, que se había reducido notablemente, a Laura Leticia.

—¿Hay sugerencias? —preguntó Acaso, quien ahora blandía una botella de calvados *âge inconnue*.

—Pero si tú eres el experto —dijo Tranquilo.

—Sí es, ¿eh?, no saben en lo que se están metiendo —advirtió Laura Leticia.

—¿Qué tal si jugamos «Quisiera olvidarlo»? Cada quien cuenta lo que más quisiera olvidar en su vida —propuso Acaso, a quien le llegó el cigarro y, sin soltar la botella de calvados, lo fumó con golpes repetidos e intensos.

—Muy peligroso. Y proclive a la autocrítica, a salir a la plaza pública y gritar: ¡soy un asesino! ¡No, qué horror! —protestó Nigro casi inmediatamente.

—¿Quieres pasar al diván de una vez? —bromeó Acaso a la vez que mataba la colilla de mariguana.

—Mi vida, o sirves de esa botella o la sueltas ya porque parece tu fetiche —dijo Laura Leticia, quien aprovechó para ofrecer café, que todos aceptaron, y para invitarlos a regresar a la sala, lo cual hicieron sin soltar sus copas.

—Mejor juguemos al juego de la verdad —dijo Livia de súbito cuando se acababan de instalar en la sala, frente a la lluvia que se estrellaba en los ventanales, y Acaso servía el calvados.

—Ah caray —exclamó Nigro.

—¿Están seguros? —indagó Acaso—, puede resultar un juego pesado.

—Es buenísimo para el chisme —dijo Laura Leticia.

—Por mí no hay problema —asentó Phoebe, un tanto pensativa, a la vez que encendía un cigarro.

Tranquilo se veía alarmado, lo cual hizo sonreír a Nigromante. No supo por qué pero de pronto tuvo la imagen de un cuarto oscuro con numerosas siluetas y conversaciones entrecruzadas; era algo que le impedía concentrarse en lo que ocurría. Se quedó sumamente sorprendido cuando Laura Leticia encendió las velas de dos grandes candelabros mazatecos y apagó la luz. Acaso levantó la mesa de centro, la puso a un lado, quitó a David Lindley, puso *The draughtman's contract*, de Michael Nyman, y regresó con el pepino, que tomó de la mesa y lo llevó al centro de la alfombra.

—¿Listos? —preguntó, y al instante echó a girar el pepino, pero Livia lo detuvo con la mano y lo colocó de tal manera que la señalara a ella y a Tranquilo. Los demás sonrieron, condescendientes.

—Quiet One, ¿todavía te queda coca? —preguntó Livia, con expresión aparentemente cándida.

Tranquilo sonrió, forzado, miró a todos con una fugaz sombra de desconfianza, estuvo a punto de decir que ya no tenía, pero finalmente optó por reír. —Claro que sí —respondió.

—Pues Zacarías el profeta —pidió Nigro, en español.

—Ah canijillos —dijo Laura Leticia.

—Doctor —agregó Acaso, en inglés—, mis respetos. Espero que nos invite de su droga letal.

A Tranquilo no le hizo mucha gracia el chiste pero, sin dejar de sonreír, sacó su cajita de carey y la cucharilla de oro y las pasó a Acaso, quien las observó admirativamente. Después se dio un par de pases por cada aleta de la nariz, y la pasó a su esposa. —Se impone otro Indio Bedoya —dijo Acaso, sorbiendo en la nariz, y encendió un nuevo cigarro de mariguana, que echó a circular en dirección contraria a la caja y la cucharita.

—¡Ajúa! —exclamó Nigro, con una sacudida, después de aspirar el polvo.

—Bueno —dijo Acaso, en inglés—, si ya están todos bien intoxicadotes, podemos proceder al Temible Juego de la Verdad. —A continuación tomó el pepino y lo hizo girar, hasta que éste se detuvo y señaló a Nigro y a Tranquilo.

—Yo pregunto —dijo Tranquilo, en español.

—No, yo pregunto —replicó Nigro, fumando el cigarro que le llegó. Sus oídos le zumbaban, el corazón le latía con fuerza, sus manos sudaban y además le llegaban fuertes ganas de toser.

—¿Por qué tú? Nada qué, yo pregunto —insistió Tranquilo, también con las manos sudorosas.

—Nigro pregunta —decretó Livia con voz inapelable.

Acaso la miró, sorprendido, y alcanzó a decir: —Al que le toca la punta más ancha, pregunta; al que le toca la más angosta, contesta —porque precisamente así había quedado el pepino en la alfombra.

Tranquilo los miró, desamparado. —Bueno, a ver —dijo, aún sorbiendo en su nariz.

—¿De dónde sacaste la coca, socio? —inquirió Nigro—, cuando salimos de México nada más traías anfetaminas.

—¡Tranquilo! —exclamó Laura Leticia, riendo—, ¡eres todo un narco!

—No no, por favor —exclamó Tranquilo, alarmado—, no quiero dar esa impresión. Las anfetaminas son por prescripción médica y lo otro, pues eso sí, pero es una cosa razonable, moderada.

—¿Qué anfetaminas? —preguntó Acaso con tono profesional.

—Ritalín.

—Ah.

—No has contestado La Pregunta, pinche drogo —exigió Nigro, en español.

Tranquilo miró a su socio con ojos escandalizados, pero conservó la calma. —Bueno, la coca la conseguí el lunes en la tarde —dijo—. Unos amigos de México me dieron un numerito telefónico al cual llamar y así la conseguí.

—¿A cómo el gramo? —preguntó Acaso.

—A doscientos.

—Uh, Tranquilo, te la dejaron ir —respondió Acaso, en español—, me hubieras dicho y yo te la conseguía a ochenta el gramiux y te habrían dado una coca rayadísima.

—¿Se fijaron? —comentó Livia—, esa pregunta no tenía ningún chiste.

—Es que Tranquilo es mi jefe —explicó Nigro, riendo—, si le hago una pregunta comprometedora *me corre del trabajo*.

—Qué mentira —replicó Tranquilo—, además yo no soy tu jefe, somos socios.

—No, pendejo, somos amigos, pero además usted es el Jefe.

—Hagan preguntas buenas —exigió Livia.

—A ver qué nos indica don Pepino —dijo Acaso y una vez más puso a dar vueltas al pepino, el cual giró y finalmente se detuvo señalando a Livia y a Phoebe.

—Phoebe pregunta —dijo Acaso antes de que nadie pudiera decir algo.

—Muy bien —accedió Phoebe, con un tic que la hacía ladear uno de los ojos; se quedó pensativa pero después sonrió—. Ya sé. Livia, querida, ¿qué tanto te interesa The Quiet One?

Tranquilo carraspeó y se incorporó, sumamente atento. Nigromante sonrió, irónico. Livia tardó en responder.

—Bueno —dijo Livia con lentitud—, me gusta, me llevo bien con él, pero hasta ahí, porque mañana nos vamos.

—¿Te acostarías con él? Ay qué estúpida, a lo mejor ya lo hicieron —dijo Laura Leticia.

—Ésa es otra pregunta —respondió Livia.

—Tranquilo podría visitarte en Nueva York —deslizó Phoebe.

—¡Claro! —exclamó Tranquilo—, ¡me encantaría! Es más, sin duda lo haré. Ya te lo dije, quiero hacer negocios contigo.

Livia miró fijamente a Tranquilo durante unos segundos y después le dedicó una sonrisa filosa.

—De cualquier manera, todo mundo sabe que The Quiet One me vale una chingada —añadió.

—A mí también —replicó Tranquilo, muy serio.

—Después de todo, en el fondo tú piensas que yo sólo soy una gringa buena para cogerse y nada más.

—Sí sí. Pero en verdad me gustaría que nos asociáramos —dijo Tranquilo.

—¿Sólo The Quiet One, o todos te valen una chingada? —preguntó Phoebe, terminando la colilla de mariguana.

—Basta ya. Yo ya contesté. Ahora que le toque a otro.

—Tiene razón —dijo Acaso, quien deshizo la flor de loto que había armado—. Nomás pérense. Para que no siempre caiga entre los mismos nos vamos a reacomodar, tú y yo, mi cielo, nos quedamos donde estamos, porque siempre estamos en nuestro lugar y porque es nuestro privilegio de anfitriones, y tú, Nigro, vente para acá, junto a Livia, tú, Tranquilo, pásate junto a Phoebe y así estamos per-fec-to —explicó.

—Ay Dios mío, Ignacio, no te mides —dijo Livia, mientras Tranquilo y Nigro gateaban para reacomodarse. —Hola, socio —saludó Nigro cuando se cruzaron.

Sin más, Acaso hizo girar fuertemente al pepino, el cual fue observado por todos con atención un tanto mortecina por la luz de las velas y las brumas del pasón; los seis sintieron que el pepino demoraba más de la cuenta en detenerse, hasta que por fin lo hizo y señaló a Nigro y a Phoebe. —Nigro pregunta —indicó Acaso.

—Yo pregunto. Ah chinga. Qué pregunto. A ver. Cuando cierras los ojos ¿ves todo negro? No, eso no. Cuando llegas muy cansada y te quitas los zapatos ¿te dan ganas de abrir los pies como abanico? Tampoco. Mejor le echamos mierda al abanico. ¿Cómo fue que te corrompiste? No. ¿Qué es lo que más quisieras olvidar en tu vida?

—Ah qué cabrón —dijo Acaso, en español.

—A huevo —replicó Nigro.

—Lo que más quisiera olvidar de mi vida... —repitió Phoebe viendo de reojo a Livia, quien la miraba con atención— fue cuando me obligaron a vestirme de *pollo*, un pinche traje de pollo horroroso, sin forma. Yo nada más veía por unos agujeros y tenía que bailar. Esto no crean que fue en la escuela, sino en mi trabajo, cuando tenía poco de empezar. Fue una broma siniestra de un editor famoso por sus pincheces. Me dijeron que iba a haber un festival recreativo, lo cual debió haberme hecho sospechar, pero yo era una estúpida, con gente que iba a cantar y a ejecutar instrumentos musicales, un monologuito teatral y no sé qué más. Yo tenía que bailar «El baile del pollo» *(The chicken shuffle)* vestida en ese adefesio. Hasta el mismo jefe de editores estaba en el juego y él fue el que me doró la píldora, que era una especie de rito de iniciación, que todos lo habían hecho, lo cual era una vil mentira, que me traería buena suerte y formaría parte de la gran familia que era la editorial y todo lo demás. Además, me dejó entrever que me despedirían si no accedía. Bueno, pues me puse furiosa, estuve a punto de mandarlos al demonio porque detesto los pollos, no los como ni fritos, y me molestaba además la idea implícita de que yo era una miedosa-babosa. Pero ese hombre infame infeliz me acabó de convencer y me dio el horrible traje de pollo ese y un disco con el baile *para ensayar*. Bueno, para acortar, tres días después no tuve más remedio que ponérmelo y salir al escenarito que habían hecho en la sala de proyecciones. Dizque yo era la primera del programa. Casi lloré de rabia al ver que desde el principio todos se carcajeaban, palabra de honor que hasta se ladeaban de las sillas de la risa mientras yo estaba furiosa frente a ellos, paralizada, sin poder dar un solo paso del «Baile del pollo». Me solté a llorar y salí corriendo de allí, mientras los hijos de puta se carcajeaban sin poder aguantarse. —Todos la escucharon riendo también y durante un instante ella los miró con un destello de furia, pero luego se unió a las risas.

—Ah qué compañeritos de trabajo —dijo Laura Leticia.

—Qué poca madre —agregó Acaso.

—Eran muy crueles. Los detesté fruiciosamente durante mucho tiempo, porque, además, nunca más volvieron a hacerle esa broma a alguien, nada más fue a mí. ¿Por qué? Misterios insondables.

—Me hiciste acordar del festival de la risa de Hipata en *El asno de oro* —dijo Nigro—, donde someten a Lucio a una broma aún más siniestra.

—Pero a mí se me hace que tienes algunos otros detalles más mencionables, querida Phoebe —intervino Livia—, éste es el juego de la verdad.

—Pero ninguno como ése, te lo juro, nunca me he sentido tan humillada, y lo único que no soporto es la humillación, a cualquiera, no nada más a mí.

—¿Qué broma le hicieron a ese señor que decías? —preguntó Laura Leticia a Nigromante.

—A Lucio le hicieron creer que estando borracho había matado a unos hombres, después lo sometieron a juicio y lo condenaron a muerte. Cuando lo iban a matar todo el pueblo soltó la carcajada y el pobre hasta entonces supo que se trataba de una bromita.

—A ver, que gire el pepino —dijo Tranquilo, impaciente; ya se le había asentado el elevón y le molestaba que Nigro no perdiera oportunidad para presumir.

—*Let the good cucumber roll* —agregó Nigro.

—Muy bien —accedió Acaso, quien había encendido otro cigarro de mariguana. El pepino giró una vez más y quedó de tal manera que no señalaba a nadie, los más cercanos eran Laura Leticia y Tranquilo.

—Que gire otra vez, no le tocó a nadie —dijo Tranquilo.

—Pos yo digo que más o menos les toca a ustedes. Tranquilo pregunta —indicó Acaso.

—Ah, bueno... —suspiró Tranquilo. Pensó un momento, viendo a todos de reojo. Carraspeó. Todos lo miraron con atención, lo cual lo hizo titubear—. Bueno —agregó, y la voz se le dobló un poco—, ¿le has sido infiel a tu marido?

—¿Yo? ¿Infiel? Claro que no, ¡siempre le aviso! —respondió Laura Leticia sin demora y sonriendo.

Todos rieron.

—Sí. Y yo le digo: ve en paz, mujer, luego me pasas el video —agregó Acaso, riendo, pero advirtió con claridad que Nigro casi se atragantó sin dejar de ver a Tranquilo. Pues qué se traen éstos, pensó el analista, frunciendo el entrecejo. Ah, a lo mejor a uno de ellos, o a los dos, le gusta filmar a su mujer cogiendo, se dijo Acaso, con una sonrisita. Ahora ya sé qué preguntar si me toca…

—¿De veras le avisas? —preguntó Livia.

—Ésa es otra pregunta, pero igual la contesto: claro que no, era un chiste.

—¿Entonces nunca le has sido infiel? —preguntó Livia con una sonrisa irónica.

—Ésa es otra pregunta más, pero bueno. La verdad es que sí, pero no voy a hablar de eso —asentó Laura Leticia con una firmeza inesperada que todos quedaron callados—. Bueno, pues que gire el pepino.

—Ya la última, nos tenemos que ir —dijo Tranquilo, nervioso.

—Calmado, chif, todo está bajo control —le recordó Nigro.

—Mejor saca más coca —sugirió Livia.

Tranquilo asintió y sin demora le pasó la caja y la cucharilla de oro. Ya no estaba a gusto. No le agradaba el tipo de preguntas que estaban haciendo; hasta el momento el cabrón del Nigro se había medido, pero en cualquier momento podría salir con alguna estupidez. —Yo ya no —oyó que decía Laura Leticia. —Yo también estoy bien —agregó Acaso, quien echó a girar el pepino. Esa vez las puntas señalaron claramente a Phoebe y a Livia.

—Yo pregunto —advirtió Livia, terminante.

—Sí sí —dijo Acaso.

—Pregunta —indicó Phoebe, mirándola fijamente.

—¿Alguna vez has traicionado a tus mejores amigos, a qué amigos, si es así, y en qué consistió la traición?

—¡Qué trampa! —exclamó Phoebe—, ésas son tres preguntas en una, no se vale.

—Sí se vale, lo hacen en «El premio de los sesenta y cuatro mil dólares», por qué aquí no.

—¿Se vale, Ignacio? —preguntó Laura Leticia.

—De cualquier manera, jamás he traicionado a mis amigos, así es que las demás preguntas se anulan.

—Momento, Phoebe, éste es el juego de la verdad —advirtió Livia.

—Lo dices como si fuera El Sagrado Juego de la Verdad.

—Pues estás mintiendo.

—¿Me estás diciendo mentirosa?

—*Eres* una mentirosa. Claro que has traicionado a los amigos. A mí me has traicionado, no una sino muchas veces.

—Jamás te he traicionado —replicó Phoebe con vehemencia, mientras los demás se removían inquietos y excitados a la vez en la alfombra.

—Señoras, no tiene importancia, no se peleen, no quiero que llenen de sangre mi hermosa alfombra purépecha —dijo Acaso.

—Sí, sí me has traicionado, tú sabes bien cuándo y cómo.

—Yo no sé nada. Habla claro, muchacha.

—¿Te acostaste o no con Toby?

—¿Con quién? —preguntó Laura Leticia.

—Shhh —le indicó Acaso.

—Toby fue el primer marido de Livia. Un tonto —les informó Phoebe, furiosa—. Eso ya lo hemos hablado, Liv, y tú misma estuviste de acuerdo en que no era ninguna traición porque tú estabas allí y no dijiste nada. Es más, tú querías, y por eso lo hicimos.

—Ahora vas a salirme con que yo los junté.

—Pues casi. Un día me dijiste que por qué no experimentábamos intercambiando parejas, porque todo mundo lo hacía y blablablá, y después nos dejaste solos.

—Pero yo nunca me fui a la cama con Stanley.

—Mentira podrida y repulsiva. Claro que te acostaste con Stanley. Al final no le abriste las piernas, pero sí hicieron todo lo demás. Él me lo dijo.

—Te mintió. Nunca hice nada con él. Yo no traiciono a mis amigas.

—*Yo tampoco.*

—¡Phoebe! ¡También te acostaste con mi padre! —gritó Livia, iracunda.

—¡Claro que sí, pero eso tampoco es una traición, tu padre no es tu marido! ¡Y tú ya sabes cómo fue todo, esto lo hemos hablado hasta el cansancio!

—Les dije que este jueguito podía ser pesado —comentó Acaso.

Tranquilo intervino también tratando de apacigar a las mujeres y Nigro pidió que encendieran otro cigarro de mariguana para bajar los decibeles del juego. Pero Livia estaba furiosa.

—¡Vete a la chingada! —le gritó a Phoebe, quien miraba a los lados nerviosamente y meneaba la cabeza.

—¡Vete tú! —replicó ella—, espero que a partir de ahora no empiece yo a enfermar misteriosamente.

—¡Llegando a Nueva York me mudo al instante! ¡No te vuelvo a ver en mi vida! ¡Para que no temas por tu *salud*! —le gritó Livia.

—Cálmense, de veras —les decía Tranquilo, consternado—, ustedes son amigas de toda la vida, no se peleen así.

—Sí, hombre —intervino Acaso—, no se dejen llevar por la pasión de la ira. Tendrán razones que resentir, pero también infinidad de cosas buenas que han compartido. Echen ésas por delante.

—¿Por qué no consultan el *I Ching*? —propuso Laura Leticia.

—No es necesario —atajó Phoebe, respirando profundamente—, Livia —añadió—, perdóname por lo de enfermarme. Fue una bajeza. De veras, perdóname.

—Tómate otro traguito de este calvados *âge inconnue*, te va a suavizar el alma, vas a ver —dijo Acaso. Livia, silenciosa, pero más sosegada, tendió su copa para que el analista la llenara. Phoebe fue más lejos y también se disculpó, al parecer con sinceridad, por haber hecho lo que había hecho con Toby y con Falero. Livia asintió, bebió un traguito de calvados y dijo que se hallaba extenuada, ella era la que pedía disculpas por esos arranques, y le pidió a Phoebe y a Tranquilo que se retiraran. —Sí sí, claro —dijo él, con cierto alivio pero también insatisfecho porque sería difícil remontar el estado de ánimo que se había generado y muy posiblemente ya no se pudiese hacer gran cosa con las mujeres. Los Acaso no insistieron y todos se despidieron un tanto contritos pero con simpatía mutua. Los invitados subieron al auto y, como la puerta del zaguán nunca fue cerrada, salieron de lleno al aguacero que ahora, de nuevo, latigueaba con las ráfagas feroces del viento.

—Con que su majestad el cuche, ¿eh? —le dijo Acaso a Laura Leticia cuando se quedaron solos. Ella estalló en una carcajada—. Eres una cabroncita, ¿eh?

EL TIEMPO LLEGA

Las dos parejas guardaron silencio durante el trayecto al Villa Vera Racket Club. Esa vez Tranquilo no puso música. Nigromante veía de reojo a Phoebe, quien parecía seria, con la vista ubicada en la espesa cortina de agua que bañaba las ventanillas laterales del Phantom. Cada vez entendía menos a la gringa. Definitivamente le caía bien, de hecho le gustaba. Es más, le aterrorizaba saber que en los pliegues inferiores de su conciencia yacía la idea de que podía enamorarse de ella. Qué absurdo, se decía, a mi edad, no me voy a andar metiendo en esas broncas. Yo no voy a ir a visitarla a Nueva York ni a llevarle mis manuscritos de crónicas negras ni de aforismos patafísicos. No puede ser, qué ideítas, se decía, mídete, cabrón. Sin embargo, en otro pliegue de su mente la idea de enamorarse de Phoebe no sólo era admitida sino que crecía con impetuosidad. Además, aún seguía muy excitado por la cocaína y la mariguana que les había dado Acaso, y no podía estarse quieto.

Tomó la mano de Phoebe, quien lo permitió, pero se volvió a verlo con una mirada hasta cierto punto dulce que pedía una tregua. Nigro se acercó a ella y le susurró: —No tengas miedo, mi querida, tú eres una Caulfield, ante ti se borran los graffiti que dicen «fuck you», tú eres una cosita muy especial, completamente fuera de serie, de ti me gusta todo, me gusta tu mente, aunque también sea la parte más sucia de tu cuerpo.

No no, no me digas que no, ni sonrías, mi querida Phoebe, sol de soles, luz de luces, no creas que admito lo que haces, mi naturaleza platónica se niega rotundamente, mi sentido de la ética es mi fortaleza; pero de cualquier manera tengo que decir que tu sombra me excita, me pone en un raro estado de enervamiento y de alerta que sólo puede compararse al golpe de placer fulminante que experimentan los animales cuando el celo de la hembra les pega de frente, como huracán... —mientras decía esto, Nigromante la acariciaba suavemente, de una forma espontánea y natural; le palpaba los senos y los oprimía con dulzura; bajaba la mano a los muslos y los tocaba con delectación—, déjame decirte, querida Phoebe Caulfield, que me has metido en un tobogán, me tienes en un túnel oscuro, húmedo, en el que me muero poco a poco y lleno de felicidad, lleno de paz, aunque no me lo creas, porque descubro que el verdadero fin de todo ser humano es poder morir de esta manera tan idónea, tan perfecta.

Phoebe había dejado de ver la lluvia y lo miraba, lo escuchaba con una sonrisa y con curiosidad.

—Necro, sí es verdad, esto es lo que yo esperaba —le dijo de pronto, y lo besó larga, suavemente, en la boca.

El auto se había detenido. A duras penas Phoebe y Nigromante rompieron el abrazo, aunque siguieron tomados de la mano. Oyeron que Tranquilo le prometía a Livia que en verdad hablarían de negocios, había estado pensando las cosas y podía darle un bosquejo general de cómo podían asociarse y aprovechar el arranque del NAFTA. Livia asintió, un poco cansada.

—Sí, nene, mañana nos vemos —dijo; después se acercó a Tranquilo y se besaron largamente.

Atrás, Phoebe y Nigro se miraron, se alzaron de hombros y también se besaron en la boca, acariciándose con suavidad porque no querían encenderse; «no calientes el agua si no te vas a bañar», se decía Nigro, conteniéndose con dificultades, dejándose llevar por la dulzura y la suavidad.

Finalmente, Tranquilo se volvió, sonriente, hacia la pareja en el asiento trasero y tosió para que se desprendieran. —Nos vamos a ver mañana ella y yo solos para hablar de negocios —explicó.

—Muy bien —dijo Phoebe.

—Tú y yo nos vamos por nuestro lado —le dijo Nigro a Phoebe—. Ni quien los necesite.

—Pero mañana nos vamos a ir... —recordó Phoebe.

—Phoebe... —susurró Nigro oprimiéndole la mano.

Phoebe rehuyó a Nigro con la mirada y se dirigió a Livia.

—Mañana nos vamos, ¿o no?

Livia se quedó pensativa unos instantes.

—No se vayan —pidió Tranquilo—, quédense, se van el viernes. Mañana tenemos que despedirnos propiamente.

—¿Cómo sería eso? —le preguntó Livia.

—¡Como quieras! —exclamó Tranquilo.

—Nos vamos el viernes, ¿está bien? —dijo Livia a Phoebe.

—Está bien —respondió Phoebe, y hasta entonces se volvió hacia Nigro y le sonrió débilmente. Le dio un beso breve en la boca—. Mañana nos vemos —le dijo, y salió del auto detrás de Livia. Antes de entrar en el lobby se volvió hacia él; se despidió con la mano y con una sombra de sonrisa en la boca.

—¡Pinches viejas! —exclamó Tranquilo con un largo y filosófico suspiro. Después se volvió hacia Nigromante—. Tons qué, mi Nigro, cómo la ves. Pásate p'acá, a poco me quieres traer de chofer.

—Pa' mí que usté se está clavando gacho con esa ruca, mi estimado socio y amigo —dijo Nigro, con aire doctoral, al sentarse adelante.

—Cuál, cuál. Es pura estrategia para que las dé. Yo lo único que quiero es cogérmela y que se vaya a chingar a su madre. Si no salgo con esas mamadas capaz que se van mañana y no hay *puss de chocolat* —explicó Tranquilo al arrancar el Phantom para entrar de nuevo en la lluvia, que una vez más había arreciado—. Más bien el que parece derrapar es usted, mi Nigromante, esas chichongototas me lo dejaron nocaut.

—Que no, doctor. La mera verdad yo namás te estoy acompañando. Si por mí fuera, chance nunca me le habría acercado a Phoebe por mucho que me hubiera gustado.

—Es lo que yo te he estado diciendo todo el tiempo, que de estas cosas no sabes. Tienes que dejarte asesorar por un veterano con más de cuarenta mil horas de vuelo en Trans-Love Airways.

—Ay sí tú, muy Porfirio Rovirosa.

Los dos rieron alegremente. Habían llegado a la calle del Nalgares Club y, a pesar de la tormenta que bramaba y azotaba todo, un grupo de hombres con impermeables y grandes paraguas corrieron a ellos para llevarlos al bar.

—¿Y ora? —preguntó Nigro, viendo a los acomodadores de coches que rodeaban el Phantom bajo el aguacero.

—Es el Nalgares. Dicen que no hay que perdérselo.

—Seguimos trabajando, ¿eh? —dijo Nigro, irónico.

—Pues sí, pero esta parte de la chamba te va a gustar.

Salieron del Phantom y, a pesar de los grandes paraguas, el viento hizo que el agua los empapara en lo que cruzaron la calle y entraron en el Nalgares.

—Dios mío, qué pinche diluvio —exclamó Nigro—, otra vez empapados. Ya que se pare, carajo. Dile que se pare, Tranquilo.

—Spérate, orita le digo, orita voy a pagar el cóver —dijo Tranquilo, quien acababa de repartir billetes entre los paragüeros, por lo que uno de ellos apareció mágicamente con dos gordas toallas cuando ellos entraban en el pasillo del bar, lleno de humo y de rock fuerte. Nigro se dio cuenta de que tocaban «Silver and gold», de U2. En el fondo se veía bastante gente, a diferencia de casi todos los demás lugares a los que habían ido. A un costado se hallaba el baño, así es que se metieron en él para utilizar las toallas.

—¡Épale! —dijo Nigromante al ver que en el baño de hombres había tres muchachas completamente desnudas. Las mujeres, guapas y de buen cuerpo, los vieron entrar y siguieron conversando entre sí como si nada.

Nigro miró a Tranquilo, quien sonreía abiertamente y le guiñaba el ojo mientras se secaba con la toalla. Nigro se secó también y después sintió deseos de orinar. Miró a las mujeres unos segundos, titubeante, pero finalmente se dijo: pos qué chingaos, y extrajo su miembro para orinar con estrépito. Las mujeres ni se inmutaron.

—Yo creí que te iban a sacudir the prick —rio Tranquilo al salir del baño y enfrentarse a la barra, por un lado, y por el otro a una cabina de cristal donde se bañaba una joven de cuerpo suculento—. Mira esto, Nigro, carajo, qué bien están las acapulqueñas.

Nigro a su vez veía que en la pista, rodeada de hombres que bebían y reían, otra nudista bailaba al compás de «U. V. ray», de The Jesus and Mary Chain; la muchacha era morena, muy joven, y se tiró al suelo, bocabajo, para quitarse el mínimo calzón y mostrar sus nalgas firmes y concisas. Más allá de la pista, y de más mesas llenas de público, se hallaba otra cabina de cristal, mucho más grande, donde otras mujeres paseaban quitándose y poniéndose ropa, aunque las más de las veces se hallaban desvestidas. Por si fuera poco, en torno a la parte superior de la pista había incontables monitores que pasaban videos de bailarinas y modelos definitivamente desnudas.

—Con razón le dicen Nalgares —comentó Tranquilo—, si hay nalgas por todas partes —ya había dado dinero a un capitán, quien los condujo a una mesa en la parte superior, pues junto a la pista no había cupo. Para entonces la morena rodaba por el suelo de la pista, abría y cerraba las piernas, oscilaba la cintura y alzaba las nalgas, lo que motivaba gritos entusiastas del público.

—Éste es el paraíso de los voyeurs —comentó Nigromante.

—No tiene madre, ¿no? A ver si al salir nos levantamos a alguna de estas damiselas para quitarnos el pinche dolor de huevos que nos dejaron las gringas.

Nigro sonrió y los dos chocaron los vasos que les sirvieron.

—Óigame, más que Chivas Regal éste es Chivas del Guadalajara —dijo Tranquilo al mesero que se acercó.

Ah pa' chistecitos, se dijo Nigro.

—Si los señores quieren, cualquiera de las bailarinas los puede entretener en un privado.

—Ah caray, ¿qué hay cuartos? —preguntó Tranquilo olvidando al instante el sabor del whisky.

—No, los privados son ésos —dijo el mesero y señaló hacia una esquina del bar, que se hallaba a oscuras y donde había estrechos divanes en los que dos clientes se habían recostado y dos mujeres desnudas se habían montado en ellos—. Ahí, en lo que dura la pieza, las pueden tocar, besar, lo que quieran, todo menos metérsela. Cuesta un tostón, caballeros. Está baras. No se apresuren, vean el show y después me dicen cuál de las nenas les gusta y yo se las traigo.

—Bien dicho —consideró Tranquilo—. En vía de mientras no dejes de traer whisky nomás veas vacíos los vasos, y tráete vasos grandes, aunque me cuesten el doble, estas mirruñas son una payasada, ya ni la chingan. Híjole, Nigro —le dijo a su amigo cuando el mesero se hubo ido—, yo tengo ganas de darme otro pastel.

—Pero dónde, Tranq, en el baño están las viejas, chance las ponen ahí por si los clientes quieren ponerse hasta atrás.

—Tonces en los excusados. ¿Vienes?

—Pus ora.

Dieron un nuevo trago al whisky y avanzaron entre la gente hasta llegar al baño. Ya no estaban las mujeres, pero otros clientes orinaban, así es que se deslizaron a uno de los excusados. Dentro del reducidísimo espacio lleno de graffiti que Nigro no pudo leer, aunque se moría de ganas, Tranquilo sacó caja y cuchara, y los dos aspiraron el polvo un par de veces por cada aleta. Sorbiendo en la nariz salieron y se dieron cuenta de que todos los que orinaban los observaban con aire sardónico.

Hicieron como que no se daban cuenta y regresaron a su mesa, con los ojos y los sentidos más abiertos por las dosis de cocaína. Durante un momento sólo bebieron y miraban alternadamente, como en juego de tenis, de la pista, donde una rubia alta y delgadita, pero de pechos erguidos, se desnudaba, a la cabina de cristal donde la anterior nudista se bañaba, se enjabonaba y desenjabonaba con una regadera manual y después se restregaba en los cristales, aplanaba los senos, las nalgas, el pubis. Momentáneamente ganó el show de la regadera, en la que un gordo se metió a enjabonar a la muchacha. Nigro sonrió compasivo al ver que el gordo trataba de moverse al compás de la música, que, por cierto, acotó Nigro, era «Rock and rolla», de Judas Priest; el gordo después sonreía como idiota a sus amigos y por supuesto acabó mojándose, lo que le permitió pegársele a la nudista por detrás y acariciarla por todas partes.

—Oye —dijo Nigromante con una sonrisa juguetona—, ¿tú ya te secaste?

—Pos más o menos, ¿por qué?

—Yo todavía estoy mojado, por suerte aquí no se siente el clima artificial por tanta gente que hay. Pero me voy a meter a la regadera con la güeraza esa que ya acabó en la pista.

—No mames. ¿De veras? —preguntó Tranquilo, riendo.

—Sí, qué chingaos.

Sin más, Nigromante se puso de pie y se fue a la cabina. Allí estaba un hombre con cara de trabajar en el bar y le preguntó si podía entrar en la cabina a bañar a la rubia.

—Hombre, cómo no. Pásele. ¡Ahi va otro buey! —le avisó a la muchacha que se bañaba.

—Qué cabrón —alcanzó a comentar Nigro, antes de meterse en la cabina, entre los gritos de la gente y la sonrisa provocativa de la rubia, qué bárbaro, se dijo Nigromante, está pocasumadre, qué güera tan rica. Tomó el jabón que le dio ella y lo pasó por la espalda, los senos, qué delicia, se decía, y le sonreía a la rubia. Ella, por supuesto, ya lo había bañado por completo, pero de eso se trataba, pensó, al pasarle el jabón por el pubis; sin embargo, ella brincó hacia atrás al sentir que cuando menos dos de los dedos de Nigro se introducían en la vagina. —Tas muy mandado —le dijo—, mejor regrésate a tu lugar. —Chin, perdóname —dijo Nigro y salió de la cabina entre las risas de la gente. —Te corrieron, mano —comentó un joven de pelo largo que dio una toalla a Nigro—. Por elemento gacho.

Cuando regresó a la mesa, Tranquilo reía.

—Ay, canijo Nigro, de veras no te mides, ya mero te la querías coger.

—De haber podido, cómo no. Qué cuero de chava. Me encantó.

—Pues si quieres, llégale, llévatela a los dizque privados, *it's my treat*.

—Oye, pues fíjate que sí, pero al rato. A ver qué tal se siente estando secos.

—No demasiado secos.

—Claro que no; salud, socio.

—Salud, Nigro. ¿Sabes qué, mano? Me da mucho gusto que estemos aquí, en este relajo. Después de todo, puede más el cariño de tantos años a los malosentendidos, ¿no crees, cabrón? ¡Pero mira nada más a ese monumento que se está encuerando!

—Bueno, pues sí, Tranquilo —admitió Nigro, viendo a una nudista morena, de mayor edad, quizá cuarenta años, pero con un cuerpo espectacular y senos grandes pero firmes; también le cayó bien el presunto whisky y el cigarro que encendió, sin que, milagro, su socio hiciera gestos—, la verdad es que luego a uno le gana lo ojete, y la riega con los mejores amigos, como la regué yo poniéndome a ver tu video porno.

—Ya ni me acuerdes, Nigro, ni pedo, *let's drop it* —dijo Tranquilo, quien se sentía muy a gusto viendo a la morena de la pista.

—No, hay que hablar de las cosas, si no, qué chiste. Perdóname, compadre, debí respetar tus cosas y especialmente tu película, nomás vi lo que era debí haberla parado, pero ni modo, la cagué, perdóname, de veras.

—Pues sí, claro que sí te perdono, mi querido Nigro —dijo Tranquilo dándose cuenta con satisfacción que no se sentía mal al decirlo—, claro que me sacó de onda, especialmente que te la hayas meneado viéndonos a Coco y a mí, me dio más bien una vergüenza muy grande, pues aunque no lo creas ésta es una onda muy privada, de nosotros dos, juegos de casados, no sé si me entiendes.

—Sí sí te entiendo, cómo no —dijo Nigro, abrazando a Tranquilo—, yo no lo hago a lo mejor porque no tengo el equipo, pero está bien, digo, yo no soy nadie para decir nada. Ahora, aquí entre nos —agregó con un brillo maliciosísimo en los ojos—: lo hacen muy bien, le echan los kilates.

Tranquilo miró fijamente a su amigo y por último sonrió.

—Ah, pinche Nigro —dijo—. Eres un canijo, pero, bueno, pues ya que estamos en ésas, ya sabes, pinche Nigro, absoluta discreción, ¿no? Eres bien chismoso, mano.

—No no, como dice mi mujer: lo que me entra por las orejas me sale por la boca. No, no es cierto. Te juro y perjuro por el honor de mis hijos que no diré nunca nada a nadie, ni siquiera a Nicole.

—Y mucho menos a Coco, le daría un ataque si se enterara.

—Claro.

—¿Me lo juras? ¿Puedo confiar en ti, pinche Nigro?

—A huevo, maestro. Ya sabes que tú y yo podemos tener nuestros ires y regresares, pero en lo esencial nunca nos hemos fallado y yo no voy a romper esa vieja y sana costumbre —la voz se le apagó a Nigro porque en ese momento recordó la vez que su socio le había hecho propuestas a Nicole.

—La verdad —confió Tranquilo sin dejar de beber, ya con los ojos muy irritados— es que tú sabes que para mí eres un elemento imprescindible, yo no podría hacer la revista si no contara contigo.

—Pues ahí la llevamos, Tranq, pero todavía podríamos afinarla más, es decir: hacerla más *precisa,* más memorable sin que deje de ser un negocio.

—No no, ésa es otra revista que tú tienes en la cabeza. *La Ventana Indiscreta* es otra cosa, está más allá de ti y de mí, es ella misma y lo que tú y yo tenemos que hacer es ser conductos apropiados para que se exprese lo mejor posible.

—¿No quieren que vayamos al privado? —dijo una chava en bikini que se sentó junto a Nigro. Él la vio con gusto porque no quería ponerse a hablar de la revista.

—Sí, pero no contigo, mi reina, lo siento pero otra vez será —dijo Tranquilo.

—¿Me invitas una copa?

—Las que quieras.

Cuando el mesero tomó la orden, Tranquilo aprovechó para pedirle que llamara a la rubia que había bañado Nigro, la cual se hallaba en la cabina grande, con sus puntiagudas tetas al aire. Nigro protestó de buen humor, pero su socio lo acalló diciendo:

—Nada, nada, pálpatela bien pues se trata de checar la mercancía; si pasa la prueba nos la llevamos al hotel.

—¿Y tú?

—A mí me gustó esa morenaza que acaba de bailar y de bañarse, tiene unos melones de sueño —dijo Tranquilo señalando a la morena de mayor edad.

El mesero regresó al poco rato con las mujeres, que venían totalmente desnudas. —Aquí las tienen, caballeros, Mónica y Sonia.

—Pero si tú eres el atrevido que me metió los dedos —exclamó la rubia Mónica al ver a Nigro.

—No pude evitarlo, Mónica —se excusó Nigro—, estás buenísima.

—Tómense una copa en lo que empieza otra canción, ésta ya va muy avanzada —dijo Tranquilo.

Las muchachas, Mónica la rubia y Sonia la morena, pidieron jaiboles, y se sentaron muy pegaditas a ellos. Los tomaron del brazo, les preguntaron cómo se llamaban y si les gustaba el bar.

Justo cuando llegaban las bebidas terminó la canción, así es que los cuatro se pusieron de pie. —Ojalá pongan «In-a-gadda-da-vida» —dijo Tranquilo, pero no: —Es «Vision thing», de The Sisters of Mercy —precisó Nigro—. Dura como cinco minutos. —Pues córranle —exclamó Tranquilo.

Ellas los tomaron de la mano y los llevaron a los privados, la zona esquinada del bar, donde ya se hallaban otras dos parejas. Había mucho menos luz allí. Nigromante se recostó en el diván, mientras ella se montaba en él, encima de su pene, y se movía con tal precisión que la erección no tardó en aparecer. Nigro aprovechó la posición para acariciar los senos maduros de la rubia Mónica, pero ella se levantó y le recorrió el vientre, le pasó la mano por el miembro erecto, sonrió, volvió a montarse encima de él, pero ahora en la posición del sesenta y nueve; le restregó el falo por encima del pantalón con la mejilla, con los dientes y los labios. Nigro, tras un titubeo, alzó su cabeza para enterrar la cara en las nalgas que tenía frente a él, allí estaba nítida la flor del culo y los labios de la vagina, que probó con la lengua. Mónica lo dejó unos instantes, pero cuando vio que la lengua de Nigro se movía con rapidez, entraba, salía y lamía el clítoris, mejor se puso de pie otra vez. —Muchacho, eres una locomotora —le dijo.

Nigro rio y vio que, a su lado, Tranquilo acariciaba los senos monumentales de su pareja. No paraba de hablar y ella reía. Pero Mónica se acababa de acostar encima de él y su cuerpo lleno, maduro, reclamó su atención y lo sumergió en el vacío; Mónica oscilaba su pubis sobre el pene cada vez más duro y Nigro le acariciaba las nalgas, le chupaba el cuello y las orejas, porque ella no se dejaba besar en la boca; en ese momento se dio cuenta de que no iba a poder controlarse y que, así, vestido, técnicamente en seco, estaba a punto de venirse; un estruendo de placer revuelto con algo muy oscuro se gestó con rapidez y de pronto explotó sin que él lo pudiera controlar. —Ay, maldito, te veniste —dijo Mónica, mientras él se deshacía de placer y sólo alcanzaba a pensar que se había venido con los calzones y los pantalones puestos. Bueno, al fin que todavía no me acababa de secar, alcanzó a pensar.

La canción terminó y Nigro alcanzó a darse cuenta de que ahora era «The passenger», de Siouxsie and the Banshees. Mónica sonreía cuando él se levantó.

—No se vayan —dijo Tranquilo a las mujeres—, no sé qué diga mi compadre pero a mí esta probadita ya me puso *in the point of no return* y necesito descargar o me muero. Queremos que nos acompañen al hotel, ahora mismo, pero ya. —Pues tu amigo ya descargó —dijo Mónica, riendo. —Pues sí, pero eso no fue nada, yo también necesito meterme en la gruta donde nada la sirena —aclaró Nigro. —¿Cómo de que ya descargaste? —preguntó Tranquilo. —Tú no te fijes. —Les va a salir cariñoso —avisó Sonia. —No importa —aclaró Tranquilo—, por eso no quedamos, ¿aceptan mi tarjeta de crédito?

Por dos mil pesos cada una arreglaron el asunto. En efectivo y por adelantado, porque mil eran para ellas y mil para poder salir. Tranquilo suspiró y sacó veinte billetes de a cien pesos y todos vieron que en la cartera había muchos más. En lo que las mujeres fueron a ponerse la ropa que después se quitarían, Tranquilo se tomó dos whiskies más y pagó una cuenta que a su amigo le pareció exagerada. A él más bien le preocupaba que la mancha de semen en su pantalón era bien visible, cómo me fui a venir tan abundantemente, me lleva la chingada, se decía. Sonia y Mónica regresaron, con ultraminifaldas que las hacían verse, consideró Nigro, buenísimas. Con ellas del brazo salieron al recibidor del bar. En la calle la lluvia continuaba con fuerza, aunque los vientos habían cesado, por lo que esa vez la protección de los paraguas sí funcionó al menos hasta que llegaron al auto. Tranquilo acababa de abrirlo y se aprestaba a dar propinas cuando una terrible descarga de adrenalina lo conmocionó al sentir que una mano caía con fuerza sobre su hombro.

—Momento, hijo de la chingada —dijo un hombre de pelo corto y camisa floreada, completamente mojado, que sostenía una pistola en lo alto.

Al verlo, las mujeres y los de los paraguas salieron corriendo, y Nigro, en medio del miedo, alcanzó a ver que detrás del de la pistola se hallaba el joven de pelo largo que le había dado la toalla al salir de la regadera. También venía armado. La lluvia caía fuerte y ruidosamente, y para esas alturas los cuatro estaban empapados.

—¿Qué les pasa? ¿Qué se traen? ¿Quiénes son ustedes? —preguntó Tranquilo, tratando de reponerse del susto.

—Policía judicial. Ustedes están cargados, los vimos darse sus pases allá en el baño, así es que ya se los llevó la chingada —dijo el de camisa floreada.

—Identifíquense —pidió Nigro.

—Identifíquense una chingada —dijo el de pelo largo y sin más asestó un cachazo seco, de advertencia, en la cabeza de Nigro, quien gritó de dolor y sorpresa.

—Un momento —dijo Tranquilo tratando de controlar el terror. Esos tipos no estaban jugando—. Tengo una tarjeta del presidente municipal para situaciones como ésta.

—A verla.

—Aquí la tengo —dijo Tranquilo, metiéndose en el coche—, dónde quedó la tarjeta, carajo —decía—, la enseñamos anoche, dónde la dejé, aquí, en el tablero…

—Si es puro cuento te va a ir peor —le advirtió el de la camisa floreada asomándose al coche.

—¡Aquí está! —casi gritó Tranquilo, aliviado, recogiéndola del suelo del coche. La mostró al de camisa floreada.

—No se lee ni madres —dijo éste, sin hacer el menor esfuerzo—, las letras están todas chorreadas —agregó al hacer bolita la tarjeta para después tirarla. Tomó a Tranquilo de la camisa y lo jaló hacia afuera, bajo el agua, donde lo sujetó con una mano y con la otra le dio fuertes golpes en la cara, que chasqueaban a causa de la lluvia—. A mí no se me cuentea, pinche pendejo —decía.

—No es cuento —farfullaba Tranquilo entre los golpes—, es de a de veras. Cuando el doctor Lanugo se entere de esto a ustedes les va a ir mal.

—A mí me la pelan —dijo el de camisa floreada. Jaló a Tranquilo de la camisa y lo tiró al suelo, donde le dio fuertes puntapiés en todo el cuerpo. El de pelo largo también dio otro cachazo a Nigro, lo mandó al suelo e igualmente procedió a patearlo con furia, entre el agua que salpicaba. Nigro y Tranquilo se habían enconchado para cubrirse y gritaban cuando los golpes eran más duros. Los puntapiés caían por todas partes, en la cara, los brazos, la espalda, las nalgas y las piernas. Dentro del terror y los dolores, Tranquilo se sorprendió cuando el de camisa floreada se inclinó hacia él.

—Con que ya te ibas a coger. Ora vas a ver cómo te voy a dejar... —dijo y lo tomó de los testículos; oprimió con fuerza y Tranquilo se retorció con un aullido de dolor. La vista se le nubló y no pudo ver que, en ese momento, un pie apareció de la oscuridad y empujó al suelo al de la camisa floreada.

—¡Quietos! —dijo una voz.

El del pelo largo dejó de patear a Nigro. Había llegado un grupo de siete gentes, todas con paraguas, gabardinas y sombreros negros. En la oscuridad y con la intensidad de la lluvia no se podía verles las caras. Los dos atacantes de Tranquilo y Nigro se echaron a correr, pero, a un gesto del que debía ser el jefe, cuatro hombres se desprendieron del grupo y salieron tras ellos. Nigro esperó oír detonaciones en cualquier momento, pero éstas no llegaron. En la calle ya no se veían ni los atacantes ni los perseguidores; sólo la lluvia seguía cayendo, inmutable. Los dos se pusieron de pie, mientras el jefe del grupo se acercaba a ellos. Tranquilo casi se cayó de nuevo de la sorpresa al reconocer al presidente municipal.

—Pero si es nada menos que el doctor Remordimiento, de la revista *La Ventana Indigesta*, y supongo que con él tenemos al señor Nomeacuerdocómosellama —dijo el presidente municipal, acercándose a Nigro a centímetros—. Pero, hombre —dijo después a Tranquilo—, te di mi tarjeta para que la enseñaras en casos como éste.

—Y la mostré, pero el maldito ese la hizo bolita y la tiró. Sin el menor motivo nos empezó a golpear. Eran de la Judicial.

—No no, imposible, ésos no eran agentes, sin duda era un asalto, así es que nuestra presencia aquí no pudo ser más apropiada —dijo el presidente municipal—. Pero no se preocupen, mis amigos seguramente ya los atraparon y les daremos lo que les corresponde.

Nigro, pasmado también, no dejaba de advertir que el Quirri Lanugo debía de estar pasadito de copas y que en todo momento parecía a punto de soltar la carcajada. También estaba casi seguro de que se había maquillado y pintado la boca de rojo vivo.

—Más bien es un milagro, ¿cómo es posible que ande usted por aquí, a estas horas? —preguntó Nigro.

—Hm, pues ocasionalmente me gusta patrullar el puerto, de incógnito, en compañía de un grupo selecto de amigos, somos siete camaradas los que hacemos estos recorridos desde que éramos jóvenes y que a mí me dan una gran alegría. Hoy en la noche pensamos que la tormenta no debía privarnos de nuestras costumbres y, para suerte de ustedes, nos animamos a salir.

Nigro vio que uno de los acompañantes del presidente municipal tenía unas grandes arracadas en las orejas y que otro de ellos también parecía tener la boca pintada. Quizá eran mujeres, pensó Nigro, pero la oscuridad y la lluvia le impedían ver.

—Bueno, amigos, váyanse a descansar, o mejor deténganse en alguna clínica para que los revisen, porque los tundieron. Pasen mañana a mi oficina y les daré otra tarjeta, pero, por favor, muéstrenla cuando haga falta y a mí háblenme las veinticuatro horas del día. Espero que este desagradabilísimo incidente no se traduzca en una mala impresión de Acapulco en su revista. Cosas como éstas por desgracia suceden en cualquier parte y son casi imposibles de prevenir. Buenas noches, señores.

Dio media vuelta, al igual que sus acompañantes, y se fueron, entre risas, bajo el aguacero.

Tranquilo y Nigro, golpeados y empapados, se miraron largamente, ninguno de los dos se metía en el auto a pesar de la lluvia.

—Qué chinga nos llevamos —dijo Nigro—. No me trago que este pinche Quirri Lanugo se apareciera mágicamente.

—Qué quieres decir.

—No sé, pero me late que él está detrás de esto. No sé cómo, pero él fue, seguro. ¿Te fijaste que los que se lanzaron a corretear a los de la Judicial ya no regresaron?

—No sé, estás loco.

—Nomás no me late. Y venía maquillado, como vieja. El presidente municipal. Es increíble ese cuate.

—Mejor vámonos al hotel, ahí que nos dé una revisada el doctor.

—Yo estoy todo madreado, pero creo que entero. Hasta el pedo se me bajó, eso sí. Estoy mojado hasta el culo, lo único bueno es que así vale madre la mancha de la venida.

—¿De veras te viniste? —preguntó Tranquilo, viendo a Nigro de pie, junto al coche, bajo la lluvia.

—Sí, ¿tú crees?
—Estás cabrón. Ya vámonos.
—Sí, ya vámonos.
—Necesitamos una limpia, ¿eh?
—Me cae que sí.

EL TIEMPO DE UN TESTIGO

Desperté con una desolación que me estremecía. Por supuesto, seguía lloviendo con fuerza. ¡Me lleva la chingada!, dije en voz alta. Hasta ese momento oí que el teléfono timbraba insistentemente. Lo descolgué. ¡Bueno!, grité, molesto. Son las siete de la mañana, señor, me dijo la ofendida voz del empleado de recepción. Odié a Tranquilo con toda mi alma. El hijo de su pinche madre me había pedido que ese día yo me encargara de la chamba mientras él hablaba «de negocios» con Livia. Con toda claridad le recordé que de cualquier manera Ramón Gómez de la Serna había quedado de pasar a las once de la mañana y que a esa misma hora se había citado a Mendiola y Melgarejo. Así estaba perfecto, porque me permitiría dormir un poco, pues eran más de las cuatro de la mañana cuando hablábamos todo eso. No vayas a ordenar que me despierten a las siete, le advertí, y sí, claro, me dijo él. Pero lo hizo. Y ni siquiera era broma, a pesar de que la noche anterior de nuevo éramos Los Grandes Amigos. Más bien se trataba de una conducta compulsiva, enfermiza. Pobre cuate, pensé.

Traté de volver a dormir. Ya no pude. Me regresaron los dolores de la golpiza. Afortunadamente en la madrugada el doctor del hotel nos había limpiado, desinfectado y vendado las heridas. No eran graves, dijo, pero a mí me tuvo que poner dos puntos en la sien derecha, donde el judas greñudo hijo de su puta madre me dio un cachazo. Qué soberana madriza nos alcanzaron a poner. Después de media hora, que se me hizo una eternidad, de tratar de acomodarme en la cama, comprendí que el sueño se me había espantado por completo. Estuve a punto de telefonearle a Nicole, quien seguramente ya estaría despierta, pero me salió un molesto sentimiento de culpa y preferí no hacerlo. Eso acabó de fastidiarme más. Me fastidiaba la idea de no poder llamar a mi esposa si tenía ganas. Pero no, no le podía hablar; Nicole se daría cuenta. Era vivísima la condenada. Y la que podría armar. Bien claro había dicho que no le fuera a ser infiel.

Me bañé pensando que en el fondo era mala suerte haber conocido a la gringa Phoebe. Realmente se me antojaba mucho echármela, pero ése no era el fin primordial. Ya me había hecho bolas, porque ella me preocupaba, me afectaba. En ese momento, por ejemplo, prefería verla a ella y no a Nicole, lo cual me parecía muy mal. En la cresta de estas ideas de pronto me golpeó la sensación desoladora del sueño, sólo que mucho más fuerte porque no la esperaba; me carcomió por segundos toda la piel y después me quedó una reverberación desquiciante. Lo que debía hacer era no pensar en Phoebe e, incluso, negarme a verla en la noche; era preferible ser grosero con tal de parar todo en seco. No importaba que hubiera suspendido su viaje de regreso. A fin de cuentas, la otra lo había decidido. ¿Nos vamos, Livia?, le tuvo que preguntar. No iría a verlas, que Tranquilo dijera lo que quisiera, y, ya solo en el cuarto, con la conciencia más sosegada, entonces sí hablaría con Nicole. En la noche. Y mañana pélate, me dije, a la chingada con todo. Si Tranquilo insistía en seguir con el dizque superreportaje que lo hiciera él solo, yo ya no, ni madres, era absurdo; a huevo tendríamos que regresar cuando el tiempo estuviera bien, todo ese viaje había resultado una soberana pendejada.

Pedí el desayuno por *room service.* No podía dejar de pensar en Phoebe. Con gran rapidez habíamos establecido un asombroso código de comunicación que entendíamos sin ningún esfuerzo, y en realidad lo pasábamos muy bien, con las emociones en alto porque continuamente nos lanzábamos críticas muy fuertes, duras, pero con un tono y un humor que impedía, ¿o postergaba?, que nos ofendiéramos y nos peleáramos. Se me hacía de lo más normal estar con ella: no tenía que estar pendiente de mi conducta, no quería impresionarla, ni estar a la defensiva, ni fingir en lo más mínimo; hasta pensaba que podía soltar un pedo en su presencia; es decir, podía dejar de sentirme importante, ser yo mismo sin mayor problema y hablar de lo que fuera porque Phoebe no era estúpida; al contrario, era muy inteligente, captaba las cosas con rapidez y poseía una cultura amplia, sólida.

Aunque, claro, tenía sus cosas. Un extraño tic que le entraba de repente en el ojo, como si se le hubiera metido una basura y tratara de expulsarla con ojeadas a los lados y meneando la cabeza. No se relajaba con facilidad. A menudo la descubría con la quijada rígida, casi con los dientes apretados. Relájate, le decía yo, dándole una cachetadita. No te atrevas a tocarme, me decía ella, te odio con toda mi alma porque tu alma es más negra que tu piel. No me digas eso o te golpeo, le advertía yo, bromeando. ¡No te atrevas! Entonces cuéntame lo que haces en un día normal. Okay, el despertador me levanta a las siete de la mañana. Me levanto de un salto, si no estoy cruda o desvelada. Me enfundo el traje de correr y para entonces Livia ya está lista y salimos a trotar al Central Park. Después nos bañamos... ¿Juntas? No, tonto, cada quien en su baño. Y desayunamos: yo granola con mucha fruta y jugo de naranja; Livia, que puede comer lo que sea sin engordar, come waffles o huevos a la Denver. Le fascinan los huevos a la Denver. Después, me voy al trabajo.

Oye, lindura, dije con la voz claramente excitada, ¿y tú y Livia nunca han...?, tú sabes, el fiqui-fiqui. Ay claro que no, mente cochambrosa. ¿Entonces por qué mi sexto sentido me dice que ustedes, no siempre, pero de vez en vez, en puntos pedos o bien pachecotas, se echan sus rounds? Y tú y tu gran amigo The Quiet One, ¿nunca se han sodomizado, nunca han hecho sesentainueves o se han dado besos de lengüita?, preguntó ella, con una sonrisa divertida. ¡Claro que no! ¡Guácala!, exclamé, además, es distinto. Nosotros no vivimos juntos, para empezar y/ Y están Felizmente Casados, dijo ella, con sorna. Pero no contestaste mi morbosa pregunta, insistí, en parte para evadir el tema del matrimonio, que, por cierto, es un sacramento. Ay, Necro, eres un negro cochino. Dime, ándale, deja que me convierta en tu espejo y refleje tus miserias. ¿Qué quieres decir con eso? Nada nada, tú nomás háblame de tus actos carnales con Livia.

Phoebe guardó silencio un largo rato, pensativa, hasta que de pronto me dijo: Bueno, pues sí, es casi como lo dices. A veces, después de fiestas, cuando bebimos mucho y tomamos algo más, Liv y yo nos fingimos un poquito más borrachas de lo que estamos y hacemos el amor. Lo habremos hecho unas cinco o seis veces en toda la vida, son momentos muy especiales y nosotras sabemos cuándo. ¿Qué hacen? Tú sabes, nos besamos de lengüita, hacemos el sesentainueve, nos chupamos los senos, nos metemos los dedos, generalmente nos venimos besándonos el sexo, tú ya estás grandecito y debes saber de esas cosas, ahora ya no son ningún secreto. Pues tú te refieres a ellas de la forma más fría y fea del mundo. ¿Ah sí? Pues tú lo que quieres más bien es que te haga un cuento porno porque eres un Necro muy cochinito. Okay. Te daré gusto. Pues mira, como te decía, al día siguiente fingimos locura, las dos no mencionamos nada de lo que ocurrió. Así fue desde la primera vez, cuando éramos casi niñas, teníamos como trece o catorce años, y yo me quedé a dormir en su casa, lo cual hacía con frecuencia. Esa vez Falero no estaba, no había nadie, y nos emborrachamos durísimo con coñac. Nos fuimos a acostar casi arrastrando y al desnudarnos quién sabe cómo nos empezamos a acariciar. Y nos hicimos el amor.

Pero después, como te decía, nada, ni quien se acuerde. Un tiempo yo quería hablar del asunto pero Livia nunca me dejó, y me acostumbré. ¡Ya está! Ahí tienes tus revelaciones de diván. ¿Qué más quieres saber? *Todo*. ¿Todo?, ¿con relación al sexo? Eres un voyeur y un pendejo pervertido, en verdad eres negro, Necro, oscurísimo. Qué va, dije yo, también tengo mis luces, muy presumibles a veces y un tanto mortecinas en otras, pero luces al fin y al cabo.

Bueno, para que no llores, te voy a contar atrocidades. Eso quieres, ¿verdad? ¡Sí sí! Está bien. A ver. Un tiempo fui prostituta. *¿De veras?*, exclamé, no lo puedo creer. Cómo no, dijo ella. Lo hice muy consciente, científicamente, quería tener esa experiencia, además de que me cayó bien el dinero. Ya trabajaba en la editorial pero ganaba muy poco y recién me había independizado de mis padres. Una amiga me contó que ella lo hacía, ocasionalmente, y me conectó con la señora en cuestión. No veas, al poco rato ahí estaba yo meneando las nalgas. Lo hice exactamente veintidós veces, como las letras del alfabeto hebreo. Y los arcanos del tarot, me vi precisado a decir. Bueno, eso es *obvio,* Necro. Realmente fue una experiencia apasionante. Tuve suerte de que no me tocaran tipos perversos. ¿Y qué hacías? Pues coger. *Ya sé*, pero cómo. Pues de todas formas tú, por atrás, por delante, de a perrito, de ladito, acostados, parados, sentados, hincados, con el culo, las tetas, la boca, las manos, el pelo o los pies, porque a uno le gustaba que lo masturbara con el pelo y decía que el semen era buenísimo para el cabello, ¿te imaginas?, que le daba proteínas y vitamina B5. Otro era fetichista de pies y yo tenía que sobarle la verga con los pies. Hubo otro, genial, que no me dio chance de nada y me amarró, y entonces el desalmado se pasó diez minutos haciéndome cosquillas hasta que se vino. Yo creí que me iba a morir de la risa, fue horrible, pero a fin de cuentas me excité. Pero cuando yo quería más acción, el tipo ese simplemente me desató, se vistió muy propio y me despidió. ¿Qué más? Hubo dos que no podían, no pudieron, y no faltaron los que quisieron tenerme para ellos solos y ponerme mi casita feliz.

¿Cuánto cobrabas? Quinientos dólares, aparte la comisión de la agencia. ¡Uf!, exclamé, yo jamás habría podido comprarte. Supongo que no. Eran servicios para gente con muchísimo dinero. Yo por lo general les gustaba, y mucho. No lo dudo en lo más mínimo, dije yo, palpando sus divinas tetas como definición operacional. ¿Y dónde?, pregunté después. Mira, a mí me llamaba Ethel a mi casa y me decía que fuera a tal y tal lado, a veces hoteles, o cuartos semisecretos de edificios de negocios, pero por lo general iba a departamentos que estos señores ponen especialmente para eso. ¿Te venías? Por lo general, sí. Como sabía que era algo pasajero siempre me pareció muy emocionante. ¿Y ya no lo volviste a hacer? No, ya no. ¿Ni se te ha antojado? Un par de veces, generalmente al platicarlo, como ahora, me he dado cuenta de que veo todo con cierta nostalgia, pero nada más. Ahora no lo haría por nada del mundo. Sería muy arriesgado. Bueno, dije, era muy arriesgado entonces. Es verdad, pero yo no lo sabía. Era la maravilla de la inconsciencia. Sí, asentí con cierta gravedad, Nietzsche decía que la peor carga del ser humano es la conciencia.

Livia también trabajó un tiempo de call girl, agregó Phoebe. Yo le conté lo que estaba haciendo y primero le pareció el colmo del horror, hasta se enojó, pero después se interesó y al poco rato estaba dispuestísima, así es que la llevé. Pero no le gustó nada, a la tercera o cuarta vez todos se quejaban de ella. ¿Por qué? No hacía nada en especial, pero era la actitud, se portaba altiva, despreciativa y con un aire de ferocidad que a nadie le gustaba, ni a los masoquistas. Simplemente le repugnó todo eso desde el primer instante, y en buena medida yo dejé de hacerlo porque ella me insistió muchísimo. Y todavía no era feminista. ¿Es feminista? Antes era *activista*, iba a las reuniones, a las manifestaciones, hasta escribió algunos artículos, pero después se le pasó el furor. Es muy cambiante, les pone mucho entusiasmo a las cosas en un principio pero después pierde el interés con relativa facilidad. Sólo le es constante a la publicidad, pero en cierta forma más bien le es constante al trabajo, es workaholic y quiere que todos trabajen a su ritmo. En cierta forma, dije yo, Tranquilo también es así. ¿Y tú?, pregunté después, ¿a ti no te entraron los furores feministas? Por supuesto que sí, dijo ella, has de saber que uno de mis orgullos es la colección que creé sobre cuestiones de la mujer. Es una colección estimable. Se llama El Universo Femenino. También colaboro para una revista que hacemos un grupo de amigas, *La Causa de las Mujeres*. Como el libro de la Halimi, dije. Exacto. Y como mil más que se llaman igual, agregué, qué imaginación, carajo. Ésa es una mentira flagrante, negro cochino y perverso. Pero podría ser verdad, he ahí la realidad del asunto.

Phoebe y yo habíamos hablado muchísimo, especialmente el día de las discotecas, lo cual, por lo ruidoso del lugar, merecería una mención en *The Guinness Book of Records*. Hablábamos incluso cuando el baile era más movido. Entre otras cosas me contó que sus padres ya habían muerto; él era un contador que acabó trabajando para Falero, el padre de Livia. ¿Sabía yo que Falero, el padre de Livia, era un notorio mafioso? Qué iba yo a saberlo. Pues el señor tenía varios negocios legales como fachada, pero era uno de los máximos negociantes de heroína en Nueva York. Ya lo habían llevado a declarar a una subcomisión del senado y poco después lo arrestaron y lo sometieron a juicio, pero Falero logró que lo declararan inocente. Pero qué inocente iba a ser. Sobornó a todo mundo, por supuesto. Fue un caso muy ruidoso. Por tanto, el padre de mi Phoebe tampoco era un inocente, aunque a él nunca lo molestaron para nada. El señor Caulfield conoció a Falero a través de las niñas, y no al revés, recalcó Phoebe. Las dos estuvieron juntas en la escuela desde el jardín de niños, en Brooklyn. Cuando fueron a universidades distintas la amistad era entrañable y nada podía llegar a romperla. Ella siempre se entendió mejor con Livia que con sus hermanas, y sin duda la quiso más. En su casa, salvo el padre, sólo había mujeres: Mamá Caulfield y sus hermanitas Malinda y Georgette, menores que ella y muy estúpidas, con vidas espantosamente convencionales y aburridas. Por otra parte, Phoebe quería a su madre, pero también se exasperaba porque ella era de lo más incomunicativa y casi no hablaba.

También me contó de su ex marido, a quien conoció en la universidad. Se llamaba Matthew West y era abogado. Pero más bien era un pícaro, le encantaba jugar con negocios peligrosos, pocas veces enteramente legales, y beber y meterse cocaína hasta ponerse verdaderamente insoportable, muchas veces perdió negocios y oportunidades importantes por no controlar la lengua cuando estaba coco y borracho. En un principio Phoebe y él vivieron relativamente bien, porque a ella la emocionaba el peligro en que vivía Matt. Él era más bien indiferente en cuanto al sexo; lo hacía, y bien, pero no se prendía, porque lo que realmente le apasionaba eran los negocios chuecos, así es que después de un tiempo ella dejó de jugar a la cómplice y la relación se apagó. Por último, se divorciaron en medio de pleitos interminables. Fue la peor etapa de mi vida, dijo Phoebe, enfática. Matthew la había molestado a puntos de refinamiento y tardó años en poder quitárselo de encima. Por eso nunca quiso pensar en casarse otra vez.

¿Sabes qué es lo que en verdad me gusta?, me dijo en un momento en que nos sentamos a beber para refrescarnos. Me gusta quedarme sola un largo rato. Desconecto todos los aparatos. Si es de noche apago la luz. Cierro las cortinas. Entonces deambulo por el departamento. Me acuesto en la alfombra, bocarriba. Me siento en los sillones. Me pongo con las piernas cruzadas. Puedo pasar horas así. Poco a pOoco mi mente se va yendo. Entro en una zona silenciosa, dulce. A veces me llegan ráfagas de luces coloridas y brillantes, como manchas de autos que pasan a toda velocidad en una carrera. Pero por lo general mi mente se apaga, a veces siento como si tuviera raíces y pudiera quedarme en silencio, sin moverme, para toda la vida. Ya no hago mucho esto, que yo llamo «Merodear la nada», porque la última vez de pronto sentí como que me metía en un túnel de tierra, con raíces colgantes en las paredes, y de pronto me parecía ver que el camino estaba bloqueado por una equis, que es lo mismo que una cruz, y después empecé a sentir una angustia terrible, olía a quemado, a carne quemada, y tuve que pegar un salto y prender las luces, todas las luces, la televisión, el estéreo, y abrí todas las cortinas. Qué susto tan tremendo me llevé.

Con que merodeando la nada, dije, supongo que yo no podría hacer algo así por nada del mundo.

Por su parte, Tranquilo estuvo puntual, a las doce, en el Villa Vera para recoger a Livia. La lluvia bajaba de intensidad notoriamente y el director de la revista *La Ventana Indiscreta* cruzaba los dedos para que al fin dejara de llover y mejorara el tiempo. Livia bajó al lobby y se sorprendió de verlo con vendas y curaciones en la cara. Tranquilo le explicó brevemente lo que había ocurrido. —Ay, hombre, pero qué cosas te pasan a ti —dijo ella, se olvidó del asunto y le pidió que conversaran en el restaurante del hotel. Él accedió, naturalmente. Se sentaron cerca del ventanal y pidieron whisky y tequila. Tranquilo comentó que ahora sí parecía que iba a dejar de llover, a lo mejor en la tarde misma podrían pasear por la playa y ver la puesta de sol. Ella, sin embargo, le preguntó a boca de jarro qué ideas tenía para que se asociaran, cómo sería posible semejante cosa.

Tranquilo se acomodó el cuello de la camisa, carraspeó, se contuvo de decirle a Livia que mejor no fumara y explicó que ya lo había pensado. Creía poder conseguir capital suficiente y, en el marco del NAFTA, pedir facilidades aquí y allá para hacer su revista, inicialmente en español, en Estados Unidos. Allí es donde entraba Livia, por supuesto. Ella podía ser codueña de la empresa y conseguir publicidad a través de su agencia. Él por su parte se encargaría de elaborar una superrevista, perfectamente pensada y concebida. Mandaría a Nigro a Nueva York para que hiciera un análisis del panorama, él iría continuamente a Nueva York también, y crearían una revista que haría época. *Rear Window*, ¿qué tal, eh? Momento, dijo Tranquilo, aún no terminaba. Ésa era sólo la primera parte del proyecto. Parte número dos. Igualmente bajo el marco del NAFTA, Livia podría poner su agencia de publicidad en México. Él se encargaría de abrirle el camino, de conectarla con el medio, de conseguir clientes y también sería codueño de la empresa.

Livia sonrió. —¿Quién controla las empresas? —preguntó, con una sonrisa irónica.

—*Fifty-fifty*. En todo caso nos aseguramos de tener juntos, y por iguales, el control. Igual en la dirección. Los dos dirigimos con especial atención a nuestros distintos campos. Pero siempre en igualdad de condiciones. ¿A poco no es un plan formidable? Ahora es cuando debemos conjuntar esfuerzos y expandirnos. Sí se puede.

Tranquilo le explicó que ella se sorprendería de las excelentes condiciones que encontraría en México: salarios que eran una ganga, insumos baratos, repatriación de capital al ciento por ciento, además de que él sería su guía en el laberinto burocrático mexicano, el cual conocía a la perfección; sabía cómo aceitar las cosas y tenía los contactos necesarios.

Sin embargo, Livia le dijo que ella tenía «algo de dinero» en la bolsa de valores de México, porque si había que invertir en México era allí, pues podían retirarse los capitales si las condiciones no eran favorables. Para eso tenía un corredor listísimo y de su entera confianza. En Nueva York, naturalmente. Sin embargo, no le desagradaba la idea de llevar su agencia a México y ver qué pasaba. Por supuesto, tenía que mandar hacer estudios de mercado porque él podía ser el rey de las revistas mexicanas pero la publicidad era otra cosa.

En ese momento sonó el teléfono celular de Tranquilo, quien, molesto, lo contestó. —Orita no puedo —dijo—, yo te llamo más tarde. Sí, sí quiero, pero te llamo más tarde. —Colgó el aparato y después le dijo a Livia que le parecía razonable que lo pensara y lo estudiara, pero estaba seguro de que ella se daría cuenta de lo ventajoso del proyecto y lo emprendería con entusiasmo. Le había entrado la corazonada de que todo iba a salir muy muy bien, iban a ganar mucho dinero y además se divertirían fantásticamente. Para entonces ya habían bebido tres rondas de bebidas y se hallaban achispados.

—¿Y tú qué vas a hacer con tu esposa? —preguntó Livia repentinamente.

—¿Cómo qué voy a hacer con mi esposa? —dijo Tranquilo, y casi se atragantó de la sorpresa.

—Tu esposa.

—Pues nada, ella no interfiere, no se interesa en mis negocios. ¿Por qué lo preguntas?

—Por nada. Perdona —respondió Livia con una sonrisa franca.

—Mira —dijo Tranquilo—, ¿te fijaste? Parece que ya casi no llueve, qué maravilla.

Livia propuso que fueran a la terraza, porque a través del ventanal parecía que la luminosidad había subido y que casi no llovía, pero, cuando salieron afuera, la lluvia seguía allí, aunque había perdido toda ferocidad. Regresaron riendo al restaurante y, después de mirar hacia todos lados, Tranquilo abrazó a Livia y le besó el cuello. Ella se quedó quieta, sonriendo. Tranquilo siguió besándola, embriagado por su aroma, y palpó uno de los senos. Ella se removió en la silla y estiró la mano para sentir el pene de Tranquilo, que se hallaba a punto de la erección total. Sonrió, complacida, y suavemente se hizo a un lado. Le dijo que Phoebe se había quedado sola y que ya era hora de que la acompañara. Tranquilo protestó, le pidió que comieran juntos en donde ella quisiera, pero Livia se desprendió de él y se puso en pie.

—Nos vemos más tarde —le dijo—. Ésta será nuestra última noche en Acapulco, porque mañana nos vamos, ya hicimos la reservación. Pero esta noche es para ti, haremos todo lo que tú quieras.

A Tranquilo le brillaron los ojos.

—¿Todo? —preguntó.

—*Todo* —respondió ella.

EL TIEMPO ES

A las once Nigromante bajó al lobby, donde se encontraban ya Ramón Gómez de la Serna, Mendiola y Melgarejo. Ya todos sabían que Tranquilo no iría a Pie de la Cuesta porque andaba en otros negocios, y Nigro se enteró de que The Boss había llamado a todos temprano para avisarles de sus proyectos de expansión a Estados Unidos. Por otra parte, todos se sorprendieron al ver a Nigro lleno de vendas en la cara, y él tuvo que contarles una versión recortada de lo que ocurrió.

El plan para ese día señalaba ir a la laguna de Pie de la Cuesta a conversar con Demócrito, un viejo que había nacido con el siglo, así es que en esos tiempos del huracán Calvino ya tenía noventa y tres años cumplidos. Con él estarían algunos de los viejos cancioneros. Algunos habían sido maestros normalistas, compañeros de Agustín Ramírez, del trío los Pingüinos y de los Hermanos Arizmendi. Comerían pescado y mariscos, tomarían fotos y regresarían en la tarde. Después de eso, Tranquilo había decidido que Mendiola y Melgarejo en la noche tomaran fotos de las discotecas y volvieran al Distrito Federal al día siguiente.

Salieron a la Costera, una vez más de circulación tortuosa a causa de la lluvia. Viéndolo bien, la tormenta parecía empezar a ceder; aunque la precipitación aún era copiosa ya no mostraba la ferocidad de antes y, como no había viento, se podía ver un poco más. El mar seguía muy picado. Desde que se subieron a la combi, los fotógrafos adelante y Ramón Gómez de la Serna y Nigro atrás, Melgarejo, que iba al volante, puso un caset de la Sonora Santanera, porque era devoto de la Santa, los grupos de ahora no le gustaban, decía, era puro ritmo machacón, sin elegancia, nada como el jefe Carlos Colorado, mártir del guapachá.

—Contén la lágrima, Melgarejo, y retácate de Santanera todo lo que gustes —dijo Nigro.

—Pero, bueno, a ver si después oímos «Las bodas de Luis Alonso» —bromeó Ramón Gómez de la Serna.

—Puta madre, este pinche Acapulco está peor que el Defectuoso —comentó Melgarejo—, en cuanto a tránsito, digo, todo el tiempo que hemos estado aquí han sido puros embotellamientos. ¡Mira nada más a este culero! ¡Ya se me cerró! ¡Saca la lengua, pendejo! —gritó Melgarejo bajando un poco la ventanilla.

—Ni te oyen —dijo Mendiola—, con esta lluvia...

—¿Qué han hecho, Mendiola? ¿Les ha ido bien? —preguntó Nigro.

—Pues sí, dentro de lo que cabe —dijo Mendiola, y Melgarejo lo interrumpió:

—A usté es al que le cabe, jefe.

—Qué pasó. Más respeto, Julián —indicó Mendiola, quien después se volvió, muy propio, hacia atrás—. Bueno, fuimos a tomarles fotos a todos los de la lista. No hubo ningún problema, sólo el presidente municipal nos hizo esperar como dos horas.

—¿Ah sí? ¿Y qué les pareció el Quirri?

—Es un mamón —dijo Melgarejo—. Desde un principio nos vio como chinches, luego tardó siglos en maquillarse y además trajo a uno de sus cuates que según él es experto en iluminación. Por supuesto, era un pendejo. Total, que nos la hizo de pedo hasta el cansancio, ¿verdad, jefe?

—Sí, qué chocantito señor —corroboró Mendiola.

—Chale, voy por el carril más lento —comentó Melgarejo, casi desesperado por el tránsito.

—No, vas bien —dijo Ramón Gómez de la Serna—, porque tienes que dar vuelta adelante, en el semáforo.

—Chin. Este culero no se mueve.

—Oye, Ramón, fíjate que anoche, ¿quién crees que nos salvó de los judiciales que nos madrearon? Nada menos que el presidente municipal constitucional el doctor Lanugo Muñúzuri en persona. De pronto apareció, mágicamente, bajo el aguacerazo que estaba cabroncísimo. Venía con siete cuates, todos con gabardinas y sombrerotes vaqueros y paraguas negros. Se veían loquísimos, un poco como The Fields of the Nephilim. Le pregunté qué hacía a esas horas y me dijo que a veces le gustaba patrullar el puerto en la madrugada con sus siete compas.

—Sí, ya me habían contado que veces sale a altas horas, dicen que se dizque disfraza y va a lugares de mucho arrastre. Se cuentan cosas terribles que supuestamente hace.

—¿Como qué?

—Saquen las chelurrias, ¿no? —propuso Melgarejo—, yo ando crudo. Las chelas —insistió mirando a Nigro por el retrovisor— que están en la hielera, allá abajo de tus patotas, Nigro.

—Calmado, Melga, me das miedo cuando te pones así —replicó Nigro abriendo la hielera que, efectivamente, estaba a sus pies; no sólo había hielo y cervezas sino una botella de Johnny Walker y otra de ron añejo cubano. También había vasos desechables y bolsas de papas fritas y de cacahuates. Nigro silbó admirativamente. Sin preguntarle, sirvió un whisky con hielo a Mendiola y él, como Melgarejo, tomó una cerveza. Ramón Gómez de la Serna no quiso. Dijo que era muy temprano y que mejor se esperaba a los mezcales de Pie de la Cuesta.

—Pues cosas muy de a tiro —continuó Ramón Gómez de la Serna—. Como que secuestran gente y luego la obligan a hacer barbaridades.

—Como qué.

—Como coger con animales.

—Pus eso no está tan mal —dijo Melgarejo, que había salido ya a la avenida Cuauhtémoc y se dirigía, por Ejido, hacia Pie de la Cuesta, ya con un poco de menos tránsito—, yo de chavito me cogía a las gallinas, ¿a poco ustedes no? Todo mundo lo hace.

—El que se cogía a las gallinas era Jean-Paul Sartre —informó Nigro—. Por mi parte, de chavo, allá en Tenango, yo me cogía a una changa —platicó después—, estaba tan peluda que había que decirle: a ver, tú, mea para orientarme.

—No mames, ése es un chiste viejísimo —dijo Melgarejo, y tocó el claxon con insistencia—. ¡Me carga la chingada con este idiota! ¡No deja pasar, no va ni por un carril ni por el otro! ¡Muévete, huevón! —gritó.

—También dicen que el Quirri obliga a sus hermanas a acostarse con él y con sus amigos.

—Chale —dijo Melgarejo.

—Igual que Calígula —recordó Nigro—, lo cuenta Suetonio de poca madre.

—Pues yo creo que, quién sabe cómo, él ordenó que nos golpearan anoche. No puedo creer que se haya aparecido así, de milagro. Pero ya no hablemos de ese pendejo.

—Sí, que chingue a su madre —asintió Melgarejo, quien manejaba con eficacia y sin dejar de beber su cerveza.

—¿Sabes qué, Ramón? —dijo Nigro—, me cayó superbién el Nacho Acacho.

—Sí, es un tipazo, aquí habemos muchos que lo queremos, pero hay otros, muchos también, que lo detestan. Pero es mucha pieza para ellos. No le hacen mella.

—¡Qué pinches curvas, señores y señoras! —exclamó Melgarejo porque, en efecto, las curvas de la carretera a Pie de la Cuesta eran estrechas y muy cerradas.

—Cuánta basura —dijo Mendiola, dando sorbitos de whisky al ver los montones que se juntaban a los lados de la carretera. No había mucho tránsito porque la parte norte de Acapulco había sido ignorada por el turismo y ahora sólo se veían casas muy pobres por toda esa zona, que veinte años antes fue más popular.

—¿Y quién es el viejito al que vamos a ver? —preguntó Nigro.

—¿Don Demócrito Gutiérrez? ¿El Trovador Atómico? —respondió Ramón Gómez de la Serna, riendo—, ya anda cerca de los cien años. Es un viejito muy querido. Y recio. Para su edad se encuentra bastante bien. Es de Pie de la Cuesta, allí nació, junto a la laguna, y siempre ha vivido allí, sólo va y viene por Acapulco y la Costa Grande. Ha visto todo y ha conocido a medio mundo. Se menciona a alguien y él siempre dice: ¡Yo lo conocí! Cuenta unas historias sensacionales, van a ver. Fue cantante y compositor, la mera verdad es que nunca fue un gran compositor pero sí cantaba muy bonito. Toda su vida se la pasó cantando pero ahora ya no puede y ya no sé si toque la guitarra, porque la última vez que lo vi me dijo que tenía artritis. Pero yo creo que nos va a tratar de lo mejor, él y su familia son gente muy buena.

Como había menos tránsito y la lluvia había decrecido, pronto vieron a lo lejos, muy borrosa, la laguna de Coyuca al fondo, con la playa de Pie de la Cuesta y sus olas, que en ese momento debían ser inmensas. Ramón Gómez de la Serna dio indicaciones a Melgarejo y llegaron a una casa de techo de teja construida sobre gruesos troncos por encima de la laguna. Nigro vio que la lluvia bajaba de intensidad, había más luminosidad, y desde la casa de Demócrito se querían dejar asomar las palmeras y manglares de las orillas de la laguna. La lluvia repiqueteaba en la superficie del agua y se deshacía en pequeños destellos. Se estacionaron junto a una gran cantidad de automóviles, abrieron los paraguas y corrieron a la casa. En el porche de madera los esperaba el viejito Demócrito en una silla de ruedas. Usaba anteojos de alta graduación y no soltaba un tosco bastón de madera. Estaba completamente encanecido y era muy moreno, así es que Nigro no pudo dejar de pensar en un puro apagado. El viejo era menudo y sonreía con una boca muy grande y dientes casi derruidos; sin embargo, de alguna manera daba la impresión de fortaleza, pensó Nigro al ver las venas saltonas y verdosas que cruzaban sus brazos.

—¿Cómo le va, don Ramón? —dijo el viejo Demócrito. Trató de ponerse de pie, pero Ramón Gómez de la Serna fue a él para impedirlo. Lo saludó efusivamente y después le presentó a la gente de la revista.

—¡Mica! —gritó el viejo, con voz rasposa.

Al poco rato de la casa salió una mujer muy morena, robusta, de sesenta años de edad, chongo y anteojos. —Bueno, qué quieres tú —dijo.

—Ven, mujer. Quiero que conozcas a los señores de la revista mexicana *La Ventana Indiscreta*.

La señora se limpió las manos en el delantal y saludó a los recién llegados diciendo: —Micaela Robles de la O de Gutiérrez, mucho gusto.

Demócrito le pidió a Micaela que lo llevara adentro y Ramón Gómez de la Serna se ofreció a hacerlo. —No no —dijo Micaela—, a este bruto le gusta que la pendeja de yo sea la que lo mueva a todas partes.

—Esos chamacos que están jugando en los lodazales, allá donde ya salieron los cuches, son mis bisnietos, hijos de mi nieto Chema, orita lo van a conocer —dijo Demócrito cuando salían del porche. Entraron en una amplísima habitación en donde se concentraba una sala, un comedor con sillas pintadas de amarillo encendido, televisión, videocasetera, una máquina de coser, una pianola y hasta una cama de latón. En las paredes, cubiertas de numerosas fotografías, la mayoría muy viejas, resaltaba un cromo enmarcado de la *Última cena* y un mapa de Acapulco. Nigro se acercó a verlo. —Es el plano que trazó el señor Humboldt —indicó Demócrito desde la silla. —Sí, sí es cierto —dijo Nigro viendo el fino contorno de las bahías de Acapulco y Puerto Marqués—. No sabía que Humboldt había hecho un mapa de Acapulco. Está padre.

Pero ya todos habían pasado más adentro, por una especie de pasillo con recámaras a los lados que llevaba a una gran cocina, llena de ollas y cacerolas en las paredes, más una mesa y una estufa de carbón junto a una de gas y a un refrigerador. Allí Demócrito les presentó a su nieta Rosalía y a Juana, la esposa de Chema. Las dos se volvieron a verlos y siguieron afanadas en la preparación de la comida.

—Huele de puros peluches —dijo Melgarejo. Mendiola asintió con parsimonia.

En ese momento apareció un hombre gordito, de pelo lacio y gruesos bigotes. Era Chema, el nieto de Demócrito. —Ah, ya llegaron los señores de la revista mexicana *La Ventana Indiscreta*, pásenle, ya los están esperando —dijo haciéndose a un lado—. Yo orita vengo, voy por una bolsa de hielo con doña Guacas.

Qué distribución más extraña, se dijo Nigro al ver que la cocina conducía a una gran terraza que daba a la laguna y que se hallaba llena de gente y guitarras. Pero lo que maravilló a Nigro fue que la lluvia había descendido a tal punto que era prácticamente una llovizna; grandes nubes de vapor se desprendían de la laguna y, aunque el cielo seguía cubierto, las nubes eran más claras y la luminosidad hizo que Nigro entrecerrara los párpados. Fugazmente se dio cuenta de que ya se había acostumbrado a las oscuridades de la tormenta. Más atrás se podía ver, entre los vapores, los manglares verdísimos, goteantes, los grandes árboles y las enredaderas a la orilla de la laguna, cuyo límite se perdía entre el vapor, la bruma y las nubes que se desplazaban con rapidez cambiando de forma y tonalidades. Una emoción viva y quemante, puro placer de vivir, se metió hasta el fondo de Nigromante al aspirar con fuerza el aire fresco, húmedo.

En la terraza un matrimonio de ciegos rasgaba una mandolina y una vigüela rodeado de un grupo de viejitos con instrumentos musicales; la mayoría tenía guitarras, pero había también un bajo quinto y hasta un tololoche que nadie tocaba, salvo los niños que intermitentemente merodeaban por la terraza. Unas señoras de cincuenta años, con rebozos que ya habían hecho a un lado, platicaban juntas en una esquina, cerca de dos músicos treintañeros, con sus debidas guitarras, y tres adolescentes esmirriados, descalzos, sentados en el barandal de la terraza.

Entre Demócrito y Ramón Gómez de la Serna se hicieron las presentaciones, y a la gente de la revista se le ofreció mezcal de Chichihualco con limón y sal. En la gran mesa que habían colocado en el centro de la terraza también había cervezas, tequila, ron para las cubas, refrescos, tuba y, para botanear, camarones fritos, pico de gallo, guacamole y chalupas de mole. Nigro, Ramón y Mendiola aceptaron el mezcal y comentaron que era muy bueno, no raspaba nada; de hecho, agregó Nigro, tenía un sabor que nunca había probado en un mezcal, pero no sabía describirlo y sólo podía decir que era *limpio*. —Ah chinga —comentó Melgarejo, quien, cerveza en mano, probaba las botanas de lo más contento. —A ver, Julián —lo llamó Mendiola—, vete sacando la de treinta y cinco con el lente cincuenta, vamos a trabajar. —¿No quiere que mejor saque la de quince? —Julián, mídete, más respeto. —¿Voy a iluminar? —preguntó Melgarejo. —No, hombre, la luz se puso increíble. Nada más arma el tripié por si me hace falta.

Mendiola, con dos cámaras al cuello, empezó a tomar fotos. Todos estaban alborozados por las bebidas pero especialmente porque ya sólo lloviznaba y los ruidos de la selva se hacían oír nuevamente en medio de numerosos goteos. Había grandes deseos colectivos de que ya escampara y se abriera el cielo. De cualquier manera, la laguna y sus orillas verdísimas aparecían y desaparecían entre los vapores, y una garza de blancura perfecta se estacionó frente a ellos, lo cual, claro, a todos gustó.

Demócrito pidió a los músicos que les cantaran unas canciones a los invitados de la revista mexicana *La Ventana Indiscreta*, y el matrimonio de ciegos, dos viejos de setenta años, prendieron el ambiente con canciones de Tadeo Arredondo. A Nigro le gustó mucho aquello de «muévete, chiquita, como yo me muevo, tú serás la vaca y yo seré el becerro, te llevo al mercado, te doy mi dinero y a la más chiquita yo también la quiero». Después encendió la grabadorita y la acercó a Demócrito cuando éste le decía que la canción se llamaba «Atolito con el dedo» y era muy famosa. También les contó que, treinta años antes, Tadeo cantaba esas canciones allí mismo donde estaban, acompañado muchas veces por Sabino Terán y Alejandro Ramírez, el sobrino de Agustín Ramírez y de Alejandro Gómez Maganda. Todos, incluyéndolo a él, se iban, botella en mano, a ver el crepúsculo a la playa, famosa por sus puestas de sol, y luego regresaban a la terraza a seguir cantando acompañados por grillos y chicharras. —Por cierto —continuó Demócrito—, a esos bárbaros les daba por llevar serenatas y cantarles a las muchachas: «Cotorra del pico chueco, prima hermana del perico». Arajo, qué románticos —concluyó, riendo hasta que le brotó la tos y se le humedecieron los ojos.

Los ciegos ahora cantaban, con gran brío, «El toro rabón» y después «Atoyac», ambas de José Agustín Ramírez. —Ése sí yo sé quién es —dijo Nigro. Por supuesto, Demócrito lo había conocido, al igual que varios de los viejitos. Recordaron que a veces lo veían caminando como perrito sin dueño por la playa. ¿Qué haces?, le preguntaban, y él decía que en la madrugada había enterrado por ahí una botella de tequila y en ese momento le estaba haciendo falta. Pero, hombre, le decían, hubieras puesto una señal, ora va a estar cabrón que la encuentres. Sí la encuentro, decía él, porque ella me llama, me dice muy quedito: aquí estoy, mi amigo, ven a darme un beso. Se acordaron de que Agustín Ramírez había recorrido la totalidad del estado de Guerrero, y que les había compuesto canciones a muchos lugares: Atoyac, San Marcos, bueno: «La sanmarqueña», Ometepec, Olinalá y su fabulosa madera, «Linaloé»; por supuesto Chilpancingo, pero sobre todas las cosas le cantó a Acapulco. En verdad había andado por los caminos del sur y había hecho un gran mapa musical del estado de Guerrero. —Tan bueno o mejor que el del señor Humboldt —dijo Demócrito. —Claro que sí —agregó Nigro, a quien le agradó la idea de la cartografía musical. Demócrito dijo que, de vivir, Agustín Ramírez tendría noventa y un años, porque era del tres, menor que él, que era del novecientos uno. Se acordó de los hermanos de Agustín: Alfonso, que era maestro, luego acabó siendo rector de la Universidad de Guerrero, y Conchita, maestra también, que había fundado el Instituto México; y Augusto, piloto, le decían el Pajarito. Todos ellos se habían ido con su madre, Mamá Pola, a México por los años veinte. Lo invitaban. —Pero yo qué iba a hacer a México, ni loco que estuviera —dijo entre risas y bebiendo sorbitos de mezcal—. Pero me convencieron, y ahí te voy yo también de babosote. —Agregó que en esa época era terrible ir a la capital. Sólo había tren hasta Taxco y para llegar allí había que echarse varios días de camino, en mula. —No, hombre —dijo—, yo ni a Tierra Colorada llegué. Cuando vi cómo estaba la cosa mejor me regresé. Aquí, a mi vida, porque esto es la vida —añadió, extendiendo los brazos para abarcar todo, la casa, la gente, la música, la vegetación, la laguna, el país y el mundo entero.

Como la pareja de ciegos no dejaba de cantar, los demás viejos y los treintañeros no soportaron estar sólo de público y se fueron metiendo en las canciones, por lo que al poco tiempo eran doce las guitarras, más el bajo quinto y la mandolina, que tocaban las chilenas. Chema le ofreció una guitarra a Demócrito, pero éste negó con las manos y sólo tarareó las canciones. —¡Qué ondón! —decía Melgarejo—, esto es otra cosa, está de lo más jefe. Tocan rayadísimo los ruquitos. —Sí, son extraordinarios —asintió Mendiola, quien se veía muy relajado, ya con un brillo alegre en la mirada. Él, Melgarejo, Nigro, Ramón Gómez de la Serna, las señoras y las adolescentes aplaudieron con gran gusto cuando los músicos terminaron de cantar «Diamante azul».

—Oye, esto está increíble —le dijo Nigro a Ramón Gómez de la Serna—, no me imaginé que nos iban a dar este conciertazo. —Ni yo tampoco —respondió el español—, pero, como ves, este Demócrito tiene un tremendo poder de convocatoria. —Se han de haber gastado una lana en esto, a ver si luego nos ponemos a mano, ¿no crees? —Bueno, Nigro, has de saber que tu inseguro servidor puso el dinero para todo esto, así es que la mexicana revista es la que paga. —La mexicana revista, es genial. Salucita, Ramón, qué gusto estar aquí contigo. —Salud, Nigro. Igualmente. Lástima que el jefe Tranquilo se lo perdió. —No te preocupes, The Boss anda en labores propias de su sexo.

En medio de las canciones y de la bebedera, las mujeres pusieron la mesa, trajeron las tortillas, los guisos, y llamaron a todos a comer. La gente se acercó a la gran mesa y le entraron al caldo de pescado, cebiche, huachinango a la talla, camarones de la laguna, arroz morisqueta, aporreadillo de cecina y pozole blanco con sardinas, chicharrón y aguacate. Circulaban las cervezas, el mezcal, la tuba y los refrescos, y las tortillas también volaban. Las guitarras yacían recargadas junto al barandal. Nigro sonrió con simpatía al ver que el viejito Demócrito apenas probaba unos camarones. Después los ojos se le cerraron y se quedó dormido con la respiración acompasada. Los demás lo dejaron en paz y siguieron comiendo, en medio de conversaciones cruzadas. No bien había terminado la mayoría, y circulaban los mezcales de punta para el desempance, cuando de pronto Ramón Gómez de la Serna sacó a colación a Juan R. Escudero. En ese momento Demócrito abrió los ojos. —Yo conocí a Juan R. Escudero —dijo, con los ojos brillantes, y Nigro le acercó la grabadora en el acto—. Fue el Apóstol. Era un hombre muy alto, fino, bien vestido, con bigotito, pero con los pantalones muy bien puestos. Yo fui de los que lo seguí, porque hablaba con el verbo de Demóstenes. —Pero ¿qué hizo? —preguntó Melgarejo. —Fue presidente municipal de Acapulco en los años veinte —dijo Ramón Gómez de la Serna. —Sí, tú cuéntales —dijo Demócrito, cerrando los ojos. —No no —exclamó Ramón—, de ninguna manera, tú eres el que sabe, Demócrito.

—Fue el primer presidente municipal *socialista* que hubo en el país —dijo Demócrito, aún con los ojos cerrados y llenos de arrugas, y contó entonces que de joven Escudero había estudiado en Oakland, donde conoció a los Flores Magón y se entusiasmó con sus ideas. Cuando volvió a Acapulco formó una unión de pescadores y lo corrieron del puerto. Anduvo peregrinando un tiempo y, a los treinta años, volvió a Acapulco y, en un intermedio de la función del cine Salón Rojo, se lanzó contra los gachupines que tenían dominado al puerto, dijo que en Acapulco todavía no había llegado la Independencia. Total, llamaron a los guachos y lo sacaron a culatazos. Pero Juan ya había emocionado a la gente y pasó a la siguiente parte de sus planes: crear el Partido Obrero de Acapulco. Escudero fundó un periódico que se llamó *Regeneración*, como el de Flores Magón, y se dedicó a denunciar a los grandes comerciantes españoles. Escudero era un hombre bueno, noble, por eso se hizo amigo de los niños, que repartían el periódico y lo voceaban. Entre ellos estaban Jorge Joseph, que después fue presidente municipal y se enfrentó a la federación, y Alejandro Gómez Maganda, que fue gobernador pero también lo tiraron antes de que terminara su periodo. En 1920 Juan se lanzó como candidato del POA por la presidencia municipal. Bien claro dijo que trataría de hacer un gobierno socialista. El periódico lo había hecho popular y además era un orador efectivísimo, así es que ganó las elecciones, pero el gobierno trató de imponer al candidato de las casas comerciales. El pueblo se enteró de todo, rodeó la casa donde se reunió la junta computadora, entonces esos señores vieron que la cosa iba en serio y mejor revocaron el fallo inicial y declararon presidente municipal a Escudero, quien tomó posesión en medio de tensión y provocaciones. Desde un principio los ricos salieron con que el POA planeaba alzarse en armas y, ya presidente, a cada rato Juan tenía que obtener un amparo en contra de las órdenes de aprehensión que había en su contra.

Al pobre Escudero le hicieron la vida de cuadritos y llegó un momento en que él mismo se metió en la cárcel para que lo sometieran a juicio. Pues lo absolvieron. Se hicieron nuevas elecciones y esa vez Escudero ganó de calle. Los comerciantes y los militares fraguaron un golpe. Un grupo de doscientos soldados llegó disparando contra la presidencia municipal, donde estaba Juan con gente del POA. Ellos resistieron como los buenos, pero los guachos le prendieron fuego a la presidencia. Los de adentro tuvieron que retirarse, pero Escudero cayó a balazos cuando estaba a punto de brincarse la barda. El mayor Flores le dio el tiro de gracia. Pero, para la sorpresa de todos, no se murió. Se fue reponiendo con lentitud, y, en cama, le dictaba fogosos discursos al niño Gómez Maganda, quien los memorizaba y después los decía en las reuniones políticas y por eso decían que él era la Voz de Escudero. Los problemas nunca pararon y a fines del veintidós se hicieron otras elecciones y Juan las volvió a ganar, ahora en silla de ruedas. Nunca lo dejaron en paz. En el veintitrés los comerciantes habían puesto precio a la cabeza de Juan R. y lograron que lo arrestaran. Lo encerraron en el Fuerte de San Diego, y de allí lo llevaron a Aguacatillo para asesinarlo con varios de los suyos. A Juan le dispararon en la nariz y allí murió, en el Aguacatillo, a los treintaitrés años.

Recordar a Juan R. Escudero hizo que en la mesa se hablase de política, aunque Demócrito volvió a cerrar los ojos y varios de los viejos maestros regresaron a las guitarras para seguir cantando, pero constataron con pena que el cielo de nuevo se cubría de nubes muy oscuras. Melgarejo cargó las cámaras y Mendiola no dejó de tomar fotos. En la mesa la mayoría detestaba al presidente municipal Lanugo Muñúzuri, casi todos estaban con el PRD y otros no militaban pero estaban contra el gobierno. Era gente de escasos recursos que cada vez vivía con mayores dificultades. Entre todos comentaron que la situación era muy dura y que por eso había tanto desorden, a cada rato secuestraban a los millonarios, y también había rateros y matones, droga por todas partes, asesinatos a taxistas y violaciones todos los días. Mucha gente andaba armada y con frecuencia había tipos que recorrían la Costera para levantarse a las chamacas que les gustaban.

Ramón Gómez de la Serna dio datos: Acapulco se hallaba entre los primeros lugares del país en el consumo de alcohol, anfetaminas, cocaína, mariguana, heroína y sedantes. En cambio, estaba en los últimos lugares en cuanto a enseñanza universitaria. —La estrategia —decía Chema, acalorado— consiste en mantener al pueblo guerrerense ignorante, inculto y desnutrido, pues saben que es valiente, inquieto, cuestionador de injusticias; si a los guerrerenses se nos diera buena educación y buena alimentación, seríamos capaces, en una generación, de cambiar el destino político del país.

El viento de nuevo soplaba y el cielo se cargaba con rapidez de nubes negras. Era claro que la lluvia se reiniciaría en breve y con gran fuerza, y los costeños, que conocían bien su cielo, empezaron a retirarse. Pero hubo varios que con las guitarras y el mezcal se pasaron a la sala-comedor-taller-recámara para seguir allí las canciones mientras Demócrito dormitaba o recordaba en su silla de ruedas. Las gotas arreciaban y la gente se despedía y se retiraba con rapidez. Nigro, Mendiola, Melgarejo y Ramón Gómez de la Serna también salieron corriendo a la combi con los paraguas abiertos porque la lluvia de nuevo caía con furia en medio de truenos y ráfagas de ventarrones.

EL TIEMPO SE DESVANECE

Llegamos de Pie de la Cuesta hacia las seis de la tarde. Ramón se despidió, alivianadísimo como siempre, y Mendiola y Melgarejo se fueron a descansar un rato porque en la noche iban a tomar fotografías en las discotecas. Yo me fui a dormir una siesta porque estaba muerto, en el camino de regreso no llegué a quedarme dormido, como Mendiola y Ramón que hasta roncaban, porque Melgarejo nunca dejó de mentar madres por lo mal que manejaba la gente. Pero, pensé, en mi cuarto me echo un coyotito sin ninguna duda. En el cuarto encontré un mensaje de Tranquilo. «Nigro», decía, «lo de la mañana con Livia salió per-fec-to. ¡Vamos a conquistar la América! Esta tarde tuve que ir a arreglar unos asuntos pero a las ocho paso por ti para ver a las bellas. Es su última noche, así es que póngase buzo para que no se vaya en Blanco».

Se *viene* uno en blanco, pensé. Estaba empezando a considerar qué iba a hacer con Phoebe pero tenía mucho sueño y me acosté, noqueado por la desvelada y los mezcales de Pie de la Cuesta. Antes de caer dormido alcancé a ver imágenes luminosas de la laguna de Coyuca mostrándose y ocultándose con los vapores. Qué belleza, fue lo último que alcancé a pensar.

Desperté sobresaltado por un trueno que cimbró las paredes y los cristales. Afuera torrenciaba de nuevo. Encendí la luz. Las heridas de la madrugada me dolían, especialmente la de la sien. Estaba muy atarantado. Qué horas eran. Las siete y media.

Tranquilo llegaría pronto. Fui trastabillando a darme un baño. Tenía el cuerpo molido y para colmo, advertí, el alma como un pozo reseco. De pronto me descubría pensando que algo se me estaba yendo de las manos sin que yo me diera cuenta; algo terriblemente importante se desvanecía sin que yo hiciera nada por evitarlo. ¿Qué podía ser?, me preguntaba, y descubría con horror que se trataba de mi propia vida. De pronto el paisaje de la laguna de Coyuca había sido como una última estación donde todo era normal, donde la vida se desenvolvía como debía de ser, pero más allá quedaba un túnel muy oscuro. Casi podía ver cómo era. Era como ir descendiendo de una forma tan sutil que uno no se daba cuenta, pero de pronto ya se estaba cada vez más abajo, en valles desolados, lunares. Lo peor era que se perdía la memoria, uno olvidaba cómo habían sido, cómo eran, las cosas, y sólo iba uno chocando con las rocas de paisajes cada vez más enrarecidos. Siempre quedaba la posibilidad de recordar cómo era la vida y regresar, salir de esos lugares yertos y dolorosos.

Era mi vida la que se iba de mis manos. Comprendí que me hallaba en plena madurez, pero que realmente me estaba desperdiciando. Viendo las cosas con frialdad, como debía de ser, en realidad no había hecho nada hasta ese momento: la mejor parte de mi vida había sido cuando iniciamos la revista; tenía el ridículo nombre de *Somos Eros* y se vendía regular, apenas dejaba para vivir medianamente, pero era *mi* revista, en ella podía volcar yo lo que sentía sin limitación de ningún tipo. Podían ser pendejadas, pero yo me podía expresar. Después había llegado Tranquilo y todo se había vuelto más cómodo, de hecho las cosas iban muy bien, pero algo se estaba perdiendo, mi vida se diluía, pero aún era tiempo de hacer algo. Aún podía hacer una reforma radical, reorientarme, pero cuando lo pensaba me llegaba un cansancio insoportable, la sola idea de emprender cambios me pesaba, me hacía pensar en abandonar todo. Lo de Phoebe, por supuesto, era una quimera, la puerta de una pasión otoñal que me podía hacer pedazos, *El ángel azul* revisitado. Era un auténtico canto de las sirenas, porque Phoebe me gustaba. Tan pronto pensaba en ella me parecía que era tan agradable que todo estaba bien. Descubrí que tenía deseos de verla. De tocarla. Claro que se me antojaba, estaría perfecto hacerle el amor, meterme entre sus piernas, perderme en sus senos, derretirme encima de ella después de cogérmela todas las veces que pudiera, que seguramente serían muchas, porque ella estaba como quería y además ya estábamos picados, textualmente ya habíamos llegado al punto decisivo y había que cumplir con la madre naturaleza. Realmente no había tanto problema. Había que dejarse ir, nada de nadar contra la corriente. Y con Nicole tampoco había problema, porque simplemente nunca lo sabría. Yo no le diría nada y Tranquilo tampoco, porque él estaba en el mismo boleto.

Tranquilo llegó a las nueve, y para entonces yo estaba listo y me moría de hambre. The Boss venía muy animoso, seguramente con el empujón de algunos pericazos, y no le arredró que la tormenta se hubiera reactivado y la lluvia cayera de nuevo borrando el paisaje. A mí me valió madre. Mi socio me ofreció un pase de coca y acepté con gusto, para no deprimirme con la lluvia que nuevamente no dejaba ver. Cuando llegamos al Villa Vera, milagrosamente las mujeres no nos hicieron esperar y nos fuimos a Atoyac 22, otro de los restaurantes más caros de Acapulco por lo que rápidamente fue rebautizado como Atracoyac. Por primera vez pudimos platicar sin ruido excesivo mientras comíamos espléndidamente y bebíamos dos botellas de vino francés que eligió Tranquilo y que, la verdad, estaba delicioso. A la hora de los postres Phoebe y yo nos sobábamos con las piernas, y Livia y Tranquilo, que no dejaban de reír, tenían las manos misteriosamente por debajo de la mesa. Las cosas avanzaban con celeridad y no me sorprendió que de pronto Livia le dijera a Phoebe que por qué no nos acompañaban a nuestro hotel para ver qué tal estábamos instalados.

Phoebe sonrió, un tanto ruborizada, echó a reír y dijo que sí. Tranquilo pagó al instante, pidió una botella de champaña y nos la fuimos bebiendo en el trayecto de regreso, en el que los cuatro volvimos a darnos nuevos pases de cocaína y seguimos conversando tomados de la mano. Tranquilo iba lo más rápido que le permitía el aguacero y cuando llegamos al Nirvana cada quien se fue por su lado.

Tranquilo abrió la suite y, sin encender la luz, abrazó a Livia y la besó con fuerza en la boca; con el pie cerró la puerta mientras acariciaba los senos casi con desesperación. Desde el principio se moría de ganas de hacer el amor con Livia y en ese momento ya no podía contenerse. Comenzó a quitarle la ropa. Ella le respondió apasionadamente, lo besó probando toda la boca y se estremeció al sentir la erección durísima de Tranquilo, quien sin dejar de desnudarla la llevaba a la cama.

Cuando ya sólo tenía el brasier y la pantaleta, de repente Livia contuvo a Tranquilo. —Espérate un poco, déjame respirar —le dijo.

—No respires —replicó él mientras hundía la cara en el nacimiento de los senos y a la vez luchaba por desabrocharle el sostén.

—¡No respires! —dijo ella, riendo. Lo hizo a un lado y después lo besó rápidamente en la boca—. Espérate un poco, no hay prisa.

—Pero vamos a perder la inspiración.

—Qué va, hombre. ¿Por qué no bebemos algo?

—Muy bien —dijo él—, voy a pedir una botella de champaña.

—Yo quiero tequila.

—¿No quieres whisky? Aquí tengo una botella de Chivas Regal. Nada más pido hielo y soda, si quieres.

—Si vas a pedir, insisto en mi tequila. Mientras voy al baño.

Tranquilo asintió, resignado; descolgó el teléfono y acababa de hacer el pedido a *room service* cuando oyó que Livia pegaba un grito. Salió corriendo al baño. —¿Qué pasó? —dijo. Y se horrorizó cuando Livia le señaló el excusado, que se hallaba lleno de mierda y la enorme plasta con sus pestilencias casi líquidas cubría hasta los bordes. Tranquilo corrió a tapar la taza, sumamente desconcertado pues no podía entender que algo así estuviera ocurriendo. Y en ese momento. Era el colmo de la mala suerte.

—¿Qué es esa porquería? —preguntó Livia, pasmada.

—Oye, yo no sé, te juro que por supuesto por el honor de mis hijas yo *no fui* el que hizo esto. ¡Qué poca madre! —gritó finalmente, furioso—, ¡alguien se metió aquí a hacer esta chingadera! —en segundos pensó que había sido el Nigromante, pero no podía ser, porque ya no tenía las llaves; el que hizo eso tenía que ser alguien del hotel, porque tenía cómo entrar, y quizá hasta se había llevado algo. La posibilidad de un robo lo dejó más consternado aún.

—¿Qué vas a hacer? —dijo Livia.

—Voy a quejarme, por supuesto, me van a oír estos miserables —dijo al salir del baño rumbo al teléfono mientras veía de reojo todo lo que tenía para ver si estaba completo.

—Espérate —decía Livia, tras de él—, mejor nos olvidamos de todo esto.

—No no, que arreglen esto, es el colmo.

—Si hay necesidad usamos el bidet. Por suerte hay bidet.

—¿Tú crees? Es que es increíble, no entiendo cómo pudieron rellenar todo el excusado con esa cochinada.

Tocaron la puerta. Tranquilo dudó unos instantes. Le fastidiaba como nada quedarse sin saber qué hacer. Abrió y un mesero entró con una botella de tequila y su servicio. Tranquilo estuvo a punto de quejarse con él, pero pensó que ese tipo sólo se iba a morir de la risa y a decir que él no sabía nada. Y probablemente no supiera nada, pero ahora tendría un chisme sensacional para contar a sus amigos. *It was useless*. El mesero se retiró después de servir una copa de tequila a Livia, quien había vuelto a vestirse y sonreía misteriosamente. Tranquilo se hallaba tan desprogramado que ni le dio propina. Finalmente suspiró. Meneó la cabeza y se sirvió un whisky en las rocas.

—Quiet One —dijo Livia.

—Sí.

—Yo quiero el control.

—¿De qué hablas?

—Es imperativo que tenga el control —reiteró Livia con énfasis—, en todo lo que emprendo debo de ser la cabeza, es un principio que he aplicado toda mi vida y al cual no puedo renunciar.

—¿Te refieres a las empresas que haremos?

—Claro. Si vamos a hacer algo tú y yo es necesario que desde este mismo instante sepas que yo tendré el cincuenta y uno por ciento de las acciones de las dos empresas.

—Pero, Livia, ¿qué estás diciendo? Esto tiene que ser parejo, tú y yo lo mismo.

—Pues no puede ser. La mayoría de acciones es para mí; eso no es negociable, todo lo demás sí, incluso ciertas áreas pueden ser exclusivas para ti, pero la mayoría de acciones tiene que ser mía, si no, no hay trato.

—Livia, por favor, comprende que eso no puede ser —dijo Tranquilo, consternado; no entendía por qué se tenían que poner a discutir de negocios, ¡y en esos términos!, cuando todo iba tan bien.

—Es más, si quieres puedes decir que tenemos la empresa por partes iguales y yo no te desmentiré, pero en la realidad será mío el control.

—¿Por qué no discutimos eso en otra ocasión? —deslizó Tranquilo al sentarse junto a ella; la vio de frente un largo rato y luego le acarició el cabello con suavidad.

—Esto es algo que tienes que definir ahora mismo, Quiet One. Tengo que saberlo ya porque si no es imposible ir más adelante.

Tranquilo no dijo nada y simplemente volvió a hundir su cabeza en el cuello de Livia mientras le acariciaba los senos con suavidad.

—Contéstame —insistió Livia, y como él no dijo nada de súbito lo empujó secamente—, te estoy diciendo que me contestes —dijo con tono áspero.

Tranquilo la miró en silencio. Conque tenía que ceder en el control para seguir adelante, es decir: para hacer el amor. No sabía qué pensar y de pronto exclamó: —Está bien, tú tienes el control, pero en otra ocasión tú y yo vamos a discutir con toda exactitud cómo van a ser las cosas para que después tú y yo no tengamos problemas.

Livia asintió, sonriendo. Él se arrepintió al instante, pero ya lo había dicho.

Phoebe y yo llegamos al cuarto, y yo me apené horrible al ver la cama destendida, con la piyama como adorno, porque a mí me gusta dormir las siestas con piyama e incluso con un antifaz para bloquear la luz y con tapones en las orejas para oír lo menos posible. Corrí a la cama y estiré las colchas lo mejor que pude. Siéntate, por favor, le dije, ¿quieres algo de beber?

Sí, claro, respondió ella, ¿tienes tequila?

Qué chingaos, pensé, yo voy a pedir champaña, al fin que la revista mexicana *La Ventana Indiscreta* va a pagar.

Voy a pedir una botella de champaña, ¿te parece bien?

Prefiero el tequila.

Entonces una botella de tequila, asentí, y marqué el servicio a cuartos. Ella, en tanto, se acomodó junto al buró y vio los libros que había llevado al viaje: *El héroe de las mil caras*, de Joseph Campbell, la autobiografía de Aleister Crowley, *La caída en el tiempo*, de Cioran, *Los demonios de Loudun*, de Huxley, y *Tiempo desarticulado*, de Philip K. Dick. No dijo nada, pero me di cuenta de que aprobaba la selección. Después sonrió sorprendida al ver mis discos que, encimados, formaban una pila de más de medio metro.

¡Oye!, exclamó, de veras te gusta la música.

Sí, lástima que sólo tenga el discman y no podamos oír nada.

¿Cuántos son?, preguntó Phoebe, revisando los discos.

Cuarenta y tantos, respondí, sentándome muy cerquita de ella en la cama. ¿Tú crees que exagero?

Mira, no me extraña que seas un glotón de la música, respondió ella. Dejó los discos y se volvió a verme. Naturalmente, la besé.

En ese momento, sin embargo, llegó la botella de Herradura añejo; el camarero la abrió, nos sirvió dos largas cañas, dejó sal y limones en una copa, y me dio la cuenta. Aunque el estúpido había llegado en pésimo momento firmé, puse el cuarenta por ciento de propina y él se fue, feliz. Sin duda era una maravilla el poder de la firma, me dije, especialmente cuando la cuenta se carga a otro, en este caso la mexicana revista de los superreportajes.

Phoebe, de nuevo en su asiento, comentó que el tequila era muy bueno. Lo bebía a traguitos, sin limón ni sal, y se sacudía levemente al pasarlo. Le dije que había mejores, como Centinela, pero eran más difíciles de conseguir. De repente algo en el ambiente no me estaba latiendo, pero, como no sabía qué era, traté de borrar la incomodidad con un buen trago. Después me acerqué a ella y quise besarla, pero se llevó el cigarro a la boca y me retiré en el acto porque estuve a punto de quemarme.

Lo siento, dijo, Necro, tú que eres un perverso, agregó, ¿qué es lo que más aprecias de la vida?

Órale, ¿qué es otro juego de los del doctor Acaso?

Dime.

La música, respondí. No traiciona, siempre me acompaña, a veces *me ha salvado*. El arte en general. No traiciona. Los sueños también. Son la ventana al más allá del más allá. No me los pierdo por nada del mundo, sé que en el fondo son aliados y trato de ser un buen jinete de la yegua de la noche. ¿Por qué?

Estás muy satisfecho contigo mismo, ¿verdad?

Ella me miraba de una manera muy extraña, entre fascinada e irritada al mismo tiempo. Y descubrí que todo eso me incomodaba de una forma rarísima; me estaban dando ganas de besarla o darle una bofetada.

Oye, Phoebe, ¿qué está pasando? ¿Qué se te metió? ¿A dónde quieres llegar?

¿Cómo ves nuestra situación: tú y yo, qué piensas?, insistió ella mirándome, pero de repente el ojo derecho se le iba a un lado y ella tenía que parpadear repetidas veces para volver a ponerlo en su sitio.

Phoebe, si te he de ser sincero te diré que prefiero no pensar. Más bien me dejo llevar por el sentimiento. Contigo me guía algo que no soy yo, no sé si me explico. Creo que eres una vil cobarde, eso sí, y por eso no puedo confiar enteramente en ti. Siento que te conozco muy bien pero al mismo tiempo eso que no es yo, que está en el centro de mí, y que es la esencia de mí, sabe que eres un misterio insondable. Pero eso es lo que le da emoción al asunto.

Le das mucha importancia a que no se traicione, ¿es así?

Pues mira, no me afecta tanto como a tu amiga Livia, pero la traición no está en mi lista de favoritas. Más bien, como Michel Poiccard, pienso que los asesinos asesinan, los traidores traicionan y los amantes se aman, carajo, Phoebe, ¿por qué no nos amamos tú y yo en vez de ponernos tan pesados?

Amarnos para ti significa hacer el amor, ¿no es así?, dijo ella. Tenía las mandíbulas apretadas. Mala señal, pensé.

Hacer el amor es eso: hacerlo, con la unión sexual el amor puede incrementarse, encenderse en proporciones increíbles, llegar al territorio de lo sagrado, de la locura y la beatitud, es lo mismo. Por otra parte, mi querida Phoebe, cuando se llega al acto carnal las más de las veces ya hay amor de por medio, y hacerlo vendría a ser la culminación normal de un proceso espontáneo, natural. En nuestro caso, así sería. Pero, chingado, todo mundo lo sabe: haz el amor, no lo platiques ni mucho menos lo expliques.

Me levanté de la cama y fui hacia Phoebe, pero ella me detuvo en seco.

Momento, cálmate, vamos a seguir hablando, aunque no lo creas es otra forma de hacer el amor.

Pero una forma bastante pendeja, si te he de decir la verdad. Como decían los jipis: haz el amor, no la guerra.

Aquí no hay ninguna guerra.

¿Que no? No ceso de oír el sonoro rugir del cañón.

¿Tú crees que si yo no hago el amor contigo eso es traicionarte?

Pésima espina me estaba dando todo eso, especialmente porque en el fondo empezaba a vislumbrar hacia dónde se dirigía Phoebe, y lo que creía avizorar no me agradaba en lo más mínimo pues creaba las bases para que en el fondo de mí se incubara la depresión.

¿Y bien?, me apremió.

Oye, si no quieres coger pues no cogemos, me sorprendí diciendo, si quieres prendo la televisión, o de plano jugamos uno de los juegos del doctor Acaso.

Ella me miró, sorprendida. Parecía querer entender algo que estaba a la mano pero que en el último instante se evaporaba.

Eso es, ¿verdad?, le dije, lo que pasa es que no quieres hacer el amor conmigo, quién sabe por qué, pero pues no hay tanto pedo, no lo hacemos y ya.

Phoebe guardó silencio un largo rato, hasta que volvió a hacer su tic de los parpadeos ladeados. ¿Por qué me dijiste que soy corrupta?, finalmente me dijo.

Phoebe, con una chingada, eso fue hace *decenios*, cuando yo era adolescente y tú gateabas.

¿Pero por qué me lo dijiste?

¿Entonces no te quieres acostar conmigo porque te dije corrupta? ¿Ésa es la razón? Porque si ésa es, me retracto al instante. No eres corrupta, eres inmaculada y te das baños de pureza, eres Doña Perfecta, la Dama Infalible, la Integridad Caminante, la Inteligencia Rutilante, la Belleza Subyugante. Pero no te quieres acostar conmigo.

Phoebe sonreía con cierta nerviosidad. Encendió un cigarro, pero casi al instante lo apagó. Vi que su expresión había cambiado en fracciones de segundo. De pronto pareció adquirir una fuerza que me cegaba. Sí, me dijo con tal autoridad que me paralizó, así es exactamente, lo has comprendido muy bien porque eres muy penetrante. Pues bien: no me quiero acostar contigo, no me quiero involucrar contigo, no quiero saber nada más de ti, y no quiero hablar de eso, no te quiero dar explicaciones porque ahora mismo, en este instante me voy, no trates de detenerme, Nigromante, agregó, poniéndose de pie; recogió su bolso y se dirigió a la puerta. Yo seguía paralizado, sin poder pensar nada. Pero regresó corriendo, me dio un beso en la mejilla y me dijo adiós, te quiero, cuídate mucho. Aún pasmado vi que se detenía otra vez en la puerta. Si me busca mi hermana le dices que me fui en un taxi. Adiós, agregó antes de irse.

Durante unos instantes me quedé completamente inmóvil, atónito, sin poder comprender qué había ocurrido. Sólo me reverberaba el ruido de la puerta al cerrarse. ¿Pero qué carajos está pasando aquí?, me dije de pronto, en voz alta. Me puse de pie y avancé a la puerta, pero me detuve en seco, sin poder abrirla. No, no iba a ir tras ella. Pasara lo que pasara era algo que no me correspondía. Tenía la impresión de que acababa de ocurrir algo cuyo significado más profundo no alcanzaba a desentrañar, pero que había sido importantísimo para mí. *Es mi vida la que se está yendo*, fue lo único que pude pensar.

Me sentí sumamente triste, pero a la vez cierta resignación me confortaba. Entonces, de lo más profundo de mí, me llegaron estas ideas: Phoebe Caulfield, bendita seas. Te agradezco el bien y el mal que me has hecho. Creo que en el fondo eres una mujer muy sabia, muy buena, muy fuerte, mucho más fuerte que yo, y que llegaste a mí cuando más te necesitaba. Con razón sentí una atracción tan grande hacia ti, un amor tan raro hacia ti, eres el engranaje que me estaba haciendo falta para poder empezar a ponerme en orden. Claro que no debíamos acostarnos, hacer el amor era lo menos indicado, la puerta de una ilusión peligrosísima porque significaba entender las cosas de la peor manera. Pero ahora sé qué pasó. Viniste a mi vida para conducirme, eras la guía que me hacía falta y que nunca hubiera encontrado en el mundo en que me hallaba; necesitaba estas tormentas, este huracán-no huracán para poder enfrentarme a lo verdaderamente importante, al hecho terrible y definitivo de que mi vida se está diluyendo y a la espantosa responsabilidad de que aún puedo hacer algo para evitarlo. Va a ser dificilísimo, voy a tener que sacar fuerzas de quién sabe dónde para volver a empezar, para romper el abatimiento, los temores, la siniestra comodidad de creer que me sé mover en las tinieblas cuando en realidad me estoy hundiendo cada vez más.

Seguía de pie frente a la puerta, pensando fugazmente que me hallaba en misterios que quizá no pudiera aguantar. Pero algo más fuerte que yo me hizo abrir, salir, avanzar por el pasillo, tomar el elevador, bajar al nivel de la alberca, salir a la playa bajo la lluvia torrencial que me empapó en un segundo, que siguió cayendo sobre mí mientras deambulaba por la arena mojada, envuelto en la oscuridad de la hora más negra de la noche, bajo la tormenta del mundo que no era nada ante la que se había desatado dentro de mí.

De cualquier manera, Tranquilo pensó que debía aprovechar la única ventaja de ceder el control de los hipotéticos negocios y besó a Livia. Se perdió en un deleite infinito. Tuvo que cerrar los ojos porque en su interior experimentaba un vértigo efervescente; qué maravilla, pensaba fugazmente, sin dejar de besarla; esa vez logró desabrochar el brasier y besar los senos desnudos. Ella, retorciéndose, le desabotonó la camisa, se la desprendió mientras Tranquilo sufría porque en segundos tuvo que soltar esos senos alucinantes; después, Livia le abrió el cinturón, la bragueta, acarició largamente el pene durísimo y después bajó los pantalones a Tranquilo. Él, por su parte, sin dejar de besar los senos le quitó la falda y la pantaleta y llevó su mano a la vagina, frotó el vello del pubis, oprimió el clítoris y después introdujo sus dedos entre los labios vaginales y se electrizó al sentir la carne interior caliente y humedecida. Volvió a besarla sin dejar de acariciarle el sexo con una mano y los senos con la otra. Cada vez era más apremiante la excitación, especialmente porque ella había tomado su pene y lo apretaba, lo estiraba, lo masturbaba con tal fuerza que Tranquilo se contorsionó.

Livia lo empujó a la cama y se echó encima de él. Le acarició el pecho casi tallándoselo y después dirigió su atención al pene erecto, rígido. Lo miró un largo rato, como estudiándolo, y después se lo metió en la boca. Tranquilo se revolvió, electrizado, pensando que esa mujer era una experta, lo chupaba mejor que nadie, se iba a venir si ella continuaba succionando el miembro con esa fuerza; empezó a gemir porque en él empezaba a crecer la marea de un orgasmo, pero Livia lo advirtió y sacó el pene de su boca.

Tranquilo casi rugió. Se incorporó como resorte, la colocó bocarriba de la cama y hundió su cara en la vagina; le supo deliciosa y, casi con glotonería, lamió y removió la lengua en el interior, en los labios y en el clítoris; al mismo tiempo con los brazos extendidos palpaba, oprimía, acariciaba los senos.

Ella se retorció y le apretaba las manos, le estrujaba la cabeza, y de pronto se rigidizó, tuvo un orgasmo de baja intensidad y relajó todo el cuerpo. Tranquilo pensó que era el momento perfecto para introducírsela, así es que se levantó blandiendo su pene.

Livia abrió los ojos y cerró las piernas. Él soltó su miembro para abrirlas suavemente. Livia no lo permitió. Con mayor fuerza trató de apartar los muslos, pero ella los juntó más aún. La miró. Livia sonreía con una mirada feroz que por segundos lo conmocionó, pero después creyó que estaba jugando, sonrió también, tomó su pene y lo pasó por las piernas cerradas, lo puso en el pubis y lo frotó unos momentos. Ella seguía inmóvil, con las piernas cerradas. Tranquilo se alzó para pasarle el pene por el vientre, por los senos, y estuvo a punto de enloquecerlo pues deseó vivamente ponerle el falo entre los dos pechos; no había cómo en ese momento, así es que se alzó más, tuvo que subir los pies con todo y los calcetines para ponerle el pene en la boca. Livia también cerró los labios. Tranquilo se reacomodó nuevamente y se acostó encima de ella. Livia lo permitió, pero no abrió las piernas. Él la acometió con el miembro, y con la rodilla trató de abrirle los muslos, pero Livia no cedió.

—Abre las piernas —pidió Tranquilo, jadeando.

—No —le dijo ella.

—Por favor.

—No.

—Livia.

Volvió a oprimir el pubis de Livia con su pene, pero ella conservó las piernas cerradas.

—Mi amor, qué esperas —dijo él, acariciándole los senos con fruición—, me estoy volviendo loco, te la tengo que meter, ándale, tú también estás puestísima, abre las piernas.

—No, Tranquilo.

—Pero por qué no, mira nada más cómo estamos ya, estamos a punto, ya no podemos ir atrás.

—Lo único que puedo hacer por ti —dijo Livia, sin dejar de sonreír y con cierto aire divertido— es dejar que te vengas en mis piernas.

—Livia, por el amor de Dios —insistió Tranquilo haciendo acopio de paciencia—, qué estás diciendo.

—Que pongas tu verga entre mis muslos y te vengas allí.

—¿No te vas a dejar?

—No.

—¿Por qué? —preguntó Tranquilo, tratando de no desesperarse mientras oprimía su miembro contra el cuerpo de Livia.

—Porque hoy no vamos a hacer esto. Después sí, en Nueva York si quieres, pero hoy no, aquí no.

—¿Pero por qué no?

—Hoy no.

—Abre las piernas —dijo Tranquilo, serio, tras una pausa en que se miraron largamente.

—No.

—Ah, quieres un poco de violencia, ¿verdad? Pues la vas a tener.

Antes de que Tranquilo pudiera hacer nada, con una agilidad y rapidez sorprendentes, Livia saltó de la cama, corrió a su bolso y extrajo un revólver; lo tomó con las dos manos, como policía, y apuntó a Tranquilo.

—Quieto ahí —exclamó—, ningún hijo de puta va a ejercer violencia sobre mí.

Tranquilo estaba pasmado, pero su erección decreció en segundos y su corazón penduleó con fuerza. —Oye, qué tienes, guarda eso, mujer, tan sólo era una forma de hablar.

Livia dejó de apuntarle. Lo miró unos instantes y después devolvió el revólver a la bolsa. Regresó a la cama y se sentó junto a Tranquilo. Suspiró.

—¿Siempre andas armada? —preguntó Tranquilo.

—Sí.

—Por supuesto que no pensaba hacerte daño.

—Yo no sé, Tranquilo, pero eso sí te digo, que yo estoy curada de espanto y no hay nadie que me haga daño.

—No tenías que apuntarme con la pistola.

—No estaba de más, tampoco.

Tranquilo guardó silencio. Se hallaba muy molesto. Todo había transcurrido con tal celeridad que apenas podía conservar la mente clara. Ahora, además, se sentía ofendido. Le parecía el colmo estar desnudo con una mujer exquisita sin entender bien lo que ocurría. ¿Qué había hecho?, se decía, ¿en qué la regó? ¿Dónde estuvo el error? Todo iba a la perfección. ¿Por qué se puso así? Livia encendió un cigarro, lo cual lo irritó aún más. Advirtió que le dolían los testículos y que su pene se hallaba semiflácido, sin resignarse.

—Livia —dijo Tranquilo finalmente.

—¿Qué?

—Acuéstate un momento aquí conmigo —le pidió, suavemente, recostándose él mismo.

Livia lo miró unos segundos, lo vio acostado, desnudo, con el miembro un tanto hinchado, y sonrió. Se acostó junto a él. Durante unos minutos permanecieron en silencio, lado a lado, sin mirarse, hasta que Tranquilo le tomó la mano y la acarició suavemente.

—Livia, tú no me entiendes. Desde que te conocí me gustaste muchísimo, eres una mujer hermosa, pero después te admiré por tu carácter y tu capacidad en los negocios. Sentí vivamente que podíamos asociarnos y también sentí cada vez más que no sólo me gustabas sino que te estaba empezando a querer. No sabes qué feliz fui cuando tú misma dijiste que viniéramos a mi suite. Pensé que sería un privilegio hacerte el amor y empezar a conocerte mucho más, lo cual sin duda redundaría en nuestra relación profesional que está naciendo, que debe de materializarse para que tú y yo ampliemos nuestras perspectivas y seamos más exitosos y más fuertes. Incluso tú me pides el control de las empresas, y yo cedo. ¿Sabes lo que es eso para mí? Pues lo hago para demostrarte mi amor, Livia.

—A ver, ¿con todo este discurso me estás diciendo que me amas?

—Sí, Livia —replicó Tranquilo con intensidad—, sí te amo, créemelo.

Livia lo miró sin expresión y él la besó en la boca con suavidad; le acarició el pelo, pensando que así estaba bien, lo que la situación exigía en ese caso era ternura, a esas mujeres difíciles había que ablandarlas con mucha suavidad. Livia lo dejaba, incluso suspiró, y él, delicadamente, introdujo la punta de la lengua en la boca de Livia y la desplazó con lentitud, pero de pronto fue Livia la que introdujo su lengua en la boca de Tranquilo y lo besó con fuerza; sin desprenderse de él se incorporó para quedar por encima. Llevó su mano al pene, que al mero contacto volvió a endurecerse.

—Mira —dijo—, quédate quieto y déjame hacer. Te apresuras demasiado.

Tranquilo asintió y fue entrecerrando los ojos ante el placer cegador que experimentaba mientras ella manipulaba su pene. Gimió, mordiéndose los labios, y llevó una de sus manos a los senos de Livia. Ella se separó al instante.

—No se puede —se quejó—, dije que hoy no iba a ser y no será.

—Livia, por lo que más quieras, no me dejes así...

—Lo que yo digo lo cumplo. Tranquilo, quiero verte en Nueva York. Allá me explicas mejor tus proyectos, incluso espero que ya lleves algo más concreto, después nos vamos a cenar, te llevo a mi casa y te doy la cogida más increíble de tu vida.

—Livia, mira, estoy que ya no aguanto más, vamos a hacerlo ahora mismo, yo te prometo la cogida más increíble del mundo aquí y ahora, ¿por qué hemos de esperar si ya estamos listos?; además, tú misma lo quieres.

—A ver —dijo ella, respirando pesadamente—, pónmela entre los muslos.

—Sí sí —replicó él, ansioso. Se sentía arder cuando volvió a montarse sobre ella.

—Livia, eres una delicia.

—A ver —dijo ella, tomando el miembro de Tranquilo; abrió un poco los muslos y lo alojó allí.

—Dios mío —exclamó Tranquilo y empezó a moverse suavemente; tenía los ojos borrosos y quiso humedecer su boca besando la boca de Livia, pero ella se hizo a un lado, así es que mejor le acarició uno de los senos—. Mi vida —susurró al oído de Livia—, te la voy a meter ahora, abre las piernas por favor.

—No —dijo ella y arqueó la cadera para retirar el pene de entre sus muslos. Inmediatamente lo empujó para que se retirara—. Que no —repitió—, dije que no. Es más, ya me voy.

Se puso en pie y buscó su ropa.

—Ya te vas —dijo Tranquilo y Livia no le respondió; encontró su pantaleta y se la puso. Después vio su brasier en el sofá, fue por él pero reparó en la copa de tequila; la tomó y la bebió de un solo golpe.

—Mira, mujer estúpida —dijo Tranquilo en ese momento—, ¿crees que puedes hacerme esto? ¿De veras crees que me vas a dejar aquí como imbécil?

Livia lo vio de reojo, emitió un gruñido y siguió vistiéndose.

—Oye, yo me he portado contigo como un *señor,* te he llenado de consideraciones, de atenciones, pero en realidad tú no las mereces, eres de muy baja calidad —dijo Tranquilo.

—¿Qué más, eh?

—¡Pendeja! —gritó Tranquilo sin poder contenerse—, ¡lárgate de aquí o yo mismo te agarro a patadas, te quito tu pistolita y con ella te corro de aquí a cachazos! ¡Eres una imbécil, una como todas, viejas reprimidas, calientavergas, cochinas!

—¿Crees que te creí cuando babeabas diciendo que me querías? —replicó Livia sin alzar la voz—, todo el tiempo supe que lo único que querías era cogerme y nada más, aprovecharte de la gringa caliente que va a Acapulco en busca de la verga de los latinos, pues eres un típico macho mexicano insignificante —agregó. Ya había terminado de vestirse, se sirvió otra copa de tequila y de nuevo la bebió de un golpe.

—¡No bebas así, cretina! —vociferó Tranquilo—, ¿qué haces tú, pendeja, tomando tequila? Vete mucho a la chingada y lárgate de aquí, ¡pero ya!

—Macho pendejo. Te espero en Nueva York, no faltes —dijo ella y salió dando un portazo.

En ese momento Tranquilo sintió un dolor desgarrador en el pecho y estuvo a punto de gritar. Durante un segundo se llenó de pánico porque creyó que era un infarto. Me duele el corazón, se dijo, y se levantó, frenético, se puso el pantalón atropellándose y salió corriendo. —¡Livia! —gritó—, ¡Livia, no te vayas!

El pasillo del hotel estaba vacío, pero una de las puertas de los elevadores acababa de cerrarse. Corrió y oprimió el botón para llamar otro ascensor. Lo esperó con impaciencia y cuando llegó se metió en él, con deseos de que esa máquina del demonio se moviera a toda velocidad; sintió eterno el descenso de los veintisiete pisos y salió corriendo al lobby, descalzo y sin camisa. —¡Livia! —gritó, porque creyó verla salir hacia la calle. Pero cuando llegó allí no vio a nadie, sólo recibió el golpe terrible de la lluvia que caía implacable. La buscó con la mirada, sin entender cómo pudo irse tan rápido. Allá había varios taxis estacionados que decían SITIO NIRVANA.

—Se fue —dijo Tranquilo en voz alta. Dio marcha atrás con lentitud; le había entrado el abatimiento, sentía una tristeza profundísima y le molestaba mucho no entender bien lo que había ocurrido, por qué podía sentir esa desolación devastadora. Los empleados del hotel lo vieron, sorprendidos, cuando cruzó lentamente el lobby y, sin saber a dónde se dirigía, se fue hacia la alberca.

No había nadie allí, a esas horas, pero la lluvia era tan intensa que dolía al golpetear en la cabeza y el cuerpo. Tranquilo avanzó hasta que llegó al borde de la alberca. ¿Qué estoy haciendo aquí?, se dijo de pronto y ya no pudo contenerse más. Se soltó llorando sin parar, estruendosamente, con gemidos y ocasionales balbuceos, mamá, decía, Dios mío, cómo es posible. No acababa de entender por qué había salido corriendo tras Livia como si en ello le fuera la vida, por qué ella se había portado así, por qué todo. La confusión lo llenaba de tristeza y ni cuenta se daba de que seguía de pie junto a la alberca y bajo la lluvia durísima. Casi pegó un grito de terror cuando oyó que le decían:

—Tranquilo.

Era Nigro, que se hallaba junto a él, de pie bajo el aguacero; Nigro, su viejo amigo, su socio. Lo abrazó y lloró en su hombro desconsoladamente. Lloró y lloró hasta que poco a poco sintió algo extraño en Nigromante. Se separó de él y trató de verlo en medio de la lluvia que les corría por la cara y el cuerpo.

—Nigro —dijo.

Nigro parecía mirarlo; no podía estar enteramente seguro porque la lluvia se le metía entre los ojos, o eran las lágrimas, no sabía, pero ya no estaba llorando, y en el fondo de él despuntaba la idea de que debía verse muy mal, pésimo, llorando bajo la lluvia, descalzo y sin camisa.

—¿Qué pasó? —preguntó Tranquilo—, ¿y Phoebe?

—Ya se fue —respondió Nigromante.

—¿Te la cogiste?

—No quiso. Nada más estuvimos hablando. ¿Y tú?

Tranquilo suspiró con fuerza, tratando de sobreponerse.

—También se fue —dijo—. Y ya vámonos a acostar, es tardísimo y mañana tenemos que trabajar —agregó. Tomó a Nigromante del brazo pero él no se movió. Trató de concentrar su mirada en él, a pesar de tanta agua, y vio que se hallaba muy serio.

—Yo me voy mañana, Tranquilo, esto ya dio de sí.

Tranquilo guardó silencio unos momentos hasta que dijo: —Sí, tienes razón, no hemos podido hacer nada bien, mañana nos vamos.

—Me voy de la revista también. Todo eso ya se acabó para mí. Después te explico con detalle, Tranquilo, voy a tratar de hacer mi propia revista, a ver si puedo.

Nigromante dio un abrazo a su amigo y lo estrechó con fuerza. Tranquilo se hallaba estupefacto, y no se le ocurría qué decir. Simplemente abrazó a Nigro con más fuerza también, con una emoción muy grande y deseos que pululaban en él de pedirle que no se fuera de la revista, que no lo abandonara, no debía de irse, ya habían recorrido juntos media vida para que a esas alturas él saliera con que iba a hacer su propia empresa, qué cosas más absurdas. Pero su voz no llegaba a la boca y Nigro ya se había desprendido de él.

Tranquilo lo vio perderse en la lluvia que caía como si fuera el fin del mundo.

Dedicatoria

Este libro también está dedicado a Augusto Ramírez, Hilda Ramírez, Alejandra y Claudia Díaz; Leonor y Alejandro Ramírez; Alejandro, Leonora, León, Fabricio y Ramsés Ramírez Flores; Yolanda de la Torre Ramírez; Leonor y Miguel Rodríguez; Adela Garza Ramos, José Luis Bermúdez, Claudio y Federico Bermúdez; Marta, Omar y Guillermo Bermúdez; María Luisa, Verónica y Arturo Araujo; María de los Ángeles y Ángela Gómez, Guadalupe Gutiérrez; Patricia, Guadalupe y Alejandra Gómez Maganda; Tomás Gómez Maganda Silva, Concepción Ramírez Altamirano, Aída y Olga Espino Barros, Carlos Díaz Solano, Tesy Ortiz, Hugo García Michelm, Marta y Luis Carrión. Jorge Fons, Paul Leduc, Gabriel García Márquez, Juan Villoro, Aurora y Joaquín Díez-Canedo, Joaquín y Graciela Díez-Canedo Flores, Aurora Díez-Canedo, Dolores y Homero Gayosso, Jaime Aljure, Paty Mazón, Paco Hong, Enrique Serna, Pedro Moreno, Rogelio Carvajal, Sealtiel Alatriste, Lupita y Fernando Valdés, María Elena y José Luis Ruiz Vicent; Luis Edgar, Berenice y Sebastián Ruiz; Marta y Philippe Ollé-Laprune, Luis Javier Garrido, Roger Bartra, Elena Poniatowska, Juan Antonio Ascencio, Agustín Ramos, Cristina y José Emilio Pacheco, Enrique Marroquín, Carlos Ramírez, Pilar Bayona, Alejandro Aura, Carmen Boullosa, Jorge Portilla, Norma y Manuel Aceves, Vicente Leñero, Silvia Molina, Hernán Lara Zavala, Guillermo Samperio, Lía y Rafael

Vargas, Macaria, Jordi Soler, Salvador Castañeda, Bernardo Ruiz, Teddy López Mills y Álvaro Uribe, Ana Elena y Javier Castillo, Cuauhtémoc Merino, Carlos Sánchez, Héctor Anaya, Jorge Meléndez, Rafael Pérez Gay, Héctor Cabello, More y Alejandro Cerecero, Magolo Cárdenas y Esteban Sheridan, Elodia y Américo Fernández, Adela Pineda, Carlos Barreto, Luis Humberto Crosthwaite, Rafael Ramírez Heredia, María Eugenia Vargas (vivan los Who), Enrique Cortázar, Armida y José de Jesús Sampedro, José Eugenio Sánchez, Edith Hebrit, Emmanuel Carballo, Gerardo de la Torre, Gustavo Sainz, Ignacio Solares, Federico Campbell, Javier Bátiz, Roberto Loría, July Furlong, Silvia Tomasa Rivera, Óscar Villegas, Seymour Menton, Sergio García, Eduardo Langagne, Evodio Escalante, Angélica María, Angélica Ortiz, Carlos Magdaleno Mechaén, Margarita Dalton, Antonio Jákez, Sergio Monsalvo, Socorro y Fernando del Paso, Emilio Carballido, Elsa Cross, Elva Macías y Eraclio Zepeda, Víctor Roura, Hugo Argüelles, Mario Alcántara, Mari y Paco Ignacio Taibo I, Paco Ignacio Taibo II, Ricardo Rocha, Leonel Maciel, Ricardo Yáñez, Una Pérez Ruiz, Alicia Chapman, Carlos Castañeda, Ricardo Castillo, Jis y Trino, Rocha, Arturo Rivera, Alejandro Morales, Óscar Lugo, Mario Campos, Leticia Araujo, Javier Duhart, Juan José Belmonte, Pedro Peñaloza, Aviva Shore, Salvador Rojo, Laura de la Mora, John Kirk, Delia y Julio Carmona, Lumi y Pal Kepenyes, Marty y Don Schmidt, Susan Schaffer, Juan-Bruce Novoa, John Brushwood, Julián Herbert, Mario y Mabel Zertuche, Marta y José Carlos Mireles Charles, David Ojeda, Daniel Sada, Alberto Cortés, Cecilia Toussaint, Rita Guerrero y Santa Sabina, Margie Bermejo, Lola Trejo, Víctor Villela, Walter Doehner, Jaime del Palacio, Enrique González Rojo, Bernardo Giner de los Ríos, Fritz Glockner, Julio Glockner, Raquel Lloreda, Waldo Lloreda, Felipe Ehrenberg, Juan José Arreola, Efraín Bartolomé, Marisa Sistach y José Buil, Gerardo Pardo, Silvia Castillejos, Alfonso Cuarón, Bárbara Jacobs,

Tito Monterroso, Mempo Giardinelli, Norberto Fuentes, R. H. Moreno Durán, Eduardo Mejía, Sara Sefchovich y Carlos Martínez Assad, Martha Vázquez, Fausto Rosales, Ariel Rosales, Rafael Rodríguez Castañeda, Bernarda Solís, Bertha Zentella, Luis Zapata, Saúl Juárez, Ignacio Trejo Fuentes, Gina Terán, Teresa y Alberto Ulloa, Ricardo Vinós, Beatriz Zalce, René Villanueva, Mariana y Pacho Ayala, Laura Esquivel, Josefina Estrada y Sandro Cohen, Héctor Manjarrez, Alberto Blanco, Marc Cheymol, Ray-Güde Mertin, Miguel Morayta, Alain Derbez, Beatriz Russek, Leonor Lara, Emiliano y Julián; Subcomandante Marcos y el EZLN, Espartaco Martínez, Gabriel Vargas, Jaime Avilés, Hermann Bellinghausen, Gabriel Retes, Yvonne Rivera, Verónico y Jesús Xixitla, Óscar Apáez, Ángel Estrada, Roberto Escudero, Carlos Martínez Rentería, Leonor Rodríguez, Leonardo García Tsao, Leonardo García Zenil, Julio Miguel Rodríguez, Peter Smith, Tania Zelaya, Margarita y Alberto Ruy Sánchez, Alfonso Perabeles, Enrique Romo, María Isabel Saldaña, Margarita Garza de Garrido, José Francisco Amparán, Susana y Marco Antonio Jiménez, Saúl Rosales, Raúl Ruiz, Raúl Pérez, Augusto Elías, Alberto Dallal, Alicia y Antonio Mora, Gustavo Gastélum, Araceli y Elías Corral, Javier Molina, Arturo García Hernández, Agar y Leonardo da Jandra, Fabrizio León, Omar Alexis, Daniel Leyva, Flor y Alonso Ruvalcaba, Eusebio Ruvalcaba, San Benito Villoro, Armando Ramírez, Manuel Ahumada, Héctor Morales Saviñón, Enrique Espinoza, Scott Hadley, Isaac Levín y María Luisa Puga; Andrea Ramírez.

ÍNDICE

OTROS TÍTULOS DE LA BIBLIOTECA

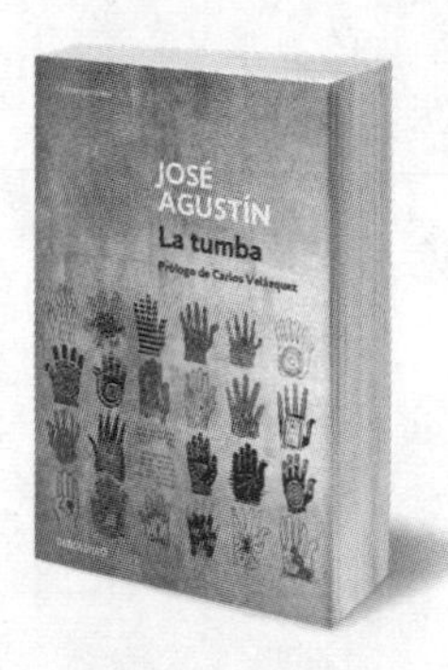

Dos horas de sol de José Agustín
se terminó de imprimir en abril de 2023
en los talleres de Impresos Santiago S.A. de C.V.,
Trigo No. 80-B, Col. Granjas Esmeralda, C.P. 09810,
Alcaldía Iztapalapa, Ciudad de México, México.